让心灵去旅行

RANG XINLING QU LÜXING

李泽锋 著

东北林业大学出版社
Northeast Forestry University Press
·哈尔滨·

图书在版编目（CIP）数据

让心灵去旅行／李泽锋著. —哈尔滨：东北林业大学

出版社，2016.12（2024.1重印）

　　ISBN 978-7-5674-1001-5

　　Ⅰ.①让…　Ⅱ.①李…　Ⅲ.①随笔—作品集—中国—当代

Ⅳ.①I267.1

　　中国版本图书馆 CIP 数据核字（2017）第 015600 号

责任编辑：赵　侠　刘雪威

封面设计：宗彦辉

出版发行：东北林业大学出版社

　　　　　　（哈尔滨市香坊区哈平六道街 6 号　邮编：150040）

印　　装：三河市天润建兴印务有限公司

开　　本：710 mm×1 000 mm　1/16

印　　张：16.5

字　　数：276 千字

版　　次：2017 年 9 月第 1 版

印　　次：2024 年 1 月第 2 次印刷

定　　价：55.80 元

如发现印装质量问题，请与出版社联系调换。（电话：0451-82113296　82191620）

到远方去

2015 年 4 月下旬，诗人汪国真辞世，对我内心触动很大。作家刘心武在《献给命运的紫罗兰》一书中有篇文章写道：一个人学生时代追过的球星、歌星、影星和文星，在心中永远不灭。汪国真是我最为仰慕的文星，能够和他相遇是很幸运的。作为文学爱好者，在那个热衷做梦的年龄，我对诗人和诗词格外青睐。或摘抄，或购买，我收集了他的诗集《年轻的潮》《年轻的潇洒》。和志趣相投的朋友一起，我们自发地背诵汪国真的诗歌，印象最深的有《热爱生命》《假如你不够快乐》《走向远方》《旅行》等。除了诗歌，我还选抄了不少他的散文中的句子。那些句子饱含哲理，读后会增加无穷的力量。

我一直对《旅行》一诗印象深刻。诗中写道：

凡是遥远的地方／对我们都有一种诱惑／不是诱惑于美丽／就是诱惑于传说／即使远方的风景／并不尽如人意／我们也无须在乎／因为这实在是一个／迷人的错／到远方去，到远方去／熟悉的地方没有景色

伴随着这首诗，我离开家乡，通过求学或者求职，走向远方，走过很多地方。1996 年我进入一所师专读书，那时候我开始对写作产生兴趣。师专毕业在

家乡任教几年后，我通过考试进入一所本科院校读书，视野开阔的同时，我心中涌出超越地平线的渴望。进入 21 世纪之后，我远涉异地，每当寂寞和空虚袭来，我都会借助笔端将内心的孤独排遣，写过的一些浅薄的文章也曾在不知名的报刊一角出现。后来，我通过读研登上更高的平台仰望世界，学术素养增进的同时，我依然没有停歇散文、随笔的写作。尽管没有中断写作，但我总是感到心虚和自卑，觉得文学圣殿遥不可及，自己和作家的水准相距甚远。

作为农家子弟，我在城市中行走，总是感到处于边缘状态。能够和他人谈天说地，也是由于那点不太丰富的文化成为我的保护色。我内心时常眷恋家乡绿意盎然的田园和村庄，跻身都市钢筋混凝土构筑的丛林，我不能站在故乡的土地守望和耕作，但我把写作和翻译作为另一种稼穑。每当在键盘上敲出文字的时候，我仿佛看到田间"锄禾日当午"的劳作；每当疲乏困倦来袭，我仿佛看到父老乡亲挥汗如雨的情景。文字汩汩如泉水泻出，如同我精心照料的庄稼，只是劳作方式不同而已。

有时候我默默在想，如果不是父亲教导我好好读书，开启了我的早期阅读，我不会像现在这样执笔写作；如果不是童年时代同村的启蒙老师的鼓励，我不会努力求学、不断上进、一直向前方奔跑；如果不是我的一位同样热爱写作的朋友偶尔提醒我要保持创作热情，经常交流读书心得，我或许没有勇气将我的文章编辑成册并期待它的面世。一个人能够产生恒久不变的爱好，应该说是有一定机缘的，我能够在文字中找到灵魂的栖息地，也是无比荣幸。

受到朋友的鼓励和催促，我整理了自己近 5 年来散落在纸面和网络上的文字，居然有 200 多篇文章。刚开始我是很兴奋和激动的，没有想到把平时不经意的一些感想梳理成文，积累下来竟然也能够达数万字之多。可是，静下心来品读旧文，发现有的文章还很稚嫩，匆忙示人，恐怕对读者不恭。

"既然选择了远方，便只顾风雨兼程。"我知道自己的文字缺憾之处还是很明显的，但这些文字都是灵魂的舞蹈。在孤独的状态下，我在心中点亮一盏灯，指引自己不断前行。这个时代很喧嚣，纯粹的生活渐行渐远，我活得很平凡，但我不愿就此平庸下去。我坚信，迈开脚步不断跋涉、不断走向远方，会看到更加多姿多彩的风景。这种信念支撑着我在庸常的时光中过得多少有点诗意，不觉得生活那么苦涩。

当我分类整理这些文章的时候，也有点不知所措，因为我并不是各个方面都才华出众的。有些文章类型区分明显，而不少文章的分类则有点牵强，无奈之下，我暂且将这些文章分为四个部分，分别为"让心灵去旅行""守望教育""读书有感"和"观影偶得"。"让心灵去旅行"是其中一篇文章的名称，这一部分收集的主要是心情随想之类的文章。"守望教育"这部分选取的文章均与教育有关，涉及学校教育、家庭教育和社会教育等方面，是工作之余的随笔。"读书有感"和"观影偶得"这两部分顾名思义，就是平时闲暇之余，读书和欣赏影视的所感所思。

有人曾说过：生活中不是缺少美，也不是缺少爱，而是缺少发现美的眼睛，缺少施爱的心灵。生活中的有心人，他们的心灵总是丰富的。很多文章的孕育不是坐着等待的，而是在平时的生活中灵感乍现偶然得到的。生活好比是在用筛子筛谷物，有心的人筛出的是颗粒饱满、脱去麦皮的谷物，而无心的人筛来筛去，到头来拥有的还是一团和着瘪谷和杂物的筛子。生活是取舍的艺术，为了能够获得写作带来的愉悦感，我放弃很多机会去"赚取银两"。或许不合时宜，但我一直认为自己就像一只卑微的老鼠不问人间烟火，在文字的板块中打洞，深陷这种泥土孕育的幸福中不可自拔。地面上的热闹喧嚣与我无关，当我用并不锐利的爪子牢牢抓住茂盛地生长在汉字王国里的横竖撇捺时，我知道，幸福的果子马上就要从汉字的枝丫上成熟，温柔地落在期待我成熟的果园。

前行的路上，遥远而寂寞，但我在和时间与命运赛跑。在赛跑的过程中，丰富的思想和智慧改变着我的命运，改变着我内心的丰富程度。路正长，夜正长，路长适于心灵散步和奔跑，夜长适于对话和思考。我的第一本个人文集命名为《让心灵去旅行》，其用意就是告诫自己不能停止前行的脚步，要勇敢向前！

就这样走着，走着，走向远方，不倦于云卷云舒，不倦于春秋冬夏，期待着和更好的自己相逢。

目　录

守望教育

读书有感

观影偶得

让心灵去旅行

让心灵去旅行

　　旅行，不仅是指让身体去远方一览奇山异景、云霞海曙、桃红柳绿，还指内在心灵的自由飞翔，徜徉在历史时空，随伟大的思想漫漫远征，伴随着博大的心灵去感悟人生。前者以身体的劳顿，大饱眼福，换取心灵的丰富；后者则是心灵的笃定，浸淫书卷中，换取身心愉悦，使自己的生命质量获得提升。

　　一个有形，一个无形，其实遍览名山大川也是在丰富心灵，因此，"读万卷书"和"行千里路"并不矛盾，它们自古相辅相成。

　　我也有外出旅行的经历，残存于记忆中的是囊中羞涩，无法从容。背负行囊，独行天下，握紧不断瘪下的钱袋，眼望更诱人的美景，只能望而兴叹。游历之后，如果没有及时记录，那些美景一如过眼云烟。没有文字的游历，没有可供日后细细品味的照片，自己终究是过客。在如画的风景中，人之渺小，颓然落魄顿生，风景不过瞬间而过。西湖的水，灵隐寺的佛，白鹭岛的沙滩，在脑海中的记忆日渐淡远，尽管偶尔向人谈起，兴奋之余还是多了几许夸耀。

　　选择教书育人为业，读书就构成闲暇时光不可缺少的内容。在天光云影共徘徊之后，也感到读了不少书籍，可是真正能丰富心灵，真正能对人生产生影响、抑或沁人脑髓的书籍仍然屈指可数。我读的书从数量上来看并不算少，可是对书的选择往往是随意的。读书的态度也并不尽严肃，兴致上升就废寝忘食，无兴致时就搁置一边，因此一本书有时甚至半年都没有翻动半页。读书时充满盲目，多了很多浮躁。学生时代为了考试而读书，那是痛苦的。尽管读的书客观上也使内心存储了只言片语，但是那些多是了无用处的文字，除此之外别无他物，心灵的丰富并没有切实贯彻。如今滚滚市场经济大潮中，读书之声渐渐微弱，选择在书中栖息几乎成为罕见的生活方式。扑面而来的低俗文化，让人感到周遭污浊。谈笑无鸿儒，往来皆白丁，能自如谈论文学以丰富心灵的同道之人，日渐稀少。和"阿堵物"有缘、和"权杖"结亲的人也在他们的心灵天空演绎着他们自己的人生，昔日曾以朋友相称的人却已形成不能相交的平行线，与他们交流，有时不啻与夏虫语冰。

人生，其实就是一场旅行。心中企望的并非到达目的地时的片刻欢欣，而是旅伴的品位以及旅者的心情。人生之旅，本来可以更好。不断前行中，可以丰富心灵，可以遍览胜景，同时也在享受独特的人生。在自己划定的圈子里挣扎，把心灵的摄像头对准污浊，而不去存储阳光，那么内心就可能永远处于薄暮冥冥，心中也无法心旷神怡起来。态度决定一切，还是在这个春日的早晨积极乐观起来吧，让自己的心灵去远足，去丰富自己充满未知但依然光明的人生。

值得珍藏的青春记忆

对同学聚会，我开始感到乏味透顶。每当旧友以此名义相邀，我条件反射般发怵，能推脱尽量推脱。并非我不重情重义，因为我感到人和人之间是存在交集的。我素来散淡，不愿心为形役，扯着若有若无的话题，听着炫财耀富的话语，看到别人新娶的娇妻，不由自主做着对比，内心则有些局促，恍恍惚惚，极为不自在。与其委屈自己敷衍下去，不如匆匆逃离，少了几分喧嚣，耳根也得以清净。

或许是我太敏感，可我还是感到如今的同学聚会变了味，变得恶俗，几乎成为仰望权杖的展览台，成为攫取利益的发布会，成为推销产品的大卖场，而我则成了道具的一部分。求学过程中，同学的数量自然随着学业进程而增加，但生命契合、交谈不受拘束的人则不是太多，因此才渴望"人生得一知己足矣，我当以同怀视之"。有人希望友谊之树长青，但有的时候友谊的纯度却随着年岁增加而递减，而那些停留在青春时代的友情会在心底默默珍藏，直到西天月圆、生命逝去。

当青春远去，和朋友相聚，所涉话题必然和青春记忆有关，昔日的糗事或乐事会成为调节气氛的催化剂，让我们仿佛又回到了激情燃烧的岁月。

回首我的求学历程，我总共迈进三次大学校门，而最值得珍藏的当然是人生第一次。经历过高考的硝烟，我很不情愿地进入了一所档次不高的大学去完善自我。记得入学的那个秋季，天气肃杀、阴沉沉的，我满腹牢骚，带着压抑进入一所师范学院。我知道，就在这所貌似高中的大学，我要将自己的青春时光交代出去。高考志愿是自己填的，学校也已正式录取，再怎么沮丧也已经无济于事。生米做成了熟饭，不妨端起饭碗开始吃饭，饭再怎么难咽，也强过没有饭吃而饥肠辘辘。

在热情的学长和老乡的帮助下，我完成了报到注册手续，开始学会适应属于自己的大学生活。

开始上课之前，我们首先被安排到宿舍栖身。宿舍楼算不上多么体面，一共三层，五颜六色的衣物晾在外面，还不断滴着水。在宿舍楼的门口，就能闻到一股很浓的厕所味。进入宿舍，首先看到的是两排铁架床，分上下铺，而我被安排在靠窗的上铺。以后的日子里，每天我都要蹿上跳下，不久就锻炼得如同猴子上树，弹跳自如。

宿舍共有八位成员，也是同一个班级上课的同学。大家来自四面八方，为了学习，相聚一堂。自我介绍之后，我才了解到其中三位来自周口，两位来自驻马店，两位来自商丘，还有一位来自信阳。每个人都是第一次离开家门，学着独立迎接生活。在并不算太长的大学时光中，我们共处一室，酸甜苦辣一应俱全，如今沉淀下来，都成为心底最值得珍藏的美好回忆。

室友之间性格各异，但是相处的时光还是颇为融洽，尽管有过小小的摩擦，但是很快就烟消云散，不会长久横亘心头无法释怀。由陌生到熟悉，自然有个过程，但是"年相若，道相近"的一群人相处，不久就相谈甚欢，无拘无束。友情加深，也就省去了不少繁文缛节，为了称呼方便，我们依照长幼顺序结为兄弟，依照江湖规矩，从老大一直排到老八。于是这些代号就成为我们日常的表达，当莫名其妙被称呼化名时，别人丈二和尚摸不着头脑，不明白在呼唤哪位，我们自然心里面很清楚。同一宿舍的朋友，平时一起进入教室上课，一起去图书馆借书，一起去餐厅吃饭，晚上就寝也是相继归来。作为宿舍没有成文但是经过默认而固定下来的制度——晚卧谈会都会准时召开，话题不受拘束和牵绊，大到全球风云小到班级情事，都在选题之列。

宿舍八人，虽然算不上"八大金刚"，但也是各具特色，多年的生活经历、不同的家庭背景，也使我们拥有各自不同的爱恨情仇、苦辣酸甜。

老大 A 君，身材魁梧，荷尔蒙旺盛，骨骼宽大。他本人幽默风趣，擅于长篇抒情，尤其对男女之事情有独钟。他素来喜爱撰写情诗，在一帮哥们的"鼓励"下（其实应该是撺掇，老大很实在，没有想那么多），自告奋勇给班里每位女生各写情诗一首。女同胞们很不领情，缺乏刘三姐的风度，没有像对歌那样礼尚往来，反而赏给他一个"情圣"的雅号，作为对他作品的评语。老二 D 君，身量尚小，大方活泼，钟爱武术，为人热情，学习上勤奋细心。热衷练习英语口语，我和他常出入外教住处。不过，他过于老成世故，鬼点子太多，堪称人中精灵,因此也照应了一种说法,即"浓缩的就是精华"。老三 W 君气宇轩昂,脸颊瘦削,发型一直模仿郭富城。他和老二来自同一区域,且为中学同学,因此交往甚密。他本人也老成持重,注重仪表,但是口笨舌拙,言谈举止扭扭捏捏,犹如刚出阁的新娘。参与班级活动,本来未登台之前踌躇满志,可等到他出场,反而满头大汗,两股战战,双手都无处放。不过,老三对学习很上心,读书很痴迷,在我们迷茫的时候,他悄悄树立明确的人生目标,乃至以后在人生的道路上越走越开阔。老四 S 君是我班的班长,为人诚恳,生活简朴,眼镜腿儿断了,也是用胶布粘住之后,继续发挥它的使用价值。老四高高的个子、憨憨的表情、一抹迷人的微笑,做事一丝不苟,为班集体的服务尽心尽责,很受大家拥护。牢固的群众基础也为他以后拈花惹草埋下了伏笔。老五 F 君和老四尽管来自周口的不同县城,但是他们高中却在一个学校读书,因此两人格外熟悉。不过,老五这个人比我们显得格外成熟,简直超乎想象,人性的复杂能够在他的身上得到体现。作为我班的生活委员,他也尽职尽责,尽管没有和我班的学生出现生活问题,但是他很另类,"兔子不吃窝边草,有本事就在社会上寻找"。老六正是本人,其实也没有什么好介绍的。我一开始对于求学的态度很消极,影响了和大家的交往。后来我调整了心态,积极参与校园活动,还被大家选为宣传委员。固定时间出板报、写稿件、读报纸、主持班会等,生活充实而生动。老七 Z 君是我们的宿舍长,来自信阳,是气度不凡的白面书生,浑身充满活力和热情,不过一口蹩脚的普通话常常让我们以为他在练习外语。在学习上,他的确很强,为我们树立了榜样,曾经获得我院的励志奖学金,请我们吃了几天爆米花。他热爱写诗,虽然诗歌不合韵律,看着总是和翻译过来的外国诗歌类似,但是他不以为然,格外自信,常常拉着我要给我朗诵他的新作。他嗓音洪亮,即便上早自习也不忘唱歌,但是他的歌曲都是原创,自己作词、谱曲,声音凄厉而恐怖,让人不忍倾听,否则会患上心脏病。我们亲切地称呼他为"圣人",他认为这是对他至高无上的评价,欣然接受了。但是自从大学毕业,时隔多年,再也没有见过可爱的老七。不知他的歌技有没有改进,也不知他当前的生存状态如何。老八 Z 君貌若潘安,是我班男生的形象代言人,他身材挺拔,引来不少女生倾慕。如果依照身高排序,他当仁不让会成为我们宿舍的老大,然而他年龄最小,只好委屈他处于最末的位置,简直有点讽刺。作为少数民族,他多数情况下和我们保持高度一致。在我们宿舍这个俱乐部中,他的生活是很滋润的。我们还如同木头一般望着美女发呆时,他的风流韵事已经通过消息灵通人士不断流传，后来一一到证实。积累时日，久炼成钢，他的影响力远远超越宿舍老大，俨然成为真正的情圣，而老大则主动让贤而保持名义上的称号。

这是停留在青春时代的记忆，很琐碎，很荒诞，也很滑稽。当时我们多么年轻，非常纯真，除了求索知识，就是憧憬未来，即便偶尔发发感慨，也不过书生意气；即便有些不合时宜的美丽幻想，也应该得到理解和尊重。如今无情的时光早就把阳光灿烂的青年渐渐雕琢成为沧桑疲惫的中年男人。从毕业到现在，我们的人生轨迹再没有重合过。十多年匆匆而过，我们内心深处还怀有当初的美好记忆，然而同宿舍成员的聚会一次也没有举行过。断了联系的兄弟们和多数人一样，沿着世俗规范成家立业、结婚生子，演绎各自的精彩人生。曾有过的放荡不羁，曾有过的潇洒浪漫，已经成为天边一片云烟。我们已经面对现实，不再漫无目的地肆意折腾，而是守住一方精神田园，不断开拓，不断前进，为了自己和家人，提高生存质量，为家撑起更加美好的天空。

毕业之后，除了老大和我空间距离很近偶有联系之外，与其他弟兄见面日渐稀少。前几年，偶然出差途经周口，我见到老五和老八，畅谈一宿。后来我供职于郑州，见到了阔别已久的老三。但是老二、老四和老七就如同飞去的黄鹤，只知道他们飞过，空中却没有留下任何痕迹。据我所了解，除了老五之外，我们中的多数还是继续当初的专业，从事教书育人的工作，只是选择演绎生命、挥洒自我的平台不同而已。

目前，老大作为乡村教师，处于社会最基层，生活上比较辛苦。他在豫东某乡镇任教，一个人负责三个学校的英语教学工作，分身乏术，整天忙得不可开交。但是为了老婆孩子，为了及时还上欠下的房款，无可奈何，只好选择苦了自己，幸福家人。老二在驻马店某师范学校任教，早已成家立业，生活状态应该也是顺风顺水，具体细节不详。老三经过多年对学术的不懈追求，攻读了某大学的博士学位，目前已经顺利毕业，现在供职于某省委党校。多年的梦想也终于实现，我们见过几次面，也有过倾心长谈。老四很务实，自从毕业就供职于家乡县城某高中，前些年曾接到过他的电话，他被派到我所在的城市批改会考试卷。我想他的生活状态应该也是很幸福的，作为一个默默在毕业后和班花结为秦晋之好的家伙，不知让我们多少人充满了"羡慕嫉妒恨"。老五很会折腾，用曲线运动设法把自己留在了周口，手段尽管不敢恭维，但是也能让人理解。人家给他安排工作，他附加了小小的条件。据说，他娶了一个文化程度不高、容貌不出众的女人，那个女人的父亲把老五安排到了政府部门当了公务员。多年之后，老五和原配不知何故离了婚，共同的女儿也归他抚养。他目前又结了婚，再婚之后生活艰难，甚至连街上跑三轮的生意都曾经尝试过。我的生存状态说不上好，也说不上坏，有人爱，有事做，对未来也有所期待。和自己所爱的人缔结婚姻，目标就是一夫一妻、一儿一女、一心一意、一生一世。目前，这些都已成为现实，但是还要为生活辛苦奔波，不断努力。老七彻底失踪了，常常想起他高声朗诵诗歌的样子，简直就是不用化妆的堂吉诃德。老八吉人自有天相，目前是某中学的 No. 1，事业顺风顺水，夫人也是我们那一届的，当时他们谈恋爱的时候我们并不看好，还嘲笑老八又开始到处留情。结果人家很严肃也很认真，毕业之前就订了婚，然后老八从一而终，不失为一段佳话，也让我们这些发出噪音的"乌鸦"彻底闭上了嘴。作为老八的直接领导，夫人在该市的教育局工作。据说，纵然他们家也有不少磕磕绊绊，但是很快就能够化解，继续回到琴瑟和鸣的状态。

断断续续还了解到其他同学的传闻，有好消息也有坏消息。譬如学习委员 L 目前身居河南省旅游局要职，重权在握，按照传统的价值观，那么她肯定属于"混"得不错的。但是，另一个也在郑州的同学 Z 就不那么幸运了。他投资数万元办起教育培训机构，结果经营不善，面临着倒闭的危险。还有一位记不清姓名的同学，投资数百万办起企业，由于缺乏科学管理，资金流动不畅，以及销售渠道出现问题，风光几年之后，目前一切归零。又如当年有志考研的 Y 放弃了追求，和我班的另一个女孩谈恋爱。毕业之后，两人各奔东西，各自组建家庭。但是，多年之后他们鸳梦重温，彼此都离了婚，两人再次走到了一起，一波三折，爱情历程很有戏剧色彩。另外，班里很有才华也很漂亮的女孩 Z，毕业后顺利专升本，本科毕业后到周口市某单位工作，也顺利结婚生子，但不幸的是所生孩子重度残疾，需要付出常人难以想象的耐心加以呵护。再次见到昔日同学，看到她形销骨立，与印象中判若两人，真的不可想象。还有一例更让我震撼，就是我班团支书 H 的曲折经历。当时我负责板报宣传，她擅长绘画，打交道自然多一些。这个女孩家庭条件优越，自然会有个很好的前程。可是毕业后她在深造途中遇到一个心仪的男孩，两人情定今生，可是男孩不知何故而薄情，两人断了来往，她承受不了突如其来的打击，神情恍惚，精神异常，至今依赖药物治疗，可仍然恢复不到正常状态，更不可能恢复到原来的青春和美丽。

旧日朋友岂能相忘，友谊地久天长。他们的消息有时候就像一粒石子抛进平静的湖水中，荡起阵阵涟漪，然后会激起我对往日的回忆。抚今追昔，参照别人的起起伏伏，回顾自己的坎坎坷坷，心潮不会平静。光阴中的故事犹如散落的珠子，晶莹剔透，留下几多欢欣，也生长出几多遗憾，不过这的的确确就是真实的生活。赵薇导演的《致我们终将逝去的青春》很精彩，其实我所经历的青春故事一样曲折、生动、感人，曾经的青春时光一点一点远去，当我偶然把时光之中遗落的"珠子"一一串起来，形成这段心路历程，还是别有一番感触。

时光无情，不仅会带走我们的青春和美貌，也改变着我们对人生和社会的看法。但是，时光也有情，让我们获得人生的感悟，也获得自己微不足道的幸福。幸福是什么？这个问题已经被问得太多太多。其实，我认为知足常乐这句话尽管很俗，但的确很有道理。经过了岁月的磨蚀，我们应该认识到时刻保持一颗平常心，对人对事顺其自然、知止当止的重要性。何必锱铢必较？"命里只有四两米，走遍天涯也不满一升"，我这么表达并非肯定宿命论的价值，而是要认清楚自己的分量，不至于狂妄而不自量力。该属于自己的谁也争不走，不属于自己的强求也得不到。心态平和，在已有的基础上，努力做好该做的事情，到底人生能让自己有什么样的造化，不妨随缘而定，随遇而安。

拥有青春就是拥有明天

青春，是个光彩夺目的字眼。古往今来，围绕青春的艺术创作不胜枚举，诗词歌赋更是不乏其例。对我来说，最为钟爱的是一篇题目就叫《青春》的散文，我是这篇美文的忠实粉丝。

有这么一件趣事：某一天，美国影片销售协会主席罗森菲尔德参加日本实业界的聚会，晚宴之前的谈话，他随意说了一句："《青春》的作者，便是我的祖父。"在座的各位实业界领袖大为惊讶，其中有一位一边激动地说"我一直随身带着它呢"，一边从口袋里掏出了《青春》。这个故事可以证明《青春》在日本的魅力。

据一位资深的观察家说，在日本实业界，只要有成就者，没有哪一个不熟知不应用这篇美文的，就连松下电器的创始人松下幸之助几十年来也把《青春》当作他的座右铭。除此之外，赫赫有名的麦克阿瑟将军也特别喜爱这篇文章，在他驻守日本期间，极力推崇它，才有了众多的日本粉丝。另外，美国前总统克林顿也曾把这篇美文挂在白宫的办公室里，钟爱有加。

这篇文章的作者是美国作家塞缪尔·厄尔曼（Samuel Ullman），他 1840 年生于德国，儿时随家人移居美利坚，参加过南北战争，之后定居伯明翰，经营五金杂货，年逾古稀开始写作。这篇文章很短，不足 300 字，且有不少版本的中文翻译。我比较偏爱王佐良的译文。

该译文如下：

> 青春不是年华，而是心境；青春不是桃面、丹唇、柔膝，而是深沉的

意志、恢宏的想象、炽热的感情；青春是生命的源泉在涌流。

青春气贯长虹，勇锐盖过怯懦，进取压倒苟安。如此锐气，二十后生有之，六旬男子则更多见。年岁有加，并非垂老；理想丢弃，方堕暮年。

岁月悠悠，衰微只及肌肤；热忱抛却，颓唐必致灵魂。忧烦、惶恐、丧失自信，定使心灵扭曲，意气如灰。

无论年届花甲，抑或二八芳龄，心中皆有生命之欢乐，奇迹之诱惑，孩童般天真久盛不衰。

人的心灵应如浩渺瀚海，只有不断接纳美好、希望、欢乐、勇气和力量的百川，才能青春永驻、风华长存。

一旦心海枯竭，锐气便被冰雪覆盖，玩世不恭、自暴自弃油然而生，即便年方二十，实已垂垂老矣；然则只要虚怀若谷，让喜悦、达观、仁爱充盈其间，你就有望在八十高龄告别尘寰时仍觉年轻。

这篇短短的文章激励了不少人奋发向上，不断超越自我。

某杂志曾登载一篇文章，题目为《皱纹长在心里才算老》。文章中讲一个老太太 30 岁时才参加高考，36 岁考研究生，43 岁报考博士研究生，60 岁退休后又去学国画，学生说她"不服老"，她说："我就是不服老，虽然我是长了很多皱纹，但是，皱纹长在脸上不算老，只有长在心里才算老。"我觉得她在不断地学习中让自己充满了青春和活力。不断汲取营养，不断发掘自身潜力，而不至于如同空壳一样，空虚而乏味。

在生活中，有的人年纪轻轻却老气横秋，有的人始终充满活力，对生活充满了热爱，对未来存有期待，因此年龄增长并不意味着青春不再。当然，这不是说如同老黄瓜刷上绿漆一样装嫩，而是要用一颗年轻的心来面对生活。有的人退休之后依然精神抖擞，他们的皱纹仅仅只是在脸上；有的人却一下老得步履蹒跚，满面沧桑，退休了很快走进坟墓之中，因为他们的皱纹长在了心里。

生命就此一次，青春也是一样，拥有青春，也将意味着拥有未来。青春一旦蹉跎，便再也寻觅不到。生命对任何人都是公平的，可以借助青春的优势让生命不断增值，也可以尽量保值，但是颓废堕落就只能让生命不断贬值。至于是保值、增值还是贬值，主动权在我们自己手中，关键在于积极与否的人生态度。

俯视你自己

生活中我们常常习惯于仰视。看到别人比自己的地位高、收入高、能力强、荣誉多、工作好等，心里的天平会失去平衡，啧啧之余，不由敬佩。看到人家家庭和睦、其乐融融，看到别人呼朋引伴、人情世事融洽，甚至别人生了儿子而自己只有一个女儿，都不由地仰视。

习惯于仰视，因而看不到自己身上也有被别人仰视的地方。习惯于仰视，思想上易走极端，会破坏自己的好心情。偶与同事聊天，提及某人一夜暴富，衣锦还乡，其豪迈之情形会使平静的心湖泛起涟漪，较之我们这些倔强地把心血、精力乃至生命付之三尺讲台的教师们来说真是"心有戚戚焉"。如今物价涨幅较大，连农民工外出务工收入也在不断提高，有位同事不由感慨："就连捡垃圾也比当个老师挣得多。"如此说法，唉，不过是在不断向上仰望，是一种无奈的宣泄。在农村，尤其处于相对封闭的教育小圈子内，越是向上仰望，越是感到别人就是光芒四射的太阳，而自己则是散了余烟的灰烬。诉说着难耐的苦衷，一任负面情绪在重复别人的光彩一面中强化悲哀。

要学会俯视你自己！能有如此感受的人肯定是对生活有所体悟的。

生活是轻松的，尽管有时也伴随着那么一点儿苦涩，因为日子一天天重复，在牢牢捧着"铁饭碗"的同时，自己也无须花费太多心思去安排工作和未来。生活状态就是如此单调，静若止水的日子无太多心意。在光阴荏苒中，就此一天天挨过，在电视机、电脑面前常常一待就是半天。满腹豪情也在岁月的冰刀霜剑的胁迫下日益瑟瑟。

俯视自己，发现自己活得很猥琐，为了讨好这个那个，任由自己如同陀螺，无休止地转个不停。一旦停下来，心力交瘁，而又无可奈何。俯视自己，感到自己违背了当初的承诺，人生不仅没有提升到一个很高的层次，反而感慨去日无多。俯视自己，感到在逝去的岁月长河中，记忆越发淡薄，而生活的压力、生命的负累，恰如巨石悬在心头，不断坠落。

俯视自己，是很特别的一种感受。在成长的过程中，每当人生提高一个层次时，就要学会俯视自己，这样就获得一种超然般成功的喜悦。如今俯视自己的机会尽管渐渐减少，忙于琐屑之事，难于有所提高。而且忙忙碌碌，闲暇静思的机会少之又少。

终于明白了：人活着就是要不断找高度来俯视自己，因为俯视自己乃是辩证地欣赏自己，将自己提炼成一个明明白白的人，不至于在喧嚣烦扰的尘世中迷失自我。

开始晨跑

　　素来慵懒散淡、不爱运动，我在电脑前有时候一坐就是一上午，甚至大半天。随着年岁增加，开始有点腰酸背疼、颈椎发麻、多梦失眠，在体检时连续几年都是"三高"。在书桌前坐不了多久，注意力不由自主分散，看来体质有点不如以前了。

　　有危机感总比稀里糊涂要强，我于本学期开始修正错误的心态，逐渐形成有益于身体健康的生活习惯。晨跑作为增强体质的方式，简便易行，每天都有不少人迎着朝阳开始锻炼，成为一道美丽的风景线。

　　开始制订锻炼计划，我决定在每天早晨的六点左右起床。设定闹钟，不再赖床，拿着收音机或者手机，奔往学院操场。打开收音机，伴随着优美动听的音乐，主播把丰富而精彩的节目借助电波传递四方。这是很不错的享受，如果蒙头大睡，那么就错过了聆听的机会。我比较喜欢收听 VOA（The voice of America，美国之音），这个节目不仅能够及时了解到世界各地的新闻，而且还能增进我的听力，两全其美。可是过了一段时间之后，这个节目被其他节目干扰得只剩下噪音，我只好另辟蹊径，寻找更适合收听的节目。后来，我发现听手机上的音视频材料可以避免信号失真，于是下载了不少英语演讲片段，边走边听。随着晨跑的持续，我对有声读物更感兴趣，本来没有时间阅读的书籍，慢慢在每天坚持晨跑的过程中，全部听完了。霍夫的《第 56 号教室》让我感受到作为教师的乐趣，工作并非全部都是单调和乏味；《西游记》让我边聆听边产生许多思考；《名篇诵读》更让我在聆听高雅的同时，再次感受到那些滋润心灵的精神力量……生活在继续，我的聆听也在继续；晨跑坚持不辍，我的精神世界也慢慢丰富起来。

　　开始喜欢上这种休闲、洒脱或者诗意的生活方式，就像一种仪式，也许我就像一个怪人，手持收音机或手机在别人异样的目光中穿行。有时候遇到熟人，也会寒暄几句，很快点头而过，继续前行。

一边晨跑一边聆听，我感到一举两得，身体逐渐强壮起来，不再那么萎靡不振；精神上也开始自信起来，那种迷茫和惶恐渐渐远离。一开始我沿着跑道，刚跑两圈就气喘吁吁、大汗淋漓，双腿如灌铅一般难以挪动脚步。过了一段时间，我一口气跑上十圈才觉畅快。全身出透了汗，体力尚觉可以继续支撑一会儿，我也不急着离开操场，而改作慢步小跑或者缓缓散步。有时候，我就在草坪上伸腰踢腿、活动筋骨，整个过程下来，好像脱胎换骨。即便有的时候集中授课，一连四节，我也不觉疲惫不堪，依然神清气爽。

好习惯的形成需要几乎一个月，坏的习惯养成则用不了几天。任何时候，内心深处都有两种不同的声音：坚持或是放弃。左右摇摆，恍惚不定，到底是回到以往还是继续保持生命的热情，让自己朝向积极健康的生活，需要坚定再坚定。三天打鱼两天晒网成为不少人的经历，纵然也消耗过体力，但是如果不能坚持，一切又要从头再来。我以前就是如此，心血来潮时坚持十天半月，然后找种种借口让自己的脚步停留在心里，不能迈步行走在操场或者外面更大的空间场地。

我联想到写日记也如同晨跑一样，需要不断坚持。如能形成习惯，持续时日，照样受益匪浅。魏书生曾经肯定过写日记的好处，他认为写日记就像一个人在道德上的长跑，自己和自己较劲，不断自省，意志力增强，这是很简单易行的修行方式。光阴逝去，每天都应该有所交代和期许，不拘字数，不拘主题，甚至流水账对自己也是很好的促进，如果能够不间断记录六十年，流水账也能成为文物。常写随笔也是一种需要养成的习惯，这和开始晨跑一样，慢慢就会适应。有时候灵感乍现就在一念之间，迅速抓住，记录下来，形成文字，对自己是激励，对他人也是借鉴。如果没有及时记录，那么事后再去提取，往往徒增遗憾，再怎么苦苦追思，也是无济于事的。另外，网上博客写作、文学网站投稿以及教学过程中的反思，也如同晨跑，一旦开始，慢慢就会适应下来。只要心在梦就在，持之以恒，积累下来，就会很有感触。

再往更大的思考空间联想，每天阅读一本书的若干页，每天要求学生多学一点英语，只要决心开始，那么请不要止步，坚持下去，时间会给予丰厚的回报。借口没有时间去做，那么告诫自己，一旦自己不做，世上还有谁能代替自己去做？生命的历程本来就不应该寻常，而应该以身体之、以血验之，只要切合实际，自己尽力而为，那么也不会留下什么遗憾。

　　由晨跑而思绪万千，引出诸多联想，我是希望传递一种正能量。一件微不足道的小事，一旦在意，放在心上，深入骨髓，坚持下去，形成固定的习惯，就会收到意想不到的效果。有人说，奔跑的姿势离理想最近，我认为很有道理。那么就要更加珍惜光阴，在流沙一般不断逝去的生命中，以自己的不断努力，争取有更大的收获。

精彩的考场现形记

在职研究生外语考试如期举行，年年都能看到独特的风景，年年如同闹剧。

李逵和李鬼同行，替考适逢其时，应运而生。考场内外依旧人头攒动，热闹非常。

如果某考点上空有一个巨大的摄像头，它将记录下 5 月 26 日上午 8 点到 9 点的场面，那绝对是一场精彩的大戏。天还下着大雨，雨伞组成的行进方阵不断蠕动，那是要做入场前的身份确认。作弊之风猖獗，让考试管理机构沮丧无比，身份验证的措施一再推陈出新，还是阻止不了"李鬼"出没。于是从去年开始，相关机构强制要求每位考生在报名参加考试之初，都要采集指纹，以便于身份验证，倘若与所采集的指纹不符，那么自动失去考试资格。这一招的确让不少心虚者望而却步。去年考前，不少"李鬼"未等身份信息验证就现出原形，望风而逃。即便心怀侥幸者、大胆冒险者也是两股战战，绝对没有前几年入场时那么从容。

在总结去年指纹验证经验的基础上，今年继续采用这一措施。考试是很严肃的事情，历来是庄严的象征。考点楼前武警战士严阵以待，如同高速公路入口处一样，分别有四五处验证点。每个点都有两个武警战士、一名警察、一名工作人员负责。武警战士工作一丝不苟，一个扫描身份信息，另一个查验指纹。我看到有冒名顶替者被撵出来的；也有的连着查验几次没有成功，接着在后面等候的；还有一位手上贴有薄膜，犹如手指蜕皮被呵斥的。随着开考时间的临近，人群骚动，不断起哄，甚至喧嚣。

一位官员模样的人登上高台，声嘶力竭地劝阻考生少安毋躁。可是人群如同潮水，纷纷往楼内涌入。

到了 9 点左右，等待查验和观战的人仍然挤成一团，人数不见减少。开考时间一到，考点楼门口出现戏剧性的一幕。人群先是起哄，而后左右推挤，一条无人把守的通道乍现。身穿制服、负责把守的人员赶忙阻拦，试图将门紧闭。当时人群如同发疯的公牛，任凭安保人员怎么阻拦，已经无济于事。那个场景如同决堤的洪水滔滔向前奔流，不可阻挡。面对疯狂的人潮，安保人员力量太单薄，简直就是螳臂当车，他们看着涌入的人群，沮丧地闪在一旁。我想他们面对发狂的"暴民"，权威丧尽，除了懊恼还有什么办法？

那位负责考点事务的官员更为不幸，此前还气度不凡、西装革履登高而呼，而后就脸色铁青、坐立不安，似乎还在呼喊什么，但他的声音很快就被淹没在潮水一般的人群中。那副模样，惶惶如同痛失家园的难民一般，哭笑不得，风度丧失殆尽。在癫狂的人群面前，再大的权威也是被漠视的，因为有些人趁机浑水摸鱼，为了个人私利，还顾忌什么规则，眼里还有什么权威？

为了能够顺利进入考场，有的人聪明才智发挥到了神奇的地步。作为局外人，我听说有人煞费苦心，提前一天就进入考场。先是打通楼管人员的关节，然后伙同枪手埋伏在考场里面，一夜未眠，为的就是能够让如意算盘得逞。次日开考之后，真考生再设法溜出来，留下替身在考场。听到这一情节，我忽然想到了"007"系列，想到了无间道。倘若有人感兴趣，也可以以此为素材，将内容丰富一番，形成剧本，拍出一部大片，估计也是险象环生、跌宕起伏。

替身毕竟经不起真实的检验，只要严查肯定能发现蹊跷，让"李鬼"现身。有的考场在复查过程中，看到可疑对象，详细盘查，就让替身现了原形。某考生懊悔不迭说他找的替身很不幸，就在离考试结束不到十分钟的时候被抓了出来，并当场开了违纪通知单，上面还盖有国务院的章，这下子鸡飞蛋打了。他痛苦万分，一再自嘲和研究生学位无缘。

还有更加精彩刺激的场景。考试结束前，各考场临时通知，没有验证指纹的考生要重新补验。在考场外等候的真考生开始着急了，他们寻找可以进入考场的入口。发现一楼的洗手间窗户开着，于是很多人前赴后继往里面跳。有位男士动作敏捷，一条腿跳进洗手间时手被玻璃划破，鲜血直流，当时急忙包扎，我看到他龇牙咧嘴的样子。有位女士气质高雅，着黑丝短裙，全然不顾体面，被一男士托臀举腿，勇敢跳进洗手间。那一场景荒诞、滑稽，别提有多么不雅观、多么危险了。后来，由于需要查验的人数过多，工作人员疲于应对，只好取消。剧情尽管起起伏伏，但最后还是一场虚惊！

俗话说，人为财死，鸟为食亡。一旦规则和追逐的利益发生矛盾，很多人就选择了对规则的蔑视及肆意践踏。考试风气可以映衬社会风气，一个无视规则的社会注定每个人都是受害者。事实上，我们正在深受其害，我们也在为规则无法触及灵魂而痛苦，也在承受规则得不到彰显的代价。约翰·邓恩曾经说过："没有人是一座孤岛，可以自全。每个人都是大陆的一片，整体的一部分。如果海水冲掉一块，欧洲就减小，如同一个海峡失掉一角，如同你的朋友或者你自己的领地失掉一块。任何人的死亡都是我的损失，因为我是人类的一员。因此，不要问丧钟为谁而鸣，它就为你而鸣。"的确，当金钱、肉欲、名利成了疯狂追逐的载体，那么做什么都不需要规矩，不再需要负责任，不再需要畏惧。当一个人或者一个民族什么都不怕了，那就是最可怕的事了。

某些大型考试，每一年都会上演这种"大戏"，不过是发生在不同时空的关于黑与白的博弈、正与邪的较量。我年年在看，年年添堵，觉得剧情略有翻新之外，其实并没有大的改变。考场内外，几家欢乐几家愁，有时候拼的并不仅仅是知识和技能。我真希望，这类闹剧能真正不再上演，也让我等普通百姓心能稍安，还能够真真切切做个憧憬未来的好梦！

和爱情有关

在图书馆偶然读到杂志《名人传奇》，有一篇讲述"中国的奥普拉"——鲁豫的故事，引起了我的注意。

这篇文章的题目大概是"多年之后鲁豫再牵初恋情人的手"。初恋情人是鲁豫儿时的玩伴，从小到大一块上学，一起走进"中国广电学院"，爱情的嫩芽悄然萌发。可是世事难料，在他们毕业前夕，犹如《致我们终将逝去的青春》的剧情一样，陈孝正放弃了郑微，而鲁豫到了美国留学，也和初恋男友分道扬镳，从此天涯孤旅。在美国留学期间，鲁豫遇到一位感情炽烈的追求者，经不起穷追猛打，二人结了婚。巨大的文化差异，性格迥异，彼此不能相敬如宾，这段婚姻如同一盆昙花，匆匆开过，然后就消散了美丽以及浪漫。归国之后的鲁豫重新回到了单身状态，她先是供职于央视，后来到了香港凤凰卫视。初恋情人再次走进她的视野，二人经过青涩年华，经历了不少波折，思想更加成熟。旧日恋人重逢，感情迅速升温，不久就"执子之手，与子偕老"，传为一段爱情佳话。

对照鲁豫的故事，不由想起发生在我的朋友身上的爱情故事。

其一是陈某和P。他们俩的爱情故事和鲁豫很相似，都是两小无猜，有过青涩年华相知相爱的过往，然后分手，再经历风波，结婚离婚，后来两人重逢，重续前缘，不枉今生。另一个故事则发生在W君和C君身上。他们相识于初中，情定于高中，大学时尽管分隔两地，但是毕业后走到一起，组成了甜蜜的家庭。可是生活的困顿导致他们感情上出现裂痕，据说两人经常争吵不断，昔日温存荡然无存。俩人无奈而分手，目前已经离婚，当初我们很看好的一对如今却悲剧收场。C在离婚后患上严重的头疼疾病，只好回到老家疗养，本来幸福的故事应该继续，没有想到结尾却这么不可思议。

　　美好的爱情是令人神往的，但是历经磨难而保鲜的爱情更是为人称道，不管爱情的道路上有什么样的风雨，要保证家的幸福，不仅要懂得加倍珍惜，还要不断用心去经营。

没有翅膀也要飞翔

2014 年秋，我接手所在学院大一学生的英语课，开讲的第一课所涉内容与青春励志的故事有关。

在备课过程中，我偶然发现了一部关于 Kiwi 的短片，它所传递的信息充满正能量，同时又是青春励志的故事！这一短片并不长，不到四分钟时间。剧情单一，只是讲述了一只没有翅膀的鸟，一生为了能够实现飞翔一次的梦想，努力在悬崖上用钉子钉出了一棵棵树，用生命实现遥不可及的梦想。

这只没有翅膀的鸟叫 Kiwi，是新西兰的国鸟。中文译音为几维，它能在陆地上高速奔跑，却不能在空中自由飞翔。

刚开始观看时觉得此片没有什么特别的。随着画面慢慢推进，我还是没有看明白其中蕴含的意思，就在看完这短短三分多钟的短片时，我被彻底震撼了。

短片结尾，随着"嘭"的一声，我很清楚这只没有翅膀的 Kiwi，已经用自由落体运动的方式走向了生命的终点。它天生就没有翅膀，可是内心却渴望飞翔。也许，它作为鸟类，飞翔早已成为它毕生的梦想。为了实现梦想，它不辞辛劳，不畏艰辛，坚持在陡峭悬崖的一侧种树。偌大的空间，它的身躯显得格外渺小，但它无数次在悬崖上行走，每次都很艰难。它坚强、执着而且勇敢，最终戴着飞行员的眼镜，毅然纵身跳下悬崖。悬崖峭壁为它营造了一个难得的场面，布满了绿意盎然的树，让它在树梢上掠过，呈现出自由飞翔的景象。随着那一声"嘭"，它毕生梦想得以实现，当然生命也随之结束了。但是，我看到它深邃的眼底盈满了泪水。

反复观看短片，我有万端感慨：Kiwi 渴望飞翔，不惜用生命换取飞翔的感觉，而作为万物之灵长的人们呢？如果我们渴望成功，不一定要为此而殒命，只需比别人更努力一点，就能实现梦想。鸟儿尚且为了梦想不顾一切，我们为什么不能呢？

　　人的一生很短暂，总要为自己设定一个目标，然后勇敢去追求、去奋斗，就像 Kiwi 一样，即使最后的结局是死亡，也绝不改变当初的梦想。为了完善自己青春励志的故事，绝不轻言放弃。作为教师，也应如此，教育需要守望，需要关于青春励志的力量。倘若没有梦想，教师的教育事业，教师挥洒青春的课堂，将会失去诗意的生存方式。青春励志的故事，激荡人心，但是我们要不断定下奋斗的目标，而且要努力达到。如同 Kiwi 飞翔的梦想一样，梦想实现的机会也许渺茫，但要用全力拼搏，一定要充满自信，打造出更加焕发生机和活力的课堂！

改行，只为不枉此生

　　行，职业是也。俗话说"男怕入错行，女怕嫁错郎"，部分所指就是人们在选择职业时的错位现象。职业选择是我们一生的重大选择之一，决定了未来事业的发展方向以及在社会上的定位。随着越来越多的女性进入职场，实际上男女都怕选错了职业，入错了行。

　　一旦"入错行"，有人感到怀才不遇，有才不能尽，从而出现心理困境，郁郁寡欢。时间一长，就可能对从事的工作缺乏兴趣和热情，产生懈怠心理。工作岗位就成了浪费生命的代称，实在让人苦不堪言。

　　于丹曾把这一现象比喻成"隐性自杀"。尽管不是让自己从几十层的高楼纵身一跃，结束生命，但是整天浑浑噩噩，人生缺乏目的、丧失激情，就像一桅帆船漂泊海面，任何地方吹来的风都成了逆风。

　　职业，抑或称为工作，本来是成人达己的平台，如果身处其中，了无生趣，那就成了束缚身心、限制自由的"牢笼"。与其任由生命无端耗费，不如重新选择一次让生命绽放的机会。

　　江西省瑞昌市有一个人叫艾国柱，他是县委组织部的公务员，工作体面姑且不论，平时非常闲适。就在 2002 年的一天，他走在街上，突然感到一种漫无边际的迷茫，他觉得自己应该可以活得更精彩些。这一年他 26 岁，从组织部辞职了，来到《郑州晚报》做体育编辑，还给自己起了笔名阿乙。

　　于是，作家阿乙给不同的出版商寄出了数百个故事，但是都杳无音讯。坚持再坚持，他辗转郑州、北京等地报社做体育编辑，如今他的身份是文学杂志《天南》执行主编。2008 年，阿乙出版小说集《灰故事》，2010 年出版小说集《鸟，看见我了》，都获得好评。他的随笔集《精神深渊》以及长篇小说《猫和老鼠》也即将出版。目前，阿乙入选了华语文学传媒大奖最具潜力新人奖提名和《人民文学》主办的"未来大家 TOP 20"评选 66 人候选名单。

阿乙在家人的骂声中、朋友的嘲笑之下告别安逸，改行成了"作家"。他不认同别人的看法，守着铁饭碗，一劳永逸，就此虚度一生，而是选择了自己向往的生活。在当前的体制之下，这是需要很大勇气的。正如著名作家毕淑敏所说的："一个选择，决定一条道路。一条道路，到达一方土地。一方土地，开始一种生活。一种生活，形成一个命运。"很多时候，有的人进行职业选择时根本就是身不由己。有的人是听别人介绍、家人的劝告，或者迫于生活的压力，真的在选择工作之初，把自己的喜好参与其中的少得可怜，即使有自己的想法，也会因为诸多因素而放弃。

人生短暂，而职业生涯几乎占据了三分之一的时间，如果听凭命运的安排，一味僵持下去，那么最终不仅贻害自己，甚至还会酿成更糟糕的恶果。历史上的南唐后主李煜恐怕就属于入错行的皇帝。他治国无能，是个地道的昏君，最终导致国破身亡。但此人适合当词作家，他作为优秀诗人的才华却是无人可以否认的。

"入对行"固然幸运，但是"入错行"也不要痛心疾首。弱水三千并非只取一瓢饮。当今时代，职业选择日益趋向多元化。与其对峙不良局面，不如选择主动出击，毅然改行，也给自己一次挑战的机会。"雄鹰展翅冲霄汉，燕雀蜷身恋屋檐"，与其年迈苍苍、生命将逝的时候抱憾，就不如在当下给自己选择更好的出路。主动改行，也不枉来到世上一遭。

当然，任何事情都要三思而后行。如果决定改行，也不能贸然行事，那么应该怎么办呢？我认为以下经验可供参考。

第一，要做好心理上的准备，在思想上要激励自己，勇往直前。改行是让自己重生，应该有"被解放"的感觉。如果依旧"池鱼思故渊"，在改行后就可能意志不坚定，在新的行业也很难有大的起色。

第二，知识或技能上要有充分的准备。凡事要"知己知彼"，如果缺乏新行业的知识和技能，就可能举步维艰。年龄越大，文化程度越低，改行就越是不利。另外，在改行之前，要深入了解即将进入的行业，否则一旦不适应新的挑战，再退出来就不容易了。

第三，要有具体的人生规划，不可随波逐流。改行不是追求时髦，不能为了改行而改行。人生就此一次，珍惜新的起点，不断挑战自我。一旦适应了新的行业，也不要因为小小的挫折，又开始心生倦意，踌躇新的"改行"。反复无常，不断改行，不仅浪费了精力和时光，同时也蹉跎了美好人生。

　　认为自己是只苍鹰，就要勇敢翱翔蓝天。改行，是主动给自己放生的机会，也是为了梦想的完善。也许前方还会有意想不到的困难和风险，但是既然选择了前行，就不要畏首畏尾，要不断激励自己，让新的人生起点更加精彩！

树人网：我的精神家园

　　有位哲人说：在这个世界上，人要学会诗意的栖居。茫茫尘世，物质上满足了基本需求后，精神家园的确需要给灵魂找一处安歇的地方，否则心灵注定要在外流浪。

　　坦率地说，我对网络是有些偏见的。曾经偏执地认为，网络不过是耗时耗力的代称，在网上闲逛久了，精神家园会日益荒芜。我反对学生上网，由于上网接触不良信息而贻害终生的事例时有发生，不断撞击我脆弱的神经。但是当前办公设备日趋现代化，我又回避不了网络。查找资料的自如，实时交流的迅速，传递文件的便捷……也渐渐让我在网络中幸甚至哉，流连忘返。

　　说到树人网，我是偶然加入的。尽管此前我知道这是《河南教育》杂志社的官方网站，自己也是该杂志忠实的读者，但很惭愧，我已经很久没有和这本杂志接触了。以前在一所乡镇中学教学，接触这本杂志也有过一段很尴尬的经历。当时征订杂志不是出自个人心愿，而是上级强行命令，每位教师必须要征订。本来以前我就自发地订过一份，可是由于我和妻子两人都是同一所学校的教师，结果必须要征订两份，一时颇为郁闷。后来征订款项如数交上，自己对杂志的美好感情也蒙上一丝灰色。再者，由于当时农村邮递渠道的随意性，即便全年征订也常常保证不了每期杂志如期到达自己手中，《河南教育》也不能幸免。

　　心理上的晕轮效应，导致自己起初对树人网没有过于关注，不是因为别的，而是因为自己的抵触情绪，因为以前的不爽经历。

　　读取教育类的硕士学位之后，我不由自主地开始关注教育方面的话题。于是开始登陆树人网，进入论坛，看到若干和教育相关的版块，内心不由怦然。许多话题和我契合，也让我在浏览别人帖子的同时不由跃跃欲试。于是我注册成为会员，发了自己第一个帖子《不经意间，父母教坏了孩子》，这是结合自己春节前偶然听到的一则事例写成，没预料到短时间内有不少朋友跟帖，这让我写作的热情更加高涨。我这个"学前班"的学生很快过渡到了"一年级"，我对树人网就像"网瘾少年"一样，每天舍弃其他网站，打开论坛，构思自己感兴趣的话题，撰写文章，然后发帖。目前，引起关注的帖子是发表在"咬文嚼字"版块的那篇《钱教授，你错了》。该文章是我针对钱文忠解读《弟子规》出现的一处常识性错误而写的，有位朋友在关注的同时也在回帖，并建议我和钱教授取得联系，不使错误继续流传。我接受这位朋友的建议给钱教授发了电子邮件，很快就收到回复。钱教授言辞谦和，令我感动。

驻足在树人网，我感到自己如同回到了家乡，备感亲切，也感到温暖。我撰写的文章也许是随性而为，不能尽如人意，但是我手写我心，希望能遇到彼此契合的朋友，一起切磋，共同进步。

树人网，我的精神家园，我将永远守望！

学会直立行走

发在树人网上的一篇文章被很多人关注，对我来说实属空前。我激动且兴奋，仿佛人群中觅到不少知音。还有不少网友留言、关注、鼓励，让我对通过写作提升自己更有信心。尽管距离"写得真好"还很远，但是我心底流淌的文字至少不那么乏味，愿意和大家分享，温暖他人，照亮自己，惬意度过每一天。

写的文章能够引起共鸣，并能改变人们对一些事情的看法，甚至能修正一些人行走的方式，那么自己的付出就是值得的，很有意义。尽管我们提倡理想主义，但是社会现实还有很多不尽如人意。一味诅咒、抱怨、逃避，不如积极行动起来，以直立行走的方式迈开脚步。

见到丑陋，不因其丑而远遁；见到罪恶，不因其恶而颤抖；见到黑暗，不因其黑而止步。勇气再大一点，力量更强一些，毕竟占据这个世界主题的仍然是美丽、善良、光明、正义等词汇。如果大家面对社会现实、教育现状，采取的态度是消极应对，漠然视之，或者三缄其口，那么就不要责怪乌云一直遮蔽了晴空，阳光不能普照大地。

权力是一把利器，既能造福也能作恶，真的让我们不少人望而生畏。其实，心中有魔，魔性自然发生；心有挂碍，恐怖自然产生。权力之所以横行，还不是多数人选择了纵容？其实，滥用权力者不过是纸老虎而已，他们破坏规则之初也是试探良久，犹如《黔之驴》中的老虎，当感到庞然大物构不成威胁，于是断其喉，尽其肉，乃去。我们心中的恐惧来自可怕的心理暗示，是长期习惯于匍匐前进的结果。

作为普通教师，我们人微言轻，但是"位卑未敢忘忧国"，天下兴亡，匹夫有责。但是，正义的力量恰似春天的小草，一旦萌芽，就会将广袤大地涂满绿色。星星之火，可以燎原。微弱的力量不断汇集，那么对惨淡的社会现实，多少能够产生影响，甚至将其改变。

　　也许我们自身能力还不够，我们的身体仍然缺钙。打铁还需身板硬，那么就要加强自身修为，拒绝继续爬行。加强锻炼，让自己身材挺拔，腰杆挺直，以一种直立行走的姿态走上前去，走向未来！

同学会

　　每个人在成长过程中都少不了和"情义"二字打交道。对于国人，情义是融入血液的文化传统。到了年终岁尾，对情义的表达犹如波浪翻滚，一浪接一浪，不知何时止息。自进入放假模式以来，各种理由编织的聚餐邀请，通过邮件、电话、短信、微信等方式不断传达，纷至沓来，不由让人感到惶恐和不安。

　　朋友聚餐本是人之常情，不会让人生畏，倒是酒精的威力让我敬畏三分，甚至发怵。一般情况下，豪言壮语之后，三杯两杯落肚，竟不知东南西北，酒后丑态也时有发生。因此，不胜酒力的我开始对这种场合避之不及。朋友相聚，联络感情委实必要，但以不醉为高，以尽兴而不失态为佳。可是理想和现实总有一段距离，就在半个多月前，读研阶段相识的几位同学，长途奔波来到敝县造访，一时幸甚至哉，忘乎所以，宾客未醉主人先醉。后来朋友新买的手机竟不翼而飞，尽管及时返回就餐的饭店调来监控细细查找，依然一无所获。这件事让我内疚不已，次日惜别，内心也是沉甸甸的。这次聚餐给我提了醒，不能见到白酒就失去戒备，届时误人误事，徒增遗憾。

　　可是近阶段聚餐活动集中爆发，甚至有的邀请言辞凿凿，让人推辞都显得无能为力，只能恭敬不如从命。看来我还是超不了凡，脱不了俗，心在静止，身在行动——该赴会的时候我还是前往的。

　　昨天晚上是与数十位阔别多年的初中同学相聚。

　　我很佩服 Z 同学和 M 同学的号召力，同学会规模颇为宏大。20 世纪 80 年代的初中同学，我们已经有 20 多年没见了。久别重逢，带来的是惊讶和欣喜，也感到人生的无常。有人说，岁月是把锋利的刀，将青春慢慢消磨，慢慢刻蚀，青丝让位于白发，粉面作别于皱褶。似曾相识的面孔，执手相望，不由喟叹无情流光将人抛却，沧桑岁月或多或少给我们留下深刻的印记。当年精瘦的小猴子如今腆着大肚子，让我脑子快速搜索当初的糗事一箩筐。当年被老师抓住早恋的青梅竹马，竟然终成眷侣，精神抖擞，满面春风，侃侃而谈，幸福已然写满脸颊。曾经精神矍铄的老校长已经满头银发，老年斑也若隐若现，这与记忆中他在学期初开学典礼上容光焕发的形象对不上号，强烈的反差让我鼻子有点发酸。有几位教过我们的老师也莅临现场，他们同样也被岁月改变了模样，衰老也是不可掩饰。此情此景，让我真切体会到长江后浪推前浪，人生无处不代谢。而新陈代谢正是大自然的发展规律，由不得凡人的阻拦。

据说此次同学会早有同学筹备良久，对游走异乡的我来说，真的感谢有此机会再续前缘。这么大规模的聚会肯定费了不少周折，如果没有热心和耐心，是不会促成此事的。

从傍晚六点左右，同学们陆续光临，到七点多，宴会正式开始。开场由M同学主持，他在行政领导岗位上历练多年，如今讲话也是很有条理。

热情洋溢的开场白之后，德高望重的老校长代表培育我们的老师发言。他说当时对我们关心不够，如今看到我们在各行各业发光发热，成了社会栋梁，也是很欣慰的。他很感谢我们的盛情相邀，也祝愿各位一切顺利。老校长的讲话依然铿锵有力，仿佛把我们拉回到二十多年前。紧接着是颇有建树的个别同学发言，也是少不了一番客套和祝福。到了七点四十左右宴会正式拉开序幕。

万恶的白酒依然是表达敬意的象征物，颇为强势地统领整个宴席，每桌皆然。老朋友相聚，觥筹交错是少不了的，先是酒过三巡，杯杯见底。这些50多度的液体烧得我喉咙生疼，胃囊灼热，本能的排斥让我坐立不安，无奈之下还是强作欢颜、默默相守、坚持到底。三巡之后，还有五巡，然后是个别加强。有同学提议我作为代表向老校长敬酒一杯，可是我知道我们这里的规矩是敬酒之后我还要陪酒几杯。掂量自己的酒量，也只能在心中默默请求老校长原谅。自己坚守阵地都勉为其难，更不要说开疆拓土了。轮番上阵的喝酒，让我无力抵抗，然后约上同病相怜者外出暂避风头。过了一会儿，我看到有人酩酊大醉，手握酒瓶，舌头发短，言语含混不清。酒醉之后，大脑意识受到限制，不知所以然，对此我深有体会。我想，还是清醒之时看看醉酒之人的夸张表演更有意味。

到了九点多，M再次主持，提醒大家没有不散的宴席。大家合影之后，各自踏上归途。

面对外教时的尴尬

作为中外合作办学的单位，我们学院每个学期都会有两位俄罗斯外教前来任职。每次聘用的人士各异，或男或女，或老或少，一般会在我院停留一个学期，传授先进的教学经验，展示高超的艺术才华，犹如春天给我们校园带来清新的微风。学期之初我先是在操场散步看到一位白发秃顶、略显苍老的外宾，不用复杂推理，便可得知这是刚来的外教。我和他打招呼，他只是微笑且挥手。再过了几天，在楼梯口遇到一位容貌清秀、一袭黑衣的女外宾，很显然这是另一位外教。

我曾有过参与外事工作的经历，因此和蓝眼睛、高鼻梁、白皮肤的外国人打交道时也能从容应对，不会发怵而乱了方寸。受掌握的语言所限，以及判断失误，我对于同来自非英语国家的外宾僵硬地用英语交流，还是有过不少尴尬的。

一次，我遇到一位法国友人，和他用英语交流很融洽，不过这位老兄似乎不太乐意使用英语，他反复表达法语是优于英语的。因此，每当我以"hello"问好，他便纠正我要改用"Bonjour"，看来法国人的民族自豪感还是很强的。还有一次，我在少林寺山门外面遇到一帮意大利友人，他们涌了上来，叽里呱啦说了一通，顿时我就傻眼了，不知道他们在说些什么。一些年轻的外宾多少懂些英语，即便他们的发音也不规范，但是简单交流还是能够达成的，其实很简单，他们就是希望在寺院附近找到住处而已。多年来，最有意思的一次经历一直萦绕在脑际。那是在2008年，我从阳朔返回桂林的途中，恰好和来自西班牙的外宾座位相邻，先是拘谨，然后用方言味儿很浓的英语交流，一路上颇感畅快。他兴致盎然，教我几句西班牙语，如今我也忘到爪哇国去了。当然，我也教给他几句汉语作为回报，一路上他不断练习刚刚学到的语句。记得他身材修长，而且清瘦，和塞万提斯笔下的堂吉诃德神似。时空穿越，仿佛那位异乡的荒诞骑士驾临中国，真的感到不可思议，不过他那副认真学习汉语的神态一直铭刻我心。

以往我遇到俄罗斯外教也会主动礼节性地打招呼，有时发现与他们用英语进行交流没有任何障碍。比如与以前来我院任教的萨沙、维嘉等，他们聊起俄罗斯文化也是洋溢着自豪，让我多少也领略到了异域文化的风采。而与刚来我院的外教到底能否交流呢，我不太清楚。我和那位老者的交流也只是停留在挥手和微笑上，要么说上一句"哈拉勺"（好），继续用英语对话，也是各说各的，彼此不知对方说些什么。看来这位外教无法和我达成交流，也是无缘对面手难牵吧。我和那位女外教没有谋过几次面，最近的一次就是在餐厅吃午饭。俄语翻译李娜老师和她坐在我的对面，我们聊了几句，李娜说她也不会多少英语。我还打趣地问她"中国"在俄语里面怎么表达，她如实相告是"七大爷"。

很尴尬的一次就是我从教师公寓下楼，在楼下正好遇到这两位外教也去主教楼。他们很友好地打招呼说"你好"，而我也是"哈拉勺"之后再也没有下文了。他们相谈甚欢，我和他们并肩而行，只听得那些怪异的卷舌音不断涌出，后来自己则和傻子一样愣头愣脑尾随在他们后面。终于来到办公室，各奔东西，我把珍藏的"打死崔大娘"（再见）回敬他们。他们神秘地微笑，也结束了我一路的尴尬。

世界如此广阔，仅仅掌握几句英语看来是远远不够的。学会一门外语等于给自己打开一扇窗，给自己另一个思维方式。我钦佩季羡林、钱钟书等学贯中西的大师，人家掌握多门外语，且能自如使用，真乃奇人。见贤思齐，能认识到语言学习是有局限的，那就要不断努力、不断发掘潜力，因为这个世界上未知领域太多，有待了解的东西更是无穷无尽。要像乔布斯那样时刻保持空杯心态，"Stay hungry，Stay foolish"。唯其如此，自己才不至于狂妄自大，才能心态平和，认真做自己顺手的事情。

萦绕心头的读书梦

　　出身农家的我，父母皆是面朝黄土背朝天的庄户人，因此栖居尘世就没有什么背景，只有孤单的背影伴我前行。当然，和每个人一样，我们内心深处都能够拥有很多美丽的梦想，那是生存的诗意。有时候梦想过于绚烂，如同肥皂泡，很快破裂，消失了影踪；有时候梦想微小，慢慢消散在时光的尘埃之中；有时候梦想如同种子，慢慢萌芽，茁壮生长而成为枝叶茂密的树。

　　梦，代表着志向，召唤着我朝着远方奔跑。

　　幼时，心中就被埋下一个梦想，破土而出，逐渐萌芽，经历风雨，经过岁月，不断成长。

　　最早的梦是由我父亲帮我埋进心底的，不是自发形成的，应该算作我父亲的梦想。

　　父亲和共和国同龄，他们那代人命运曲折，伴随着时代节拍，在艰难困顿中，理想主义高涨，付出了很多。即便蛛网查封炉台，也坚信未来美好。当我父亲处于求学上进的时候，正处于"文化大革命"时期，当时没有条件放安静的书桌。而且"读书越多越反动""知识无用论"甚嚣尘上。错误的政治宣传，使得一代人失去了宝贵的求学机会。怀揣破碎的梦想，父亲带着遗憾告别了校园，回家务农，于心不甘。无奈，他把梦想寄托在子女身上。从我求学开始，他对我的要求就比较严格，希望我将来能考上大学，超越父辈。圆梦，既是为我，也是为了他自己。

　　在学习上我也让父亲比较省心，一次次捧回奖状，让他甚为欣慰。

　　1994 年，通过高考，我顺利进入某高校开始更高层次的学习。父亲攥着录取通知书的场景我铭记在心，他很激动，喃喃自语道出他的梦想终于实现。

　　我很平静，由于考上的大学非我所愿，也郁闷很久。枯燥乏味的大学生活，我有点倦怠。内心一度存在很大落差，对未来也是充满迷茫，竟然不知梦想到底在伺方？

毕业之后，我对人生仍然缺乏明确的规划，对前途把握也是消极被动。不敢挑战自我，终日在无所事事中漂泊。入职之初，我作为乡村教师，每天伴随着日出日落，生活普通得像片片树叶、相像得似颗颗果实。我有过梦想，只是一闪念。有时候梦想一下子涌上来太多，根本无法实现。

有一天，我看到电视里一档节目讲述一个日本人的故事。他叫乙武洋匡，四肢全无，通过自己的努力，顺利从名牌大学毕业，成为电视台的主持明星，四处演讲，著书立说。看到他积极乐观的生活态度，我认为自己也应该有所改变，要植下梦想，设法超越庸碌的生活。

内心一旦有了真正的寄托，心中的梦想慢慢会被激活。

综合分析个人性格，我比较内向，不擅交际。读书需要静心以对，应该逐步成为一种生活方式。我试着改变心态，制订计划，努力通过阅读完善自我。

余暇时分，我不再参与无聊的活动，告别电视和游戏，端坐书桌前，静静让思绪在书中徜徉。开始读书，不过是为了改变行为方式，别的没有思考太多，动机也很简单，就是告别无聊和苦闷。后来，为了迈得更高，走得更远，我有选择地读一些书，读有用的书，以进德修业。而那些没用的书，有时候也牵引着我，让我心驰荡漾。在读别人书中流淌的文字的同时，我也开始尝试写作，一任自己的心灵开始歌唱。我的梦仍不清晰，在朦胧中激励自己，不断阅读和写作，坚持下去，希望会出现一些好的效果。

后来我有机会深造，获得更高的平台挥洒自我，这些都源于之前的梦。至今我仍在梦中，读书上进仍是我不变的梦想。开始迈步，那么就不要随意停止脚步，不断奔跑，相信梦想的实现就在前面的路上。

每个人心中都会有梦，有时只是一个念头。但梦想如果仅仅藏在心中，而不开始行动，那么就只能是空谈。有了积极主动的姿态，梦想的实现也许就在不远处。

中国梦，是中华民族的复兴之梦。在经历了积贫积弱的惨痛记忆之后，我们开始有了梦，开始为圆梦而努力，只要中华儿女齐心协力、奋勇拼搏，那么中国梦早晚有一天也会梦想成真。

年年送别校园路

　　每年六月上旬，都是学生毕业离校的日子。再好的宴席也要散场，如今又见这一独特的风景线：不少学生携带沉重的行李箱，陆续走出校门。他们拖着行李，要么手提、肩扛，三五成群，喜形于色，慷慨激昂，仰面大笑，不做蓬蒿人；要么黯然神伤，恋恋不舍，不断挥泪，满怀惆怅，欲语泪先流，一步三回头。这是他们告别大学岁月的方式，不尽相同。

　　六月是毕业季，是又一拨毕业生离校的日子。正如一条标语所写的那样，今日莘莘学子，明朝社会栋梁。如今，又一批"栋梁"即将"粉墨登场"。

　　这两天，2009级的学生就要离校了。毕业照已经冲洗出来，人手一张；毕业晚宴已经举行，豪言壮语仍在耳边回荡；毕业晚会已经上演，动情之处，有的学生情不自禁潸然泪下。领过毕业证、学位证，真的算是取得"真经"，于是怀揣梦想，背上行囊，为走向社会开始跃跃欲试。他们的人生开始崭新的一页，我作为师长，默默为他们投去祝福的目光。

　　青春美好，他们在我院挥洒四年时光，从新鲜的大一新生到老练的大学毕业生，也是历经不少酸涩，也曾品尝不少甜蜜，也有过别样的感情经历。再次回首，每个人都会悲欣交集，有着丰厚的收获，同样也有些许遗憾。某专业的学生以视频短片的形式回顾了在校期间的点点滴滴，这是他们的"致青春"。从刚刚踏入校门时的惶恐不安，到毕业时的满怀憧憬，历历在目。短片结尾，意味深长，他们由衷感慨：如果时光能够倒流，他们一定会更加珍惜在校的求学机会，会充分利用宝贵的求学时光，会认真上好每一节课，会经常出入图书馆，会在老师指导下认真完成作业。

　　"此情可待成追忆，只是当时已惘然。"这种遗憾每个人都会经历，都在回首往事的时候，懊悔连连。纵然有几多遗憾，纵然有不少烦恼，时至今日已化为昨日记忆。这些是成长过程中不可或缺的，是人生重要的组成部分。人生没有圆满，我们只能尽心尽力，让自己更加趋于完善而已。他们能够认识到自身的不足，说明内心渴望着成长，这样在未来会有可能取得更大的进步。

借一首《祝你一路顺风》送给毕业生们，祝他们未来道路更平坦，取得更好的成绩！

前进一步就会完美

结合自身实际，在做事的时候，如果我能再认真、细致那么一点儿，或者再努力那么一点儿，也许会比现在要完美多了。很多事情，不知是自己不够尽心，还是命运故意作对，让我回顾往事的时候，总是留下些许遗憾。

高考时，我的总分距离录取线就差几分，当时看着冰冷的数字，感到一片模糊。自己如果语文试卷多做对一道选择题，或者政治试卷时事政治填空没有落下，或者地理试卷做题不那么马虎，或者历史试卷中多得几分，我的个人发展史估计将成为另一个版本，至少回味起来不至于感到沮丧和憋屈。

大学期间，如果全心全意读书，不花前月下小径边，那么知识掌握上会牢固很多，不至于毕业之后还要狠狠补课，重新学习那些不该错过的课程。谈恋爱的结果就是导致毕业后尽快结婚，于是过早被家庭束缚得分身乏术。经济基础没有建立就开始组建家庭，结果过早品味苦涩。如果能再缓一缓，估计向幸福出发的途中会平坦很多。

大学毕业求职，我没有主动意识，于是"坐"失良机。不少和我处境类似的朋友，积极主动，纷纷到了理想的单位报到，对此我感到五味杂陈。听任分配的结果就像被钉死一样，即便我后来很不认同初次入职的环境，也要慢慢忍受，设法提高学历，等有一天逃离出去。其实，后来我再怎么努力，都没有能够达到别人初次入职的效果，于是自怨自艾，顾影自怜，如今也是无济于事。

求学读研是改变自身的最好选择，可是我一拖再拖，直到韶华已逝，才如愿以偿。等到跻身人才市场求职时，我看到了时过境迁，自己机会更加寥寥。于是失望、挫败感顿生，后来无可奈何走进一家民办高校，继续挥洒自己。

回顾过去其实已经没有任何意义，人生轨迹是自己双脚慢慢画出来的，有收获就有损失，不可能两全其美。在生活的屡次打击中，我也增强了承受能力。尽管目前所处的学院也有不少弊端，可是身处其中，感到还是比以往要强很多。自己业余时间充足，可以读书、写作，慢慢提高自己。不满现状是很正常的心理状态，鲁迅曾说过，不满是向上的车轮。应该清楚了解自身的长处和不足，正视自身处境，设法超越自我。只要不断前行，那么就可能慢慢趋向于完美。

身边的励志哥

关于励志人物的故事，不必到处寻找，有时候就在身边。我的同事戴维就是极其典型的励志人物。

戴维头发稀疏，早过了而立之年，依然孑然一身，皱纹已经爬上额头，但勤奋好学，孜孜不倦。2000 年他从山东大学医学院毕业，被分配到某省会甲等医院工作。但是生性喜欢文学、钟情于外语的他，越来越觉得置身医院不符合个人的追求。再三思考，痛苦挣扎之后，他毅然选择了辞职，走上了一条无法确定人生走向的路。

既然钟情于远方，就不顾风雨兼程。为了谋生，他拼命提高英语素质，并获得在英语辅导机构任职的资格。以此为起点，他不断超越自我，先后获得国家认证的翻译资格证书。后来，他前往我们学院应聘，在众多应聘者中脱颖而出，成为名副其实的高校教师。

有了目前的工作和学习环境，他如鱼得水，每天如饥似渴地学习英语。每次看到他，都发现他书不离手，或者佩戴耳机练习听力。为了获得更高的身份认证，他去年参加了硕士研究生考试，选择方向为英语口译专业，初试成绩已经揭晓，他成功入围。目前他已参加过所报考学校的研究生面试，成绩名列前茅。随后发出的录取信息显示，他位列该专业所有学生中的前三名，也就是说，戴维的读研之梦已经实现了。

有人当面或背后谈及他年龄大，应该及早成家立业，不要瞎折腾。他的回答是，即便不折腾，年龄也会不断增长，这一事实无法回避。两年以后，即便实现不了个人理想，依然又增长了两岁。那么在前进的路上，无论如何都要好好追求，不能再错失良机。机不可失，时不再来。一旦抓住了机会，个人命运也许会有所改变，向往中的幸福生活才算刚刚开始。

"大衣哥"朱之文

  农历羊年春节期间，央视一套节目的《焦点访谈》推出"中国人的活法"系列节目，讲述了草根阶层励志人物故事。通过这些励志人物日常生活的点点滴滴，传递正能量。

  春节当晚，故事主角是大家并不陌生的农民歌手——"大衣哥"朱之文。

  朱之文来自山东单县郭村镇朱楼村，地理位置特别偏僻，生活条件也格外艰苦。就在 2011 年 3 月，当时春寒料峭，他随手拉了件军大衣参加山东卫视《我是大明星》节目的海选。一开始，他邋遢的形象无人看好，当音乐响起，他一展歌喉，天籁之音充盈演播大厅。现场观众和评委震惊之余，怀疑他的农民身份，经过验证，更加敬佩他独特的演唱生涯。评委在赞叹他不俗歌技的同时，根据他的行装而称他为"大衣哥"。从此，以山东卫视为起点，朱之文频频在各卫视节目露面。风借火势，火助风威，他屡创佳绩。后来他参加了央视的《星光大道》《我要上春晚》等大牌节目，均获得不错的成绩。他台风稳健，歌声高亢嘹亮，歌喉穿云裂帛，引起各界广泛关注。短短的时间内，他拥有粉丝无数，励志的故事被大家广为传颂。

  不少名家大腕也不吝相助，如乐坛泰斗金铁霖教授，歌唱名家蒋大为、杨洪基不仅热心相助，而且将他收为编外弟子，悉心教导、点拨。经过名家指点，朱之文的演唱更加炉火纯青。著名音乐人孟庆豪根据朱之文的音域特点，为他量身打造歌曲《农民老大哥》，以及改编《沂蒙山小调》，再配合于文华的共同演绎，朱之文的歌声一度成为社会热点，引起大家广泛关注。作为年度标志性的励志人物，央视春晚隆重邀请他演唱新歌《我要回家》，他动情的演唱引起不少海外游子的共鸣。

  一时间，"大衣哥"的励志人物故事，如同无形的力量，鼓舞着不少草根阶层的人们，让人们知道只要自己足够努力，同样能够出彩。

朱之文的粉丝群自发起了名字叫"珍珠"，预示着平凡而高贵，历经沧桑终会璀璨夺目。我也从朱之文这个励志人物身上获得力量，对未来充满憧憬，也认识到只要默默坚持，总有一天成功就在不远处等候。

我追我的梦

我追我的梦，我走我的路，其实真的没有什么。我的爱好并不广泛，唯有在书中休憩，方能悟道思远，才能感到存在的意义。所以请对我宽容，尽管我一脸沧桑，不再年轻。看到我的青春不再的容颜，请不要用异样的眼神扫视——我只是坚持在走自己认定的路，仅此而已。如果今天我不去走，没有人能够代替我的位置，替我前行；如果今生有实现梦想的机会，我却轻易放弃，年岁累加，我的悔恨也会增加一成。

如果我的故事如同清风一缕，掠过你的心湖，泛起层层涟漪，那不是我的错误。你也不要讶异，更不必感到不可思议，因为在这个多元化选择共存的社会，我的选择也许有合理存在的价值。社会如果不是一潭死水，就要鼓励每个人流动起来，让追梦的人去圆梦。"流水不腐，户枢不蠹"的道理早已深入人心，我就不必饶舌，彼此耳根都得以清净。安于现状，故步自封，看日升日落，不符合我的性格，也不属于我的追求，既然选择了地平线作为目标，那么留给世界的只能是背影。因此，我们没有必要观点分歧，继续对峙，让我们尊重彼此的选择。

我的心灵曾经飘荡，我的梦想一度流浪，我的精神家园几乎荒芜，最终是书本收留了我，给我的灵魂留下了一方小小的宿营地。在文字之中我积蓄力量，带着信心和勇气继续上路，在若明若暗中鼓励自己奔向远方。

也许前方依然是荒原，我也不会止步；也许前方是沼泽，我也不会胆怯，因为我深信追求的终点是我心仪的精神圣殿。我相信在那里我的灵魂能够得到净化，我的精神可以得到升华，如果可能，我的人生可以提高到一个新的高度。

那么，我就不再患得患失、犹豫不决。如果梦想能够实现，我当感激幸运之神的再三眷顾；倘若不断追梦，到了终点却依然是凄凉惨淡，那么我也不会忧伤、哀怨，权作生命对自己的考验吧。前行路上，及时为自己心中燃起一盏更亮的明灯，然后如同夸父追日，奋勇向前！

为了遇见更好的自己

生命中有无限的潜能，有时候因为自身惰性和外部干扰而使人慢慢迟钝、慢慢麻木，其实很多时候，外在的一点期许、一点赞扬或者些许鼓励，就会让熄灭的生命火焰重新燃烧起来。

这些动力，除了外在的积极力量之外，还需要自身去汲取正能量，捕捉积极、乐观、向上的信号，让信心大大增长。

就个人体会，再没什么比读书更能储存正能量了，尤其是读那些励志书籍，催人奋进，犹如心灵鸡汤，美味飘香。

职业属性使然，让我拥有充裕的时间阅读滋润心灵的文字。"读书是最好的备课"，因此我认为自己并非异类，而是在做着丰富心灵的事情。置身三尺讲台，侃侃而谈，需要知识的储备，需要时间作为保证，真正让文字幻化为灵魂中的一部分。读书久了之后，不由想要付诸文字，于是就有了点滴积累，就有了这些看似散漫，实际上是心灵泉水的流淌。

"教学＋读书＋写作"构筑着我日常的生活方式，我觉得忙碌而充实，不觉蹉跎时日，也希望在光阴流逝中能不断提高自己。

孔夫子曾说：三十而立，四十不惑，五十知天命，六十乃花甲，七十古来稀。西方人视四十岁到七十岁为人生的黄金时代，这一阶段贡献于政治、文艺、哲学、科学，从事工商社会事业者比比皆是。而中国有些人四十岁之后，生命即呈现衰老之势，到了六十行将就木，两相比较，中国有些人生命的短促和浪费，简直太惊人！

荒谬的成见让不少人裹足不前，寻找诸多借口为自己的懦弱和胆怯开脱。年复一年，日复一日，眼望着别人硕果累累，自己却一无所获或收获甚少。何必悲也！

马云曾说过：今天很残酷，明天更残酷，后天很美丽，但绝大部分人死在明天晚上。由于缺乏韧性，不再坚持，不少人功亏一篑，行百里者半九十，令人扼腕叹息。

"我不去想能否成功，既然选择了远方，便只顾风雨兼程。"坚信自己目前从事的事情是有价值的，坚持下去，或许会有更大的进步，会遇到更好的自己。

看世界之前当三思

近日，一封短短的辞职信风行网络，引起广泛关注。

这封来自河南省实验中学顾姓老师的信，辞职理由只有一行字："世界那么大，我想去看看。"字迹娟秀且不说，这句颇有诗意的话，打动了不少人，道出了很多人心底的呐喊。有人甚至评论说："这是史上最具情怀的辞职信，没有之一。"能够在短暂的时间内被很多人转载、评论，说明信的内容触及很多人心中的敏感部分，因此才会引起不少人的共鸣。

可是，据我对网上评论的观察，发现大家的说法褒贬不一。

从支持顾老师辞职的角度来看，不少网友认为她很有勇气，敢于冲破束缚，为了自由敢于放弃别人渴望而不可得的岗位。置身省城，还是名牌中学，很多人羡慕还来不及。能够说放弃就放弃，拎包就走，勇气可嘉。从反对的角度来说，不少网友认为顾老师太任性，做出的决定有点草率。为了自由故，工作皆可抛。作为教师，以教书为业，以育人为乐，多少有悖于职业操守，有点责任心不够。

众说纷纭，是是非非，个中缘由，不好做出评判。就我个人而言，我认为世界是很大，但是去看看之前，应该三思而后行。

美国心理学家亚伯拉罕·马斯洛曾就人的需要划分五个层次。处在最底层的是生存或生理需要，其次是安全需要，然后依次是社交、尊重和自我实现的需要。也就是，人的所有追求是以生存需求的满足作为前提的，如果一个人食不果腹、衣不遮体，怎么奢谈"世界这么大，我想去看看"？因为这样的人不是精神有问题，就是吃饱了撑的，在发癔症，说梦话。1923 年，鲁迅在北京女子高等师范学校曾经发表题目是《娜拉走后怎样》的演讲，并指出，"从事理上推想起来，娜拉或者也实在只有两条路：不是堕落，就是回来"。娜拉饱受家庭束缚，从痛苦中开始觉醒，打算出走，但是冰冷的现实告诉她：梦醒了无路可以走，要么沦落风尘，要么重新返回家庭的囚笼状态。

作为升斗小民，我们大多数人都是在为那点钞票而卖掉自由。寻找到一份吃饭的差事，也就默认了附加的束缚，以此来换取或多或少的一份报酬，满足或补贴生存所需。冗长、乏味的生活不会让我们感觉过于良好，但也不会过于纠结。一年又一年，"多少脸孔，茫然随波逐流。人们为了生活，四处奔波，却在命运中不断交错"，这句歌词道出我们生存中有很多无奈。

我们选择了一份职业，也就选择了一份坚守；我们选择了一种理想，也就选择了一份追求。我不想对顾老师继续说三道四，因为每个人的生存处境不同，做出的选择也就有很多差异。至少在我们没有完全做好心理准备、个人财政还没有完全实现自由之前，还是应该要继续开源节流，脚踏实地过好当下的生活。

我最早的阅读启蒙

　　和刘庆邦、莫言讲述的人生经历一样，他们最早的文学启蒙来自乡间听书。我也是，尽管我不能和文学大师相提并论。

　　儿时，生活在农村，夜间的生活远没有现在丰富。夜幕降临之后，村庄寂静，劳累一天的人们要么早早休息，要么小酌几杯打发光阴。不过，有时候会听到"咚咚咚"的鼓声，伴随咿咿呀呀的胡琴从空中升腾起来。我一般会闻声而至，近距离看看说书人演绎。一般情况下，说书是两人合伙，一人伴奏，一人演唱。先是抑扬顿挫唱上一段，然后再慷慨激昂道白几声，整个空间被说书人控制，听众鸦雀无声，认真聆听。一般到了半夜，听到第一遍鸡叫的声音，说书人就以一句"且听下回分解"暂时告一段落，让听众带着悬念各自回到家中。夜深人静，有时候我独自一人摸索着回家，偶尔路过农户家门，犬吠之声凌厉而突然，我会吓得拔腿就跑，恶狗狂追，几次都被咬住小腿。还有的时候，走路时总感到背后有人追赶，心中忐忐忑忑，直到回到家中，飞出去的心才平静下来。

　　印象最深的是老田说书。他姓田，个子不高，面色黝黑，嗓门洪亮，不知家乡何处，曾不止一次到我村说书。人们都称他为老田，我也跟着叫吧。当时，金庸的《射雕英雄传》刚刚问世，他以自己的创作才能加入个人见解，把整个武侠小说演绎得活灵活现，很受大家欢迎。白天他会看上一晌或半晌，然后晚上醒木放在桌上，天也不早，人也不少，啪的一声响，就开始了当晚的说书。

　　先是讲个小段，类似热身，调动听众情绪，然后接着上次内容往下续讲。

　　"你看那郭靖，大英雄一闪身，来个饿虎扑食……"他边讲边比画着动作，颇为动情之处，听众的感受随着他的讲述而发生变化。幽默之处会哄然大笑，伤心之处会黯然落泪。

在老田精彩的演绎过程中，我了解到了郭靖和黄蓉的感情经历，当时虽然不懂得什么是爱情，但是郭靖大英雄的形象，我铭记在心。黄蓉疯丫头一个，她的老爸黄药师拿她也没有办法。断断续续也知道很多陌生的名字，如东邪西毒、南帝北丐、江南七怪、欧阳克、穆念慈等。若干年之后，通过荧屏观看这部作品，感受自然不同，但是我感到和老田说书相比，精彩程度还有一定差距。

那些印入脑海的故事情节让我经常幻想自己身怀绝技，也能够弄到《九阴真经》，和梅超风一试高低。在一个少年心中就此埋下了对文学的憧憬，瑰丽多姿的幻想多么珍贵，有了儿时不经意的启蒙，让我对文学心生敬意，由此对文字有了向往。

记忆中的考研时光

近期，打算考研的同学忽然多了，这是好现象，说明不少学生自觉认识到提升自我的重要性，有了危机意识。我对于学生的需求向来是乐于帮助的。由于他们知道我曾经参加过考研，身体力行，或许提出的建议更有说服力。颗颗带着期盼、带着疑惑的心希望我有时间同他们交流，于是他们或打电话，或发短信，或 QQ 留言，或当面交谈，非常诚恳地向我咨询关于考研的事情。

王国维说过，自古做事要经历三个阶段，目前就是所谓的第一阶段，"独上高楼，望断天涯路"。举目四顾皆茫然，不知道自己该往何处走。我当初也经历过这个阶段，因此很能体会他们的焦灼心理。在大学四年，犹如乘坐慢速列车，一开始感觉不到目的地的远近，只是默默打发旅途，突然听到列车员报站的声音，才意识到离终点站不远。这时候大梦初醒，开始绸缪下车，或者转乘另外一班列车，继续前行。

其实说到考研，这是很个性化的事情。每个人的考研故事不尽相同，这正如世界上没有完全相同的两片树叶一样，每人都有各自难念的一本经。即便我把自己的考研历程和盘托出，别人也是无法复制。只是为了不辜负同学们的热切期待，鼓舞他们不断进取的激情，同时也为了激发他们顽强的斗志，我不妨把自己考研路上的点点滴滴记录下来，立此存照，为他们提供借鉴。

"考研"目前是大学的流行词汇，也引发了一股热潮，这的确是不可思议的，也折射出当下愈演愈烈的就业压力。想当初，我对考研的觉悟没有这么早，反应也较为迟钝，大学时也没有做过这方面的梦。因此，我为同学们这么早就开始筹划未来而备感欣慰和兴奋。很惭愧地说，直到韶华即将逝去的时节，我才开始迈开前行的脚步，亦步亦趋憧憬未来——当初我对考研存在的畏惧感、惶恐心理，其实是不可想象的。我当时比较自卑，错误地认为凡考研之人才华均超乎寻常，非我辈所能及。于是断断续续，我反复立志而一再丧志，蹉跎多年，茫然多次，直到有一天机缘凑巧，才真正下定决心考研，而且一波三折，忐忑之后，竟然在一所大学完成了读研之梦。

说到促使我考研的源头，要从我初中时的一位老师说起。当时这位教语文的老师和我本乡本土，刚刚师范毕业，比我们当时也大不了多少岁。但在我印象中，他才华横溢，字特别优美，和学生之间的关系很融洽。后来他经过努力考取了中国政法大学的研究生，轰动一时。这是我第一次近距离接触到研究生这个称谓，当时我不知道这个称谓意味着什么，需要读书读多久才能达到。乡亲们荒唐解释说，研究生差不多相当于县长级的干部。研究生这个称谓一直刻在我的心中，寄托了一个少年很模糊的梦想。后来，我的老师毕业后被分配到最高人民检察院，更加为乡亲们争相传颂，也成为激励我们家乡孩子的榜样。至今，我们家乡如果有人提及"考研"二字，话题自然而然还会和那位老师联系在一起。

坦率地说，我当初并不热衷于读书，认为读书是个苦差事。但是我后来从书中获得很多乐趣，于是也改变了当初的看法。20 岁左右的时候，我刚参加工作，整天无所事事，不知在忙些什么。可能每天忙着发呆，尽管忙碌，但内心却很空虚、很无聊。尽管生活很困顿也很无奈，我却没想过要改变什么。考研的打算更是没有列入考虑的范围之内，固执地认为考研的目标简直遥不可及、高不可攀，甚至是痴心妄想。还没有考试，我就用一堆消极的词汇打败了自己。

后来，我的两个朋友赵某和张某相继考上研究生，极大地激励了我，也促使我下决心去拼搏一把。赵某在读研之前是一个工人，在一个很不景气的工厂工作多年，整天牢骚满腹。我们相遇三句话没说，就会对现实大发议论，抨击社会诸多不公，但是后来我们感到这么指责社会没有任何意义。于是他说要准备考研，我感到他在开玩笑，因为凭他的基础是很难如愿的。结果他准备两次之后，终于被西南一所很有名气的大学录取。张某和我是高中同学，他在学习上和我属于一个档次，甚至不谦虚地说，我比他还稍微强些。我们大学也在一所学校，毕业都从事相同的行业，后来他专升本，我紧随其后。再后来，他也开始动起考研的心思，并动员我和他同行，我却退避三舍。这家伙考了两次，后来被浙江一所学校录取。同伴之间激励的力量最有效，看到在能力上和自己比肩甚至不如自己的人都能够如愿以偿，那么自身的潜能以及斗志也会慢慢被激发出来，就这样我终于迈开了挑战自我的第一步。

在考研之初，我又开始新一轮的茫然。由于专业定位不明，一直不清楚该选定哪个专业作为奋斗目标。我本是英语专业出身，如果以本专业作为目标，那么按照考研要求，必须要考第二外语。我大学选的第二外语是日语，当时只是停留在皮毛状态，没有继续深入下去，日语的确很难，那些乱成一团麻的形态变化就让我头大。我不敢冒险，因为考研一旦有一门不过最低线，那么全盘皆输。按照赵某给的建议，把法律作为目标吧，将来说不定还能当个律师啥的，也挺鼓舞人心。于是我购买了几十斤重的书籍，堆满整整一个书桌。从此我每天都要翻看林林总总的书籍，还要熟悉那些很细的法律条文，到后来法理学再也琢磨不透，法制史令我心烦，复习了几个月之后，我竖起了白旗。犹如夜间行走，我四顾茫然，没有人给我丝毫指点，完全凭着我自己摸索。在备考过程中，我心情沮丧到了极点，简直像走进了死胡同。后来所又打算报考文学方面的研究生，可是将文学作为一种爱好还行，如果作为专业追求，对我这个门外汉来说，难度也不小，估计最终还会放弃。迷茫了大半年之后，我的一位正在西南大学就读研究生的朋友寄来了一封信，还有若干书籍。他鼓励我说，如果真的想超越自我考上研究生，不妨试试教育学吧。他建议我报考课程论专业，因为我的职业与之相关，我对研究教育既有兴趣，又有实践经验，备考起来估计能找对路子。于是听从了他的劝告，我开始备考，又是新一轮的购买书籍以及制订计划，鼓励自己，为自己构筑美丽的梦想。

　　备考的过程我只能简略叙述，其实这个过程很漫长也很枯燥，每天要背记陌生的专业术语和名词解释，要强迫自己吞下令人作呕的诸多文字。环顾四周，无人为我喝彩，我在不被人理解的目光中踽踽独行。

　　作为上班族，我除了业余自修之外，还要兼顾工作，否则领导的脸上会蒙上霜雪。在此期间同事中有鼓励我的，他们认为年轻人就应该不满足现状，要追求上进；也有打击我的，说我不务正业，养猪的在做着养狐狸的梦。别人的评价我没有过分在意，因为我知道追梦的过程很美、很有意义，犹如父子抬驴那个寓言故事，无论你怎么迎合旁人，还是照样众说纷纭。如果委屈自己，一直生活在别人的目光中，那么自己只会活得憋屈。与其过分在意别人，不如把自己当作一个摆放在橱窗里的花瓶，不管怎样都有人说三道四，我还是我，变不成别人，那么不妨借助但丁的一句话为自己壮行：走自己的路，让别人说去吧。

　　自从有了明确的目标，我就牺牲了很多休闲的机会。我本来喜欢没事时和别人小酌几杯，后来我就不参与其中了，也放弃了和别人闲聊，更不去参与诸如纸牌之类的游戏。为了考研，我把自己塑造成一个不合时宜的人，每天做着喜爱的事情，成为别人眼中很古怪的人，这一状态一直延续到当年元月的研究生入学考试。

我很不走运，考试当天我患了重感冒，头昏脑涨，甚至记不得自己是怎么进出考场的。勉强支撑到考试结束，我也不清楚在考卷上到底都答了什么。后来，我没有核对考试答案，也没有刻意关注考研这件事，因为我对自己的考试不抱任何期待。每天我认真完成本职工作，该上班上班，该辅导就辅导。直到3月中旬，朋友的电话让我吃惊不小。他告诉我成绩已经公布，我刚好上线，每科成绩都符合要求，要我开始为复试做准备。我以为他逗我开心，没事找乐，也不怕浪费电话费。

不过，当天上午我赶忙找到一家网吧，上网查询自己的成绩，证实朋友所言不虚。我的成绩高出分数线9分，政治得分勉强压线，只过了1分。然后我开始筹划复试的事情。对我来说，有点意外惊喜，简直就像瞎猫撞到一个死耗子。

看到初试分数时我惊喜万分，未曾料到那么意外，上苍没有把我遗忘，给我若明若暗的前途点缀了一丝亮光。同时我也不由担忧起来，因为从网上得知，考生到校先进行复试，跨专业考生还要加试两门主干课，一旦不合格仍然会被刷下来。看到这则消息，我目瞪口呆，看来考研并不是初试成绩通过就稳操胜券了。自己当初为了能够考取，选择教育学并不那么慎重，只是为了能考上而做出的无奈选择。如今要复试，犹如丑媳妇要去见公婆，再怎么没有基础也要冲锋陷阵。我思虑太多，总感到自己心里很不踏实，一旦复试很严格，加试考试的试题很细致，那么我还不露馅？一种强烈的自卑感再次袭上心头。面对4月6日就要发布的复试名单，我不能轻举妄动，要静观其变。倘若复试名单上有我的姓名，那么我找来相关书籍，认真筹备也不迟。如果名单上没有我的姓名，那么我该干吗还干吗去，不要自作多情。

考研如同一场大戏，一波三折。而对我来说，即便没有复试机会，那我也要淡定，不能因为受到小小挫折就让自己沉沦。无论如何都要面对，我要让内心尽快平静下来。

硕士毕业论文后记

　　人过三十不学艺，我过三十又读研。也许是命运的馈赠，2007 年 9 月一纸通知书使我有机会来到桂林，来到这个被誉为"山水甲天下"的美丽城市。在古典和现代交相辉映的广西师范大学，我开始了自己别开生面的求学生涯。光阴荏苒，岁月匆匆，在烟雨迷蒙的五月，桂林更具魅力，而我将完成论文定稿并接受专家学者的检验，一时心潮起伏，久久不能平静。回首来时路，依旧清晰，似也模糊，斑斑驳驳，心中多了许多感慨……

　　想当初，我初试刚刚勉强入围还没有参加复试之时，情绪低落，信心大减，患病多年的慈父给了我莫大的鼓励，希望我能继续求学。可是，我从桂林复试完毕刚刚返回家中，他就重病复发，尽管及时进行抢救，还是离我们而去。父亲一生钟爱读书，却因家贫和时代背景没能继续求学。他欣慰于我的勤学上进，可是最终没能等到我学业有成，终成遗憾。因此我读研不仅是实现自己的梦想，更是为了先父遗愿，告慰先父在天之灵。如今我即将获得硕士学位，若父亲泉下有知，我终没有让他失望。

　　读书期间，我有幸师从某某老师，在学术方面聆听她的教诲。导师宽厚仁慈，长者如风，品德高尚，平易近人。在导师的影响下，我不仅领略了学问之道，还明晰了做人的准则。这些都成为我的精神财富，温暖我今后的人生之路。

　　撰写毕业论文的过程中，我遇到很多挫折，面临诸多选择。导师的及时催促、耐心点拨、不厌其烦使我自信大增，让我完成了论题的研究过程。导师对我的论文写作以及专业成长付出很多心血。师恩难忘，只言片语也难道尽心中感激，我只能真诚地说声：谢谢您！

　　感谢广西师范大学，特别是感谢教育科学学院的领导及 JSH，XDB，TRD，CZZ 等教授对我的教育和培养，先生们的学识、风范和品格永远是我的人生楷模。感谢 ZY 老师、WD 老师不辞辛劳对我的无私帮助!

论文得以顺利完成,还要感谢我的同门 SQ,LCJ,LWJ,WLL 及 2007 级的其他同学,是他们给予我极大的关心、鼓励和帮助。

再就是感谢我的家人,感谢他们为我静心读书、完成毕业论文付出的辛勤努力……

再一次由衷地向所有关心过、帮助过我的人们说声"谢谢"! 祝愿你们健康、幸福!

第一次登台演唱

2011年年初，学院举办"第三届教职工歌手大赛"，外语教研室"欺"我年长，把我名字提前报上，于是我在元月6日下午不得不登台演出。我选的是一首英文老歌，也是电影《哥伦布》的主题曲 *Sailing*，首唱是由号称"摇滚铁公鸡"的洛德演唱，这首金曲居当年（可能是1974年）音乐排行榜的首位。今天我来演绎，不会疯狂弹奏吉他，可能也不会演唱"花腔"，既来之，则安之，能表达出那种思乡、飞翔、向往的感觉就行。

这是我比较喜欢的歌曲，当年在浙江工作时曾教学生们唱过，而且那年学生毕业我们合唱的就是这首歌曲。当时我不由潸然泪下，想到这些熟悉的面孔如同航行在大海中的帆船，要沿着自己的航线不断前行，以后很难再有机会谋面，很是依依不舍。

久未登台，略有生疏，比赛中很是局促，我很清楚自己献了丑。主任反复强调我在台上的窘态，说我在慌乱之中把演唱前的一段开场白表达错了，譬如：*Sailing* 是首英文歌曲，它的英文意思是远航，中文名字我一紧张给弄错了。演唱过程中，我的手不断发颤，麦克风都拿不稳。主任还反复说我在台上单手挥向观众，像伟人在说"同志们好"一样，很搞笑。

我不是没有觉察到表演的失误，也能感受到主任戏谑背后的寓意。我能感受到那淡淡的玩笑背后隐藏的遗憾。本来提供这个机会是想灿烂，可是换来的却是黯淡。参赛人员总共15个人，我得到的是"最佳气质奖"，这不过是安慰而已，谁有机会上台都可以得到的。比赛结束引来的非议让我感到自己的确不优秀，个人素质上欠缺的东西太多，要提高还有很长的路要走。

让我"欣慰"的是，出丑的也不只我一个。我前面14个选手也都存在遗憾之处。演唱《大海》的 M 老师高音高不上去，关键时刻没有调动观众情绪。L 老师的《滚滚长江东逝水》也没有那种高亢、慷慨的气魄，反而拘束地把手一直放在上衣口袋里。李主任演唱《春天里》更是显得慌乱，一紧张歌词忘记大半，而且没有跟上节奏，这首歌还未结束，他把词先唱完了。下台后我看他大汗淋漓，煞是紧张。而梁处长在演唱《少年壮志不言愁》时，一只手不断挥舞，好像在打乒乓球，激动之余打起猴拳，引来台下阵阵笑声。

归根到底，尽管冠以"比赛"二字，其实这不过是群众自娱自乐而已，要上升到很高的水平，也不是人人都能达到的。当然，用意大利语演唱《我的太阳》的纪老师还是真有两下子，放歌一曲，震惊四座，掌声如雷鸣，甚至有人起身欢呼。但这种音域宽广、台风稳健的歌手毕竟算是少数，属珍稀之列。而我们多为平凡之人，为芸芸众生之一，既然平凡，纵然有点瑕疵，也需要宽容。

唱歌不过是自己的业余爱好而已，从小到大根本没有机会接受正规训练，也没有得到专业人士的指点，自己不过是照猫画虎，偶尔听听音乐，然后模仿而已。不知音乐课为何物，而且根本不懂乐谱，即便简谱也看不懂。担心别人发现自己的先天不足，有时也像模像样地读读"do re mi"，可是自己根本不懂乐理知识。看来学无止境，"吾将上下而求索"。

我选的这首英文歌曲 Sailing，由于曲调低沉，旋律不能铺展开，让人听着似乎在哭泣。

唉，出完丑就算了。没有这次体验，永远不知道自己勇气如何，也不知自己是否能上得台面。自己本普通，再有机会一定用心好好准备，不能犯下低级错误，包括演唱在内的各环节要设计得一丝不苟，不可草率而就。

从这件小事我体会到为人应该内敛，不应不加限制地表现自我，使自己的不足完全展露无遗，那么也就没有什么内涵了，充其量成为他人的谈资而已。可是人还是要表现自我、挑战自我，这样才能促进自己的成长和进步。看来出丑换得进步也是有价值的。

我领取的第一笔稿费

光阴中的故事真的不可思议。尽管我不相信有超自然力量存在，可冥冥之中，有些巧合真的让我感到不可思议。

一介书生，报国无长物，唯有手中纸与笔。我喜欢写作，不过舞文弄墨仅仅停留在自娱自乐阶段，不敢奢望会有文章发表。到目前为止，即便也有文章出现在报纸、杂志上，不过那些只是为了评职称、为了获取更大利益被迫发表的垃圾文章，让我心里很是被动甚至痛苦不堪。那是带着镣铐跳舞，很蹩脚，也很无奈。

作为教育工作者，我守望教育这方田园，而且情有独钟。时光匆匆而逝，我也在不断成长，较之以前单纯从事教学，我对教育的关注视野应该说更加宽广。我不仅仅对课堂教学有自己的见解，而且开始评判蕴含在林林总总、纷繁芜杂社会现象中的教育现象，开始借助诸多平台发起讨论。

有了自己的家庭，尤其是有了孩子之后，我对家庭教育不再仅仅是关注，而是无时无刻不在为了孩子的成长而殚精竭虑。我阅读过不少关于家教的书籍，如介绍哈佛女孩刘亦婷的系列书籍，介绍神童张炘炀的书籍，还有关于教育孩子的理论书籍。尽管我后来读研选择的是教学论专业，可是儿童教育一直萦绕在心。我选修了儿童教育一门课，当导师讲到"童年的迷失"时，我深有感触。成人不恰当的价值观，附加在孩子身上，让他们过早告别童年，让人无奈而痛心。

尽管我十分关注女儿的整个成长过程，可是作为父亲，有的时候我是缺位的。过去的时光中，我在追求自己的梦想，选择了外出工作或求学，在空间上离家有点距离，尽管通过电波也能了解到孩子学习的进展情况，但是我在陪伴她成长的过程中是做得很不够的。面对孩子，我不由内疚。以儿童教育作为研究对象，我也写过一些研究文章，如采用教育人类学的叙事方法，我写了《一个小学生的无奈》，获得大家的好评。

2010 年 9 月，我根据对孩子教育终极目的的思考，结合朋友的讨论，写了一篇小文章，不料受到《现代家庭教育》的青睐。编辑不仅通过电子邮件回复了一封热情洋溢的信，而且答应在 2010 年最后一期刊登此文。我的成果受到关注，已经让我感到莫大的安慰，更没有料到的是我岁末年初竟然收到了汇款单，上面清楚标明采用了我的文章，并付给我 100 元作为报酬。

这是我得到的第一笔稿费，尽管不多，可是我格外高兴。这说明我具备成为一位作者的潜质，能和期刊结缘，使自己的教育理想得以抒发，因此更加振奋。后来应编辑之约，我又撰写了几篇小文，对方也给予很积极的回应。春天到来了，一切都是新气象。我当以此为起点，积极工作，立足教育田园，努力耕耘，不负赏识我的那些人的厚望，争取创作出更多更优秀的作品。

表弟的故事

一、J

大舅的次子 J 在某市开办中小学辅导班，春节前和媳妇 Q 吵架，生了一场大气，还发生剧烈的肢体冲突，尔后摔门而去，离家出走。据说，J 至今仍不知去向，媳妇怀抱幼小的孩子凄苦度日。大年初二，我前往大舅家做客，席间谈及家事，大舅母黯然神伤，怒气上升。听他们诉说，我也不太明白个中原委，大概意思就是儿子儿媳闹得不可开交，把原因归于大舅母没有尽心伺候好月子，刚待了半月就匆匆返回家里，由此婆媳间的误解更加严重，J 不容媳妇肆意叫嚣，大打出手之后局面更加不可收拾，以至本来充满欢庆气氛的春节也变得格外凝重起来。

愤愤不平的大舅母还把儿媳气急败坏之下发来的短信四处"展览"，先是给她的长子看，然后给她娘家三弟看，后来还拿给我看，其间也不知是否还让其他人看过。我粗略浏览了短信内容，大概有十余条，句子混乱，言语污浊不堪，不仅直呼大舅夫妇的大名，称他们猪狗不如，活在世上就是累赘、废物，诅咒他们一个出车祸撞死一个生病瞎死，将家庭矛盾直指公婆。Q 还扬言要把我大舅、舅母以及哥嫂一家永远从本属于她和 J 的三间房屋中撵走。语言恶毒、不逊，不忍细读；素质低下、恶劣，不可想象！

尽管我只是外甥，而且对大舅母他们家人的相处情况并不太了解，只是从侧面得知他们家庭矛盾丛生。婆媳不和由来已久，也不是他们家的先例。父母能力有限，房屋没有落成，两个儿子本领并不出众，在外苦苦挣扎，都是属于贫寒的平民阶层，勉强糊口度日。据我母亲说，自从他们的两个儿子结婚后，两家共用一栋房屋，一家住东间，一家住西间，而大舅和舅母二人则栖身厨房。

这种尴尬的生存处境在方圆数十里的乡间流传，经过闲人口舌免费宣传，再添油加醋，不知被演绎得多么不堪。

自古以来，清官难断家务事。家庭矛盾如同杂草，再怎么清除也是污秽遍陈，无法清净。从《裸婚时代》中总结，细节不仅能打败爱情，还能打败家庭，甚至婚姻。本应蓄积温暖和爱的家，反而显得和冰窟一样寒冷。无奈之下我大表弟一家四口选择漂泊异乡，到处流浪，收入低微，遭人白眼，受尽人间辛酸，好歹还算"瓦全"了自己的小家。后来因为次女早产夭折，只好把长女留在家里委托二位老人照看，由此埋下家庭矛盾的另一个祸根，就是子女的照看问题。农村普遍流行打工青年夫妇委托父母照看孩子的传统，一方面形成了庞大的留守儿童群体，由此引发了很多社会问题；另一方面是老人们照看孙辈时的关爱分配不均，容易滋生偏心的说辞。尤其是有些挑剔的青年夫妇，他们的家庭中往往兄弟姐妹不止一人，总是感觉老人们不爱自家孩子而偏心别人家的，很少有人懂得包容和理解，而是一味指责老人，由此引起的家庭纠纷可谓多矣。我大舅家也不例外。

J 和 Q 生子不易，婚后几年才怀孕，而且生下的还是延续香火的儿子。农村封建意识浓厚，自古以来"母以子贵"，这下子可让 Q 扬眉吐气，犹如当年那位高高在上的西太后一样，颐指气使地要求婆家来人照看她的宝贝疙瘩。大舅父年迈身残，视力微弱；大舅母患有风湿性关节炎，举步维艰，可是刚刚"荣升"的儿媳不体谅这些，执意要求婆婆前来履行免费保姆的角色，否则就拿公婆长期给哥嫂照看孩子的事实大加讨伐。挑剔、尖刻的儿媳遇上执拗、笨拙的婆婆，双方势同水火。我大舅母后来去二儿媳处照看半个月，如同处于荆棘之中。相处时间不长，也是牢骚满腹，忍气吞声，于是矛盾日积月累，事态不断走向恶化。大舅母厨艺本来就登不得大雅之堂，让她料理儿媳月子里的饮食起居，矛盾犹如油锅溅水——噼里啪啦，太平日子成为罕见之物。因为做饭不合口味或者做饭不及时，Q 经常摔盘摔碗发泄不满；大舅母不习惯城市生活，Q 让大舅母跪在地上干她完全陌生的家务活——擦拭地板，即便如此仍然指责大舅母清扫不干净；大人小孩衣服一大堆，每次大舅母搓洗衣服，Q 不是抱怨洗衣粉放多就是指责洗得不到位，Q 整天脸色铁青，拉得老长。作为老人，大舅母忍气吞声，感觉犹如旧社会遭人欺凌的丫鬟、奴婢。沉默呀沉默，不在沉默中爆发，就在沉默中灭亡。大舅母最终选择了呐喊，局面犹如不断升温的火药桶，突然有一天砰然一声就爆炸了，一下子无法收拾。

看到形容枯槁的大舅和舅母，我感到 Q 的做法太过分了。当初仓颉造字，如今手机传书，不是为了传递污言秽语的便捷。不管怎么说，她和 J 走在一起还是有一定感情基础的，如今出言如此不逊，真的愧对所受的多年教育以及身披的文人外衣，也让和书结缘的人蒙羞。如果她认识不到自己的过错，那么可以说她缺乏教养，做事过分。依仗自己年轻力壮，正值盛年，欺凌已经被榨干血汗正处于风烛残年的老人，别看她道貌岸然，其实丧心病狂，甚至不配为人之母。原来我以为道德沦丧的事例离我们很远，如今 J 的事例让我感到了人性的残忍和悲哀，也更为我舅父母感到不幸。我大舅不责备别人，而是抱怨自己无能，没有完全尽到责任，我更是感到冷气倒抽，人性的麻木已经到了如此地步，不由感叹：这哪里还有什么人的味道！

子曰：人而无礼，马牛而巾裾。也就是说，作为人，一旦什么礼节都不顾忌，那么真的就成了穿着衣服的牛马。中华民族文化的精髓就是讲究孝道，这是最起码的礼节。

据说他们正不约而同把出路指向离婚，倘若如此，世上多了一对劳燕分飞的夫妻，多了一个缺爹少妈的幼子，多了两对以泪洗面的老夫老妻，这真的是一桩不愿看到的人间悲剧，也是我笔下不愿讲述的悲情故事。

二、Y

初五我和母亲一块去我姨家走亲戚，这边刚要进门，我看到 W 从门里往外走。下了车，寒暄几句，我姨也闻声从家里走出来，和我们打了招呼，就跟 W 说不要回她娘家了，上午和你哥你姨一块吃饭吧。

一边往家里走，我姨一边放低声音再三叮嘱我不要提 Y 的事，说他们正在闹别扭，唯恐我们说话不当使矛盾激化。我姨这么说，我自然不能傻得如同木头，说话要三缄其口，小心谨慎才是。有道是：君子成人之美，不成人之恶。

W 是我姨的二儿媳，没和 Y 结婚前我就认识。初三时我到邻近乡镇求学，当时 W 上初一，她的父亲是初二的任课教师。那时候我就认识她，但是从没有说过话。那时候我寄宿在学校，经常看到她父亲骑一辆破旧的自行车，车上前后要带上四个孩子，如同杂技艺人一样。由于原本认识，后来她嫁给我表弟后，交流自如很多。如今看到她憔悴不堪，脸色蜡黄且缺少光泽，和上一次在 Y 创办的实验高中校园内的容光焕发相比，判若两人。由此可以判断她的生存处境不尽如人意，可能生活上也遭遇了困顿。

果然还没有聊上几句，她就喋喋不休说起 Y 的种种不足之处来，整天无所事事，脾气坏得要命，动辄寻衅滋事，不是训儿子就是打老婆，而且到家就打开电视，漫无目的地打发时间。春节本来应该夫妻双双把家还，可是老婆孩子回了家，他却滞留郑州，青灯冷灶，影单形只，对付一天是一天。

看到中风瘫痪、劫后余生的姨夫，我悲从中来。想到当初那个精明能干的 Y 如今成为媳妇眼中的废物点心，更是感到悲哀。我希望 W 所云不过是夸张，并非事实，但是也为 Y 办学失败后的不近人情感到愤懑。

Y，这个让我爱恨交织的表弟盘桓我的心头多年，他和我邻居的纠葛让我愤恨难平，而他目前的自甘堕落让我痛心不已。他本来是很有才气的男儿，因为贪婪和失策，将自己的人生和事业从峰顶推入低谷。不知不觉已经进入中年，如今单位不景气，家庭不和睦，事业无发展。前几年办学失策导致债务缠身，而且债主多是父老乡亲，他收入微薄，无力偿还，只好学习把头埋进沙堆的鸵鸟，逃避一天是一天。想当初叱咤一时、为人称道的精英一下子成了千夫所指、众人唾弃的渣滓，反差之大真的让人感到不可思议。再加上他把寄养在哥嫂家的儿子贸然抢回，名誉更如秋风扫落叶一样不堪收拾。如此不仁不义的作为，触及做人的底线，一下子使他在亲友面前丧失了应有的尊严。如今他逢年过节连自己的亲生父母都很少理会，更不能苛求他对其他亲友的礼尚往来。从 Y 的身上我看到了破落之后的尴尬形象，看到了传说中小人的无耻嘴脸，真是悲愤交加。

有时候想想，他真不幸，当时年少轻狂，形势判断失误，但是办学动机是良好的，造福桑梓的本意值得称道，而且前期准备所付出的努力也是非同一般。一分为二看待他及他做过的事，我也该客观评价他的为人，以及对我的无私帮助。当初他刚在郑州工作，我就开始不断打扰他，要么陪同迟迟不孕的妻子看病，要么求学、出差在他那里落脚，而且在我读研之前去桂林报到的间隙，在火车站他硬是塞给我一千元。此情此景，历历在目，人都有走背运的时候，我不能在他危难之时落井下石，否则我的格调也是低下的。

人的一生本来就很短暂，Y 清醒过，但也糊涂过，不过精神可嘉，勇气应该肯定，当然教训也值得吸取。一个人能让生命年轮划过了 36 个圈，委实不易，接近不惑，也应该开始对人生加以小结。作为一个没有任何家庭背景的穷二代，在茫茫人海的大都市里艰难打拼，强中自有强中手，孤军奋战随时可能跌入强人布下的陷阱，落入别人设下的圈套，成为别人任意宰割的羔羊，或者别人邀功请赏的祭品。我在郑州停留不算太长，但也体会到人性的险恶、人情的冷漠、处世的不易、创业的艰难、竞争的惨烈。他如同一个本来擅长养猪的人偏要养狐狸，结果一败涂地，不堪收拾，不过人生在世遭受一些挫折并不意外。我的朋友张三初涉郑州家教市场，十多万砸了进去，不听声响，就被"交了学费"。被青春撞了一下腰，伤了元气，一时半会儿恢复不过来，但是与其一味消沉下去，不如尽快坚强奋起！我有机会应该当面和他好好谈谈，"好男儿，当景盛，耻疏闲"。再大的困难只要不畏惧，敢于面对，拿出"补天裂"的勇气，就能够克服。我要看看他的脊梁到底压弯没有，如果没有，那就劝他挺直起来。毕竟人生路一直向前再向前，自甘堕落是永远跨越不了地平线的。

三、JL

表弟 JL 一下子成了亲友关注的热点人物，往往聊不了几句就会提及他的婚变故事。我还是去年春节到李寨走亲戚时见到他的，当时他还没成为亲友的谈资，还没掀起纷纷扬扬的情事。

母亲听别人说了 JL 婚变的大概内容，她的描述让我觉得情节与某些小说很相似。

JL 比我小一岁，也年近不惑，结婚十多年，育有两男一女，女儿 15 岁就可以外出打工养活自己了，两个儿子正在上学，按理说他们一家五口应该很幸福。如果在原来农耕时代，满足于"老婆孩子热炕头"的生存方式，估计 JL 的人生中不会出现令他颜面扫地的场面。时代发展了，打工潮风起云涌，就在潮起潮落之间，JL 把自己修炼成了一个小包工头。举家前往宁波，打拼多年，攒下不少钱——他家的三层小楼可以作证。那时候他和妻子相濡以沫，患难与共，彼此忠诚。"男人有钱就变坏"的说辞在他身上却果然应验，自从见到来自家乡的某女之后，他平静多年的心开始荡漾起来，俩人相见恨晚，你侬我侬，渐渐滑出道德的正常轨道。该女子原籍贵州，打工认识了我们家乡牛城赵庄的某男子，两人结为秦晋之好，她随着我的老乡到赵庄定居生活。

农村不比县城，自由恋爱在十多年前还不太普遍，男女婚姻多为媒人牵线，父母包办。男大当婚，女大当嫁，结了婚传宗接代的意识占据上风，夫妻间的感情则次之。有人纳闷，他们没有感情怎么会有三个孩子。需要说明的是，"intercourse"和"make love"的含义是不同的，前者只要是雄性和雌性都能达成，此为"animal"的行为，人则有差异；后者"love"则为主要内涵，爱是阳光，能使冰雪消融，能使陌生男女走进婚姻殿堂，牵手一生，无怨无悔。

有人曾说，结婚前要睁大眼睛，结婚后要学会睁一只眼闭一只眼，这是有一定道理的。没有结婚，男女双方可以选择的余地还是很大的，一旦结了婚，二人就要共同面对困难，共同承担风雨，这主要体现在"责任"二字上，如果继续率性，那就有悖人伦，为人不齿。中国式离婚之所以纠结着多少无奈，就是文化使然，要考虑到责任、义务、影响等，憔悴至极的两个人也很难下定决心另起炉灶。

据说 JL 婚变之初，回到家和结发妻子大闹一场，拳脚相加。他的妻子也够泼辣，愤怒之余在他脸上划了几刀，让 JL 面目全非。也许正是这个过激行为才使他下定决心，无论付出多大代价也要远离这个恶魔般的发妻。婚姻之中困顿的时候往往会发生冲突，这并不罕见，就我而言，和妻子吵架拌嘴也是经常发生，过激之时也是近乎疯癫。不过随着年龄增加，阅历丰富，抑或境界的提高，知道拿别人的错误惩罚自己愚蠢至极，于是不再让家里闹得鸡犬不宁。婚姻没有十全十美，动辄散伙是不负责任的极端态度，往往伤人害己。我的亲友相聚，倾诉的婚姻之苦各有特色，但是闹来闹去真正假戏真做、吹灯拔蜡的还只是少数。

人为什么要结婚，一方面是基于义务，到了年龄不结婚好像不伦不类；另一方面就是因为孤独，人在世上行走，有了伴的路才不感到悠长遥远，这是浪漫主义者的追求。先是心的呼唤，然后才不可遏制要把短暂的恋爱变成永恒的相守，这样的婚姻也许会长久一些。据说后来 JL 的发妻回到婆家拉东西，和婆婆发生冲突，不仅有语言上的，还有肢体上的，当然还有心理上的，这一下子犹如火药桶被点着了，家庭矛盾愈演愈烈，变得不可收拾。JL 家无法容下人家，人家就横下心来，一个孩子也不带走，开始张罗自己的第二春。据说她已经物色好了下家，打算嫁到我家乡那个小村庄，新郎比我长了一辈。将来表弟媳妇一下子成了婶子，开口叫还真有点不好意思。

本来众人看好的五口之家，因为 JL 和发妻的贪婪、痴迷、怨恨导致了破裂，其实随之毁灭的还有赵庄男子那一家，人家好不容易娶了个外地媳妇，一下子被 JL 拐跑，真的也是悲从中来。宁拆十座庙，不破一桩婚，这是民间最朴素的认识，JL 的做法已经遭到不少人的唾弃。

也许事态发展到不可收拾的一步，责任不该由某一个人承担，但是为了贪图一时之快，为了个人私欲，随性而为，无法无天，那就要慎重考虑了。

后记：后来经过多方调解，JL 和妻子冰释前嫌，重归于好，过年时还一同走亲串友。JL 脸上在冲突中留下的道道伤痕据说也在联系美容师治疗修复。

"语言粗鄙化"时代

　　语言粗鄙化，通俗点讲就是把脏话当作交流方式，见怪不怪的社会现象。

　　前有黑龙江的冯群超，后有央视的毕福剑，这两天又冒出来一个云南导游。他们三个人的共同特征就是"出口成脏"，被人录成视频，传到网上，一时间万人瞩目，酿成轰动效应。

　　冯群超这个人估计有人已经忘却，因为我们这个民族不乏忘却。冯群超是黑龙江省依兰县的一名中学教师，就在去年教师节前夕，公然向学生索礼。索礼且索礼，她还在全班几十名学生目光织成的网里大放厥词，带有二人转味道的口音依稀可以听出"王八犊子"等词汇。事后，冯群超认识到自己的错误，但是饭碗仍然没有保住，而且因为她一个人，连带着处分了大小官员数人。毕福剑现在身在何方，我们不得而知。在为他惋惜的同时，也会觉得他是咎由自取。话是他说的，红口白牙，抵赖不了。手机这玩意儿，真的如同照妖镜，让千年修炼的老妖也现了原形。穷尽思维，我们怎么也想不到一个央视"大腕"会被一段视频撂倒，而且这段视频不是所谓的不雅视频，而是酒兴正浓，戏谑成性，说了不该说的话，骂了不该骂的人。有人 Ps（Photoshop，合成）了一张"老毕"路边揽活的图片，配以标题：饭局改变人生。看后不觉哑然失笑。马上就熬到光荣退休，弄了这档子事，真是悲从中来。再说这两天火爆于网络的云南导游陈春艳，她也是因为视频改变人生的主儿。因为游客购物太少或者不购物，陈导游撕下伪装许久的和蔼面孔，开始了长达四分钟的"激情演说"。句句带刺，字字阴损，责怪游客"没良心"云云。言语粗俗，让人不忍卒听。后来这个导游受到处罚，被吊销了导游证，意味着饭碗也被砸烂了。

　　这三个人是典型中的典型，所以才引起关注。"出口成脏"，开口就问候人家家人甚至祖先，语言的粗鄙化表达早就如同螃蟹，横冲直撞，横行霸道，俨然成了社会常态。而且众多上不了台面的词汇，竟然伴随着网络堂而皇之见诸主流媒体、报刊，更不要说我们日常的表达。这种庸俗、低俗、恶俗的语言泛滥成灾，我们深受其害还浑然不觉，谁为此买单？升斗小民，口出狂言，骂上几句发泄不满也就算了。倘若语言使用不当，造成对他人的伤害，一旦公之于众，麻烦可想而知。

前不久我在超市就看到这么一幕：一个中老年妇女拉住一个漂亮的超市售货员要找店长理论，让小姑娘向她道歉。原因何在？就是因为这个小姑娘出言不逊，喊了她一声"乖乖"。按道理来说，乖乖一词可以是昵称，类似于现在寻常可用的"亲"。可是让一个更年期的女人接受一个小姑娘的"乖乖"之代称，看来还是有点小小的难度。那个小姑娘也很冤枉，随口一句"乖乖"给她带来这么大的麻烦。后来不依不饶的妇女在接受了道歉之后，昂首挺胸踱出超市，好像打了大胜仗一样。

唉，"语言粗鄙化"时代，人人说话不谨慎，不出事算侥幸，出了事算倒霉。只是这像个击鼓传花的游戏，前仆后继，容易忘却。下一棒不知道该传到谁的手中。

有家不敢回

　　一对久婚不育的夫妇，四处求医，终于在婚后的第八个年头有了第一个孩子，是个女孩。作为农民，他们也不知到底该给孩子起个什么样的名字，看到孩子头发泛黄，最后决定给这个孩子起名黄丫。

　　黄丫给这个农家小院带来了欢笑，妈妈常常搂着她哼唱歌谣：黄丫乖，黄丫好，黄丫是妈妈的贴身小棉袄。可在农村，传统意识中男尊女卑，女孩地位不高。爸爸封建意识很浓，不断劝说妈妈，坚决要再生一个孩子，而且必须是男孩。

　　在黄丫四岁那年，妈妈真的给黄丫生了一个弟弟。随着弟弟的成长，爸爸妈妈把对黄丫的爱转移了，似乎把全部爱倾注到了弟弟的身上。黄丫常常抱怨妈妈不再说"黄丫是妈妈的贴身小棉袄"，爸爸对她更是严厉有加，常常黑着脸冲她吼："照看你弟弟去。"对弟弟的娇宠，对黄丫的冷落，形成了鲜明的对比。

　　于是，看护弟弟成为黄丫每天必须要做的事情。男孩调皮，弟弟对姐姐的看管不仅不领情，而且设法刁难。本来是他自己闯的祸，他总是恶人先告状，把过错全部推到姐姐身上，黄丫也不争辩。一次爸爸买了十多只小鸡，弟弟把其中几只当作玩具给捏死了，结果爸爸铁青着脸，狠狠打了黄丫一顿。爸爸一句责备弟弟的话都没有，反而责怪黄丫没有把弟弟看护好。打过黄丫之后，还威胁说："要是再看不好你弟弟，我就打死你！"

　　此后，黄丫更是在诚惶诚恐中看护弟弟，担心再有半点闪失，可是不幸的事还是发生了。弟弟五岁那年夏天，天气特别热，弟弟吵嚷着要洗澡，黄丫坚决不同意。弟弟胖乎乎的很有劲，黄丫几乎拦不住，最后她想尽办法才把弟弟哄住。可不久，就在黄丫看小人书入迷时，弟弟溜出去不知去向。待她愣过神来，四处寻找弟弟，终于在一个池塘边发现弟弟的一双鞋子和池塘中泛起的点点涟漪。

黄丫顿时吓呆了。

她不敢回家，怕爸爸真的打死她，就不顾一切地往外逃，也不知要逃到什么地方。当时她还不满十岁。最后她遇到了一对好心人，他们在收拾自家草垛时发现了这个奄奄一息的小女孩，赶忙把黄丫送进医院。经过一段时间治疗，黄丫脸上终于有了点红润，问黄丫家在什么地方，她牙关紧咬，就是不说自己的身世。无奈这对夫妇就把黄丫收为养女。

稍微长大一点，黄丫才知道养父母的家离她的家乡有好几千里。她就在这个千里之外的地方慢慢长大了。从小学到初中，又从高中升入大学。就在大学即将毕业的那一年，她从报纸、电视等媒体知道家乡遇到了洪灾，很多人都在洪水中丧生。她突然萌生了对亲生父母的思念，毕竟那是曾经生养过自己的亲人。思乡之情如潮水般涌来，日复一日更加强烈。她决心回家乡看看。首先，她把自己的身世以及因照看弟弟大意，导致弟弟被淹死，自己后来担心受到处罚而离家出走的前后经过坦然告诉养父母，并且也把自己打算回家乡看看，重新走近亲生父母的真实想法也透露出来。养父母深明大义，责备黄丫不该长时间隐瞒，早就该回家乡看看。他们借来路费，让她赶忙买火车票火速回家探望亲生父母。

当黄丫忐忑不安地即将走进魂牵梦萦的家乡时，却恍惚起来，一切都变了。

当然，她自己也同样变得让人不敢相认。当年不起眼的黄毛丫头一下子出落成亭亭玉立的大姑娘，反差太大，在路上她似乎能认出乡亲，想打招呼，可是人家照样走自己的路——她对于家乡完全是个陌生人了。她走近阔别近二十年的小山村，一切熟悉夹杂着陌生。走到村口，她发现一个神情木然、寒酸憔悴的老人在张望什么。她像触电般感到这个老人是那么熟悉，可又那么模糊。她向村子里走了几步，忽然感到老人紧跟过来，她十分诧异，老人突然嗫嚅地开口说话了："你……你是黄丫吧?"黄丫愣住了，只是下意识地点点头。那老人老泪纵横，又说："我……我……是你爸爸呀……"说罢，老人抹把眼泪，一把夺过黄丫手里的包裹，飞快地往村里飞奔，边跑边喊："土蛋娘，黄丫回来了!"

黄丫又回到了梦中再熟悉不过的家，只是随着时光流逝，房屋坍塌了一半，完全破败了。

黄丫加快脚步，奔入小院，高喊："妈……"可是妈妈并没有立刻从屋里出来迎接她。她推开屋门，看到已经形容枯槁的妈妈坐在一张破椅子上，怀里紧紧抱着一个布娃娃，目光呆滞，披头散发。任凭黄丫大声哭喊妈妈，可妈妈依然如雕塑一般无动于衷，只是间或"咯咯"痴笑，并含糊不清地喃喃自语："黄丫乖，黄丫好，黄丫是妈妈的贴身小棉袄。黄丫没有离开我，我的黄丫就在家里。我搂着她，这不是我的黄丫吗?"说着更加紧紧地抱着布娃娃。

随后爸爸告诉黄丫，自从她离开家以后，家里人都认为她被淹死了。弟弟并没有被淹死，而是洗过澡后怕姐姐责备，就偷偷藏在草堆里睡着了。待到爸妈四处找寻这两个孩子，弟弟在大人的喊叫中慢慢醒过来，可是黄丫却不知去向。为了寻找她，妈妈央求人用船把四里八乡所有的水塘找个遍，又不惜代价借来抽水设备把村子里的池塘全部抽干，黄丫的尸体还是找不到。妈妈认为黄丫没有淹死，还活着。

以后一天天过去，只要一听到有一丁点儿黄丫的消息，不论再远，妈妈都要跑过去打听。后来妈妈就变得神志不清了，就成了黄丫看到的那个样子。

黄丫问爸爸："那……那我弟弟呢?"爸爸告诉她，弟弟土蛋上到初二就不想上学了，要出去打工，说是要把妈妈的病给治好。

黄丫得知家中所有变故都是由当年她离家出走引起的，更是心如刀绞。她决定暂时不回养父母家，不回学校，而是要好好陪伴妈妈，帮助妈妈恢复记忆。

黄丫把自己打扮成儿时模样，梳起两个上翘的小辫子。渐渐地妈妈对她不再排斥，而且让黄丫拉起她的手，把布娃娃放在一边。妈妈已经从心灵上接受了黄丫。

一天，黄丫跟爸爸商量，让爸爸再训斥她一顿。起初爸爸说啥也不答应，失散多年的女儿心疼还疼不过来，哪里还会责备她呢?黄丫说服他，让他配合自己来唤起妈妈对往事的记忆。

黄丫买来十多只小鸡，故意捏死几只，而后让爸爸吼着责骂她。这时黄丫哭着跪倒在妈妈面前，声辩小鸡不是她捏死的，是弟弟干的。这时坐在椅子上的妈妈慢慢站起来，把布娃娃也慢慢扔在一边，慢慢拉起黄丫的手，眼睛渐渐有了亮光。黄丫顺势扑倒在妈妈怀里，哭喊着："妈……"

故事到这里，似乎讲完了，似乎这个结局为这个悲惨的故事添加了一丝圆满的色彩。生活有的时候真的很会折腾人，捉弄人，就这么一点变故却让这个原本幸福的家庭蒙上了伤痛，并付出了惨痛的代价。不过，黄丫的故事也告诫为人父母者一个深刻道理：对待孩子，尤其在他们的童年时代，教育一定要讲究方法，不可采用简单粗暴的方式，更不能恐吓与威胁，否则对孩子幼小心灵的伤害是不可弥补的。让孩子健康成长，归根到底，还是要讲究爱，更要讲究爱的表达。

但愿黄丫的故事仅仅是个故事，而不会发生在我们现实生活中。

守望教育

教育梦，我一直在追求

　　孩提时代懵懂无知，若问及长大之后的梦想，很可能信口开河，任何高尚的职业都在备选之列，不过我却没有料到会和教育结缘一辈子。从小在农村长大的孩子，在家在校受到的文明启蒙并不理想，遭受体罚则较为常见。于是，童年时总想挣脱外在约束，对于上学心存恐惧。印象之中。总是感到那时候老师最凶，要是不完成作业，或者考试不符合要求，要么被罚站，要么耳朵被拧上几圈——反正我是不打算从事这一行业的，不想成为吓唬小孩的帮凶。不过一切久远，儿时残存的梦想朦朦胧胧，一切随着自身成长或外界影响而发生变化，都化为天边的一抹云烟。

　　和众多学子的人生轨迹一样，我走过小学和中学，在求学上进的过程中不断憧憬未来。但是无论如何，我仍没有把当教师作为首选。高三那年，第一次处于人生的十字路口，我面临人生道路的选择。高考志愿上我渴望被某大学中文专业录取，然后做起"无冕之王"的梦来。笔走龙蛇，舌灿莲花，游走社会各个角落，足迹遍布大江南北。有道是，谋事在人，成事在天，高考之后未能如愿，而是被一纸师范院校的通知书录取到了不堪的校园。我记得当时报到日期是八月底，可是我一直拖延到九月中旬，在家人的催促下才开始动身，然后注册。心中期盼未能达成，还要勉为其难，当时我感到就读大学犹如坐牢一般。没有鲜花，没有掌声，客居在那所承载我青春的校园内，我的生活乏味且无聊。印象中除了与书为伴，和人长谈，其他回忆一片空白。

　　挨到大学毕业，被分配到某地当了教师。从此开始执教三尺讲台，挥洒人生。随着时光飞逝，人生阅历的丰富，以及外界的影响，我对自己进行职业定位，渐渐改变了职业态度。心存阳光，也就慢慢发现教师职业积极的一面。闲暇时刻，可以纵情读书、快乐写作，可以和随缘之人高谈阔论，于是感到自己认同了这一职业。内心的焦躁感慢慢趋于平静，开始注重构建快乐、和谐的课堂生活，与学生共探人生，共同走过枯燥的校园生活。我的教学方式为不少学生认可，和他们交流多了，更加体会到灵魂唤醒灵魂的精神力量。

转眼之间，自从选择教育为业，我从一头黑发到两鬓染霜，已经十多个年头。回首过去，个中苦辣酸甜，都曾经品尝。我感到自己的教育生涯不短也不算长，犹如一艘航船，在汪洋大海漂泊，教育这座灯塔永远指引我的航线。十多年来，在教育的航道上，我的体会是既有教育带来的梦想，也有离家千里的无奈；既有教育探索的实验，也有守望教育这方田园；既有仰望教育的高不可攀，也有俯视教育的丑陋和缺陷。

作为 20 世纪还享受毕业分配政策的学生，我无法选择自己的命运，只能服从上级的安排。只是在外求学几年之后，回到家乡，身份没有太多改变，依然和农村有关。获得大学文凭之后，就开始了亦工亦农的教师生涯。我不想欺骗自己的内心，那段时光带给我的的确是屈辱、苦涩和茫然。每当回首，不由感到那段时光简直就是梦魇。作为意气风发的青年，刚刚入职，踌躇满志开始挥洒青春，不料被当地教育主管部门当头敲了一棒，内心变得格外沮丧。收取上岗费，犹如林冲入伙梁山要缴纳投名状，我顿时感到某些"肉食者"的卑鄙无耻，犹如强盗一般。尽管经过不断争取，合法权益得以维护，可是从此人为刀俎，我为鱼肉，教师生涯走进了窘境。势单力薄的我被视为另类，投身教育事业的热情一下子降至冰点。另外，在当时社会的大背景下，教师工资遭遇恶意拖欠，个人生存问题都面临挑战，我反复问自己：如此没有尊严的职业到底能坚持多久？继续耗费生命还有什么意义？除此之外，充斥基础教育阶段的荒诞管理模式让我窒息——估计现在依然存在。教育管理体制的僵化，无聊的理论学习，恶性的教学评比，同行之间的相互猜忌，无不让我感到对教育的绝望。看到我无精打采，素以铁腕治校的领导在教职工大会上扬言：某些教师心猿意马，这山望着那山高，不安分守己，八品官总想着一品官的待遇。这句话一直让我耿耿于怀，也让我知道自己陷入了"此路不通"的尴尬境地。

也许就是郁郁不得志的心态，或者依仗当时风华正茂，我不顾劝阻，毅然离家千里之外，远走江湖，为困顿的生活寻找一线生机。

现在看似潇洒的"转型"，当时还是体会到了诸多无奈。远在他乡为异客，除了教学别无长处，于是重操旧业，开始英语教学。身份未变，只是转换了时空而已。这是一所私立高中，位于半山腰，校园面积不大，但是风景如画，师生人数不太多，感觉颇为惬意。这个南国学校支撑了我教学上的探索，在承担了大量课业之后，我带领学生开展英语学习的第二课堂活动，和他们共同写作、唱歌、旅游，漫步海滩，看潮落潮涨。在广泛阅读名家书籍的过程中，我体会到作为教师还有这么多的乐趣，还能超越鄙俗的追求而使精神世界丰富起来。到山区孩子家里走访，看到家长期盼的眼神，以及对教师的崇敬之情，让我感到知识在他乡熠熠生辉，没有原来那么自惭形秽。尽管我所教的学生基础并不太好，有的英语起点还处于最初阶段，但是他们的淳朴、厚道还是让我多年之后印象至深，我和他们相处很是融洽。由于学生糟糕的学习状况，升学率迟迟提高不上去，尽管校方对我还算仁义，但是我感到那里并非我追求教育梦的地方。于是坚持两载的漂泊之后，我返回家乡，回到梦的起点。

机缘凑巧，我的一位朋友人脉甚广，财力丰富，动起筹办高中的念头。我应邀而参与其中，毕竟我在私立学校工作过，积累了一些教学经验，也深知办学的不易。一开始我劝他不要贸然行事，可是我的朋友坚持理想主义，决心尝试一把，于是一所实验高中最终落成。从前期策划到校园落成，从招生宣传到正式上课，我亲身经历，并见证了整个创建过程。梦想飞得再高，脱离现实的支撑，还是要面临失败。理想主义遭遇现实困境，办学的热情不仅得不到有关部门的支持，反而不断遭受围追堵截，多方打压，那个带有实验性质的学校无奈而夭折。后来由于用人出现失误、办学资金链断裂、学生严重流失等诸多因素，学校更是无法生存下去。刚刚运行两年的学校被迫倒闭，谁之过欤？我对教育的热情刚刚点燃，再次被无情的社会现实浇灭。教育梦想到底有多远？这个问题至今没有清晰的答案。

泰戈尔有句话：世界以痛吻我，我要报之以歌。任何时候，追求梦想未必就一定梦圆。我不断追问，梦想仍在前行的路上。

也许是走投无路，也许是换一个视角回望教育，我选择了读研。在2010年秋，我到了一座美丽的校园以研究者的身份观察教育，切身体察，近距离了解教育的诸多弊端，寻找相应的对策。为了不虚此行，我对教育类书籍孜孜以求，对蕴含的问题也有了基本的判断。尽管教育有很多不足，但是处于时代背景下，不能脱离社会现实而凭空设想。追随学识渊博的导师，我对教育的认识不再那么盲目，而是认识到在这个功利主义横行的时代，从事教育的研究者要有宗教般的情怀，要有教徒的虔诚，在平凡的教学活动中发现问题，生发开来，耐心把问题解决。

　　后来我跻身一所高校，尽管职业依然还是教师，但在更高的起点守望教育，我感到从事教育工作的崇高，也增加了无穷的动力。这么多年，我一直在做梦，做着光怪陆离的教育之梦。有过梦圆，有过梦断，但是自己不改初衷。因此我感到，教育是我不倦的追求。在追梦的路上，我不断思索，希望能清晰描绘心中的梦想，能使梦想更加真实起来，更期待着梦想能够顺利实现。

教育的终极目的之我见

偶遇友人，闲聊谈及培养下一代的问题时，我说让孩子将来读博，超过父辈。友人话锋一转，质问：读博是教育的终极目的吗？或者说，受教育究竟让人获得什么？

是呀，我一时语塞。看看当前中小学教育的现状吧，无论城乡，很多父母都非常重视子女教育。这无可厚非，作为家长谁也不想孩子从小缺乏应有的基础教育。为了孩子能到拥有更多优质教育资源的学校读书，他们使出浑身解数。每逢周末或假期，辅导班人头攒动，众多家长担心孩子"输在起跑线"上，慷慨解囊送孩子补习功课。家长们习惯于把这辈子未实现的愿望强加给下一代，哪怕自己生活极尽节俭也在所不惜，由此才有了我们熟知的"可怜天下父母心"的慨叹。

我们习惯于把成人的意志强加给孩子，也不考虑他们的认知程度和接受能力，盲目跟风，为了补习而补习，结果导致孩子们苦不堪言，对学习望而生畏。久而久之，孩子们学习压力很大，就开始厌学甚至逃学。我女儿刚开始上一年级时曾说过的一句话至今让我感到痛心，她们班有个孩子病了，请假在家。她说她也想生病，就不用上学了。在学校里，老师布置大量作业，不考虑学生的接受能力和科学性，造成作业简单重复。小学一年级作业甚至布置"1＋1＝2"要连续抄写20遍，如此不负责任的结果必然导致孩子对学习的过早厌倦。回到家中，父母提到最多的字眼仍然还是"学习"，动辄以"作业做好了没有"相问，一旦学习不力达不到满意要求，孩子要受到责备甚至体罚。陈旧的学校教育和家庭教育方式造成了大量学生的厌学、逃学，甚至发生了不少令人痛心的悲剧。孩子杀父弑母，学生戕害老师的恶性案件不时出现在报刊，可是鲜血铸成的教训竟然有不少人渐渐忘却。新的学年开始，教育教学方式依然如故，真不敢想象可悲的故事下一步会怎样延续……

何谓教育？我特别钟爱的一句话就是"一片云推动另一片云，一棵树摇动另一棵树，一个灵魂召唤另一个灵魂"。教育须自然地引领，并非强加。作为人类再生产的实践活动，教育自然根据眼前的、现实的需要而考虑一定的、近期的、现实的教育目的。短期教育目的容易导致某些人的急功近利、庸俗浅薄，我们要研究和确认教育的终极目的。当前社会各界对教育颇有微词，主要就是因为我们的教育目的陷入了唯科学主义和经济功利主义的泥潭，集中表现在重理轻文和专业的实用性方面。教育缺乏人文关怀，一切讲究量化，讲究整齐划一而忽视了个性发展，使得课堂教学很难获得应有的生机。学生不能沉浸其中，体会不到求知的乐趣，久而久之导致厌倦也就成为必然。本来教育的本质是使"人"成为"人"，使人获得尊严感，那么提升人性、完善人格、体验幸福及快乐生活就应该成为教育的终极追求。纪伯伦有句诗，"我们已经走得太远，以至于我们忘记了为什么而出发"，对于教育，上至党和政府，下至黎民百姓不可谓不重视，可是教育却成了一个魔咒，让人欲说还休。

就当前的基础教育而言，我们的教学实践一直倾向于知识技能的传授和训练，重视学生学业成绩的进步和提高，整个社会主流价值评价也是侧重于人的成就。教育的培养是身心两方面的，知识技能的培养是教育的目的，但不是最终目的。人的精神价值的培养即人格塑造才是教育最根本、最终的目的。教育的终极目的应该关注人生的终极目的，也就是关注人的生活幸福和生命价值。人生的最终目的不是香车宝马、高楼大厦，而是触手可及的幸福；幸福不是在遥远的将来，而是就在当下，就在举手投足之间。踏实做人，认真做事，珍惜拥有的一切，不攀比，不盲从，真心真意对待身边的每个人，体会平凡日子里的点滴快乐，这样的生活才是幸福和有意义的。

因此，不必强求自己的孩子能成为怎么样有成就的人，只要他在未来的生活中能够快乐、健康、踏实、实在、幸福，那就足矣。

感动

感动有时候来得很突然，这对我来说是一种久违的感觉。

有机会观看《死亡诗社》（又名《春风化雨》），我很是感动。梳理思绪，仔细把这个故事慢慢咀嚼，慢慢回味，故事中那些人物的影子不断在眼前闪现。

这是刘良华教授在博客上推荐的电影，肯定差不了。其实这部表达教育主题的影片的故事并不新鲜：好老师改变坏学生。它有着"师生电影"的必要元素：班级中调皮的学生，作为反派的学校上级领导，还有一个理想的春风化雨般的老师。但是这部影片的特别之处在于细节的刻画，而正是这些细节感染了我，让我观看后深为感动。

基廷老师是教一帮高中学生英文诗歌的，他其貌不扬，但是他独特的教学风格使他很受学生的欢迎。但是这种富有个性的课堂组织形式，对授课内容的任意删减，以及另类的启发教学没有得到学校领导的欣赏，因此基廷老师注定匆匆而来，匆匆而去。

刚开始授课，基廷老师让学生们把教科书的导言部分全部撕掉，鼓励学生不唯上、不迷信权威。上课的场所不一定只在教室内，他改在室外操场授课。他让学生先诵读相应诗句，然后才可以踢球。即便在课堂上，他鼓励学生站在课桌上，以新的高度、新的视角看待周围的一切。

基廷老师有一句话说得特别精彩：之所以采用如此另类的教学方式，是"让学生有自己独立的思考"。

在他独特的教育思想引导之下，学生们自发组织了一个诗社。在他们这个小团体内，学生们可以无拘无束地抒发自己的思想，宣泄自己的情感。当然，他们所思所想所谈论的均与学校的要求不相适应。随着诗社成员的系列变故，这个团体遇到了麻烦。一个成员因谈恋爱受挫而惹是生非，不仅遭到校长的痛打，而且几乎被开除回家。另一个成员更惨，他热衷戏剧表演，这与家长的要求不相符，于是产生了严重的冲突。该生不仅被家长强行要求退学回家，而且不许他继续和诗社保持联系。结果这个具有艺术天赋的学生选择了自杀，令人心痛。诗社由此土崩瓦解，成员们获得的自由体验遭到剥夺，基廷老师也被当局驱除出了学校。

需要进一步说明的是，那个有着艺术天赋的学生叫尼尔。尽管他天资不凡，但是在家长、学校的压制下，他无法在自己喜爱的事情上继续发展。自己的性格又不够坚强，甚至可以说是懦弱，于是无奈之下就选择了自杀。这一情节震撼了观看影片的每一个人。我们印象中美国的教育体制是相对自由的，然而处于其中的教育主体——学生，却在自己的学习权面前表现得十分无奈。他们的前程似乎早就被人安排好了，由不得自主选择。设身处地想一下我们自己，有几个读书求学是做到了兴趣爱好与所学专业相结合？

剧终，当基廷老师即将离开那个对他而言爱恨交织的学校，学生们纷纷起立并站在桌子上以示敬意。这一幕是非常感人的。教师在强大的专职教育体制面前显得苍白无力，这也是现代教育悲哀的一面。无论从教者再怎么有水平，一旦踏入这个行业，由不得你去任意创新。可以说，避免与上级发生冲突的最佳做法就是循规蹈矩。这与我初入这行的个人经历有点相似。记得自己刚刚走上三尺讲台时，也是满腔热情，对教学模式进行乐此不疲的探索，尽管沉闷的课堂气氛有所活跃，但是做法却遭到领导的指责，并冠以不安分守己的"罪名"。我别无选择，在僵化的教学环境中如木偶般听任指挥，一步步完成教学任务，然而放弃自由的代价是内心感到窒息和消沉。

不由反思，我们的教育到底是为了什么？是不是为了增进人的身心健康？既如是，又何必以条条框框束缚师生的发展。遥想几千年前，孔子的授课模式是多么惬意，多么灵活。暮春时节，相聚杏坛，与弟子席地而坐，自由谈论，各言其志，无拘无束尽情畅谈，可以鼓瑟，可以争执，那让我们如今的为师者是何等的向往？再看看我们当今的课堂是怎样的一种状态呢？一个老师、一帮学生、一支粉笔、一本教科书，整个一个"满堂灌"。老师厌教，学生厌学，死气沉沉，哪里还有什么快乐可言？

观看过此片，有个同学感慨：老师这么难当，毕业后再也不想当老师了。其实我倒认为，少给老师一些束缚，多给老师一些鼓励与创新，让爱的情感融入课堂，以春风化雨般面对活泼可爱的学生，当个老师还是有无穷乐趣的。

每个孩子都是独特的

不知道朋友们看过《地球上的星星》这部电影没有？如果没有，建议你抽时间陪孩子一起感受一番。

这是一部印度电影，叙事也很平淡，故事也不算离奇。另类教育方式作为拍摄主题的影片也有不少，譬如《放牛班的春天》《死亡诗社》等均属此类。但是，就《地球上的星星》而言，我反复看过多遍，可每次都会有新的感动、新的思考。

根据"大脑半球单侧优势理论"，我们每个人大脑的分工是不同的。恕我健忘，左右脑具体功能记不太清。好像左脑和人的语言能力有关，具有抽象、集中、分析的思维功能，而右脑则处理表象，进行具体形象、发散思维的思考。左脑出了问题，就会导致不能说话，不能进行抽象思维，表现为无法阅读、情绪暴躁等；右脑损伤则表现为情绪低落，但言语表达不受影响。习惯上称左脑为优势半球，但是后来人们发现大脑的优势与否和双手的使用紧密相关。习惯使用右手的人，左脑为优势半球，而习惯使用左手的，右脑具有优势。五岁之前，左右脑分工并没有定型，但十二三岁之后就固定下来了，如果这个阶段大脑某一部分出了问题，将无法恢复。

学校生活中，每个孩子都是不同的，有的孩子左右脑发育不平衡，因此同在一个空间学习他们个体差异也很大。被贴上"差生"标签的孩子，有些就属于左脑不具优势，他们与其他孩子相比较，在语言学习上的表现很不理想。有人把此类孩子无法正常阅读的现象称为"阅读障碍症"。

电影中的伊夏就是从小患有阅读障碍的孩子，在他的眼里文字是跳跃的，并不由自主与他喜爱的图画相联系。他没有任何功课能令家长、老师满意，由此成了很多人的噩梦，老师愤怒之余把他赶出教室，公然称他为"不害臊的孩子"，家长见他留了一级仍无进步，接连收到来自校方的责备，情急之下对伊夏挥拳相向。后来，在离家很近的公立学校无法继续上学，家长选择了转学，设法把他转到一所管理严格的寄宿制学校。校长对伊夏家长保证"任何不听话的孩子送过来都会乖乖的"，一语道出这个学校管理上的苛刻。伊夏在这样的学校更是痛苦异常，他对任何课程都丧失了学习的兴趣，目光呆滞，整天不是被责打就是被嘲弄，书本撕碎之后，他甚至萌发从高楼上一跃而下的念头。

尼克老师的出现改变了孩子的生存困境。

尼克是代课老师，教孩子们美术。他的出场就别具一格。第一次上课把自己扮成小丑的模样，吹着笛子进入教室，先是把孩子们吓了一跳，然后孩子们和他一起翩翩起舞，一下子拉近了除伊夏以外所有孩子的心。伊夏还是如木雕般坐着，任凭教室内欢乐如潮。尼克老师发现了这个孩子与众不同，继而寻找导致孩子自闭的根源。他做了一次家访，发现伊夏并非不喜欢绘画，而是一个具有艺术天赋、审美能力非凡的孩子。他首先要设法树立孩子的信心，以众多名人甚至他本人童年都患有阅读障碍，但是后来都走出阴影甚至有卓越成就为案例开导伊夏，由此让伊夏认同自己。尼克老师耐心帮伊夏纠正错误，逐渐帮他摆脱无法正常阅读的困扰。后来经他提议由校方组织一场绘画比赛，师生均可参加，胜出者作品将被制成学校纪念册的封面。比赛结果揭晓：伊夏和尼克老师的画作并列第一，而尼克老师把第一名让给了伊夏。孩子顿时不知所措，猝然转身抱紧老师，泪如雨下。

伊夏的父母简直不敢相信儿子的惊人变化，来到学校听到关于儿子的赞美声不绝于耳。伊夏这个满脸愁云的小男孩脸上也变得阳光灿烂起来。回家前，在向尼克老师告别时，伊夏推开车门扑向老师，老师把他高高举过头顶。我认为这一幕的寓意是：作为师者，对待孩子更多的不应该是打倒，而是举起他们，让他们挺直脊梁，真正获得尊严和自信。

当今教育的现状是很功利的，无论家庭、社会还是学校，无一例外都把关注点放在了那些优秀生身上。我们刻意强调竞争的优势以及胜利者夺目的光辉。不难理解，成绩优秀的学生能带来显性的荣誉，以及隐藏在荣誉背后的诸多利益。差生则没有什么可以称道的，他们不过是麻烦的代名词，是考评时的噩梦。不少老师习惯于漠视，认为他们是废品。对于异常出格者，能镇压的则镇压，不能摆平就默默告诫自己要设法淡定。陶行知先生在著作中多次批判奴隶人格的形成，而印度这部电影从一个侧面也给我们的当今教育以启示，也给不当的教育行为以警醒。可是生活中真正面对类似伊夏的学生，我们又能有多少耐心？我希望，既然我们选择了这个塑造灵魂的行业，在功利心甚嚣尘上的今天就要真正领会教育的本意，教育本身代表的是引领，是一个灵魂对另一个灵魂的感召。挽救一个灵魂，才是真正无愧于我们的使命！

为什么课堂丧失了神圣和庄严

往日平静的课堂上，近期却怪事接连不断。我先是注意到有的学生课前姗姗来迟，然后发现有的学生课间出出进进，而且下课信号还没有发出，有的学生已经提前离开教室。更有甚者，干脆连上课这一环节都免了，神龙见首不见尾，就是偶然见到真面目，也是睡眼惺忪。本学期已经过半，据统计，个别学生的旷课时数已经达到多次，处于警戒线。

某日上午，有个学生故伎重演，离下课还有五分钟，她已经开始整理书籍，急于离开教室。我这次没有听之任之，而是声色俱厉加以阻止，勒令该生坐好。可是她一脸哭相，即便听从命令，悻悻然留在座位上，也是满腹委屈。

这是我课堂上的真实写照，而且发生在一所普通高校的阶梯教室里。提前早退的学生之所以振振有词、感到委屈，是因为他们觉得能够正常出席课堂，就已经够给老师面子了。与那些肆意旷课的学生相比，他们已经很捧场。午间，我再次遇到课堂上受到责备的学生，顺便问及早退的原因。她坦率地告诉我，大学课堂哪里还能这么死板，就应该如同放羊一般，学生想干吗就干吗，还给我举出国外怎么怎么样。看着这个原本给我留下很不错印象的学生侃侃而谈，剑锋直指教学的管理模式，言之凿凿，似乎很有道理。与其徒劳无益争论是非曲直，不如静静思考造成病态的原因何在。

目前高校普遍弥漫着厌学之风，使本来充满神圣和庄严的课堂气氛变得不可理解，我想这不能仅仅归咎于学生的错误思想观念，应该结合多方面因素加以考量，如英语课的地位、教师的教学方式、当前的教育体制以及社会大环境的影响，等等。

首先，在我们学院英语课属于公修课，从根本上不能引起学生的足够重视。目前，学生的整体英语学习情况不太理想。多数学生把通过期末考试作为学习的目标，只有少数不甘于现状的学生会立志过四级、六级或者考研。但是把英语学习作为更高层次目标的不是主流。我院属于艺术院校，生源质量不是太好，尤其高考时的英语成绩更是不敢恭维。他们长期以来形成了不良学习习惯和错误的观念，再加上英语课的地位不高，要让学生从思想意识中重视英语，绝非易事。我观察到的英语学习常态是：上课不认真听讲，下课不认真复习，考试的时候跟着感觉走，混到 60 分就万事大吉。有的学生到了大三方才如梦初醒，要考研或出国，但是需要一切从头做起，悔之晚矣。

其次，反观自身，我的教学方式是应该进一步反思的。我这个"70 后"置身讲台，和"90 后"的学生偶然相遇，教学上能否和我合拍？这还真是个问题，我也多次反躬自问，至今仍然不得其解。"90 后"的孩子思维敏捷，跳跃性强，乐于兴致盎然的课堂，而我对课程的实施是基于忠实的态度，不愿意随意更改授课内容，因此授课方式过于严谨而不能适合学生的需要。作为教师，除了授课之外还要应对教学督导机构的检查，因此授课过程犹如带着镣铐跳舞，不能自由发挥。每次上课我本着一颗心来，不敷衍做事，对待每个学生都严格考勤，授课各环节也是一丝不苟。课堂上的冬眠现象和把手机作为游戏机的行为我特别不能容忍，见到异端，我要么把他们从梦乡惊醒，要么暂时把手机替他们保管起来。综合以往的评教反馈意见，大多数学生对我授课还是比较满意的，只是部分学生抱怨过于严格，简直和中学老师差不多。

再次，学生厌学和我国教育体制有很大关系。国外的教育体制是小学玩、中学混、大学拼命学。而我们恰好相反，中小学学生被应试教育绑在战车上，压力山大，我们心知肚明。而学生一旦到了大学，大量的空闲时间不知怎么支配，于是茫然成为大学生的流行色。他们沿袭着基础教育阶段的学习方式，有作业就做，无作业就发疯似的玩，于是宿舍网吧化、电脑 DVD 化就不用感到惊讶了。有人曾经给一些丑陋的大学生画过像，说这些人：有青春无壮志，有前途无热血，有文化无素质。以龌龊为美，把张牙舞爪作为个性。也许不该过分指责他们，因为他们在中学阶段经历过很多苦涩和劳累，一步一步走进高校，放纵自我好像也是可以原谅的。可是以全球视野来看，我们这个民族处于潜在的危机之中。如果我们的高校普遍弥漫这样一种堕落和茫然，混到一定程度还能顺利毕业，一纸文凭为这些曾经"烟酒"四年、游戏人生的学生打上合格的烙印，然后冠冕堂皇成为未来的建设者。唉，我真的为这个国家的未来担忧。

另外，社会大环境对校园的冲击也是客观存在的因素之一。由于高校的不断扩招，高校毕业生就业问题一直是社会关注的热点，今年又攀新高。众多的"蚁族""硕蚁"当初怀着美好的憧憬，希望知识改变命运，可是残酷的社会现实让我们认清这不过是一个美丽的误会。目前招聘会上设定诸多门槛，存在着诸多歧视，更加让不少希望借助读书而提升生存状态的人绝望。正在就读的大学生不是生活在真空之中，他们不能怀揣清晰的前途和希望奔向远方，那么索性就得过且过。尽管学院多次给学生进行理想教育，鼓励他们力争上游，也有不少学生开始备战考研或者憧憬出国，可是多数学生是没有明确目标的，由于看不到未来，他们就任由自己随波逐流。看到这些学生，触摸到他们内心的悲哀，其实我感到了他们的无助和无奈。

从央视记者的中式英语说开去

习近平出访非洲，其中一项重要活动是出席金砖国家会议，自然吸引全球的目光。作为官方喉舌的央视，与代表团相伴而行，央视记者就相关问题对赞比亚官员进行专访。新闻内容应该说是很严肃，那位记者的职业态度也很严谨，可具有喜剧意味的是那位记者英文不仅语音不规范，而且句式表达纯属汉语思维，如此蹩脚和雷人的英文表达使他迅速蹿红网络，引起广大网民的围观。

这位央视小哥提出三个问题，分别是：

1. What's your view about the five Bricks countries?

2. How do you see China's development in recently years?

3. How do you see the relationship between Zambia and China in development?

且不说他在发问时带有浓重的方言味道，这三个问题的用词就有很大问题。这三个特殊疑问句中，第一句还算正确，符合英语语法，而后两个就令人啼笑皆非了。首先我们在问及对方态度"你怎么看"时，不可能是"How do you see"，而应该表达成"What do you think of"；另外第二句中"recently"为副词不能修饰名词，应该改为"recent"才行。简单的三句话竟然出现多处语法错误，有网友调侃说这种表达会把英语老师气死，可作为英语教师队伍中的一员我却极为淡定，反而感到有的人少见多怪，不要再"say three say four"了。要是归纳出我在教学中遇到的雷人中式英语，央视记者蹩脚英语还算中上等层次。

央视小哥英语固然雷人，但非洲友人却心有灵犀，针对"How do you see…"的回答从容淡定，让我不由对非洲友人的听力心生敬意。其实非洲友人的英语也是方言味很浓的，央视小哥和他交流属于同一个水平级。大哥面对二哥，谁也别取笑谁。

这位籍籍无名的央视记者猝然成名，纯属意外，经过网络发酵，目前处于百度搜索的第一位，而且有不少人对此发表议论。我不想指责这位记者，他远在万里之遥的异国他乡，兢兢业业完成他的新闻报道任务已经很不容易，而且我也敬佩他开口讲英语的勇气。尽管蹩脚，但能传情达意即可，外国友人心领神会也顺利回答了他的问题。其实报以嘲笑的不少网友，其英文水平也未必就能高明到哪里去，只不过在网络这个平台上迅速扩散，才使得这位小哥"似曾相识"的英语引起共鸣，吸引不少人的关注。

毫无疑问，央视小哥接受的是国内教育，作为记者，英语也并非他的专业。他能跻身央视也说明他不是等闲之辈，英语在很长一段时间曾伴他成长。他和很多学过英语的人一样，不过把它当作求学上进的工具，可能应试能力强，应用能力差，用英语自如交流就勉为其难了。长期以来，不少高校对于非专业的大学英语教学不够重视，普遍存在着重笔试而轻口试的现象。学生学习英语也是主要追求卷面成绩，而对于语言的交流和应用根本就打不起精神来。央视小哥只是一种写照，也从一个侧面反映了畸形英语教学的负面效应。

近年来，英语学习的现状广受社会各界诟病。在全国政协十二届一次会议讨论会上，全国政协委员、中国社会科学院信息情报研究院院长张树华表示，中国学生在学习英语的过程中深受其害，荒废正常的学业，使整个中国的教育质量遭到毁灭性打击，汉语也遭遇前所未有的危机。中国的"英语热"在北京奥运会举办之前达到顶峰，有人"疯狂"学习，有人"洋话连篇"，有人"英孚教育"，有人"大山英语"……每逢节假日社会上就会现出一道独特的风景：众多学子，年龄层次不同，鱼贯而入各种英语培训机构，做着学好英文报效祖国、进德修身的美梦。可是举国学习英语的后果呢？有多少学子又能把英语说得如同孙宁、张京（同声翻译）那么顺溜。众多的学习者在痛苦挣扎之后，要么继续前行，要么望而却步，即便学来学去英语也是半生不熟，死活还是张不开口。即便鼓起勇气张开口，也是无错不成句，终于炼成了"how do you see"式的"Chinglish"。这是一个怪圈，投入和产出严重不成比例，只能默念，年年盼望年年望，事事难成事事成。

前不久，我去开封龙亭故地重游，原来只是欣赏水光潋滟、亭台楼阁，没有关注道路两旁的标识牌。这次仔细观之，不由大倒胃口。静止于美景之下的标识，汉语无可挑剔，可是对应的英文就不敢恭维了。错误字词寻常可见，连"welcome"也是生硬地多出一个字母"l"，指示"岸陡危险"干脆就成了"sharp shore danger"。翻译完全实现百度化，这不是某些学生应付英语老师的作业，而是指导各位友人观赏风景的标识。估计一些来自"English-speaking"国家的游客看到我们把他们的语言糟蹋成这样，不生感慨才怪。当然，没有对英语产生严谨意识，或者压根就不懂英语的游客，看到这些26个字母组合的文字，会无动于衷，但是开封自称多朝古都，是文化底蕴深厚的古城，景区出现如此低级的错误，真的不可思议。

评点过央视记者再反观身边的英语教学现状。就我所服务的学校而言，不少学生的英语基础不太理想，因此英语教学也似乎难教难学。其实，对我个人而言，并没有感到英语课堂教学如临深渊，反而感觉课堂教学开展很顺利，即便互动环节也是以提问、回答成为主要方式。我并非"昏昏"，但使每位学生"昭昭"还有段距离。究其原因，还是产生问题意识的学生不占主流，有一部分学生干脆处于隐性流失，人在课堂心在课外，虚度光阴，蹉跎年华。而批改学生的英语作文时，如果依照英语思维根本就是如坠云雾中，但是用汉语思维观之，句句都懂。我一边批改，一边任由头脑发胀。这些中国人一眼看明白，外国人好多眼也看不懂的句式表达，让我纠结。即便如此，我还是称赞我的弟子勇气可嘉，不要担心出错，能勇敢表达就是进步。

我这么宽容估计也不是个例，毕竟英语对于他们不是专业课，起码能考试过关，至于听说读写各项能力样样精通，未免要求过高。因此，类似我这样的英语教师不断宽容，就造就了在屏幕上央视的蹩脚记者，才使我们的中式英语在英语大家庭中如同盛开的奇葩，引人注目，引来非议，也引来不少笑谈。

令人无语的神翻译

    每年这个时候，正值毕业季，身穿学士服的身影到处晃动，毕业作品异彩纷呈，挤满学院的各个展厅。

    昨天和同事外出就餐，席间谈起毕业展，更谈及毕业作品中穿插的英文翻译——将跻身国际化的愿望展露无遗。

    每年都有雷人的神翻译，今年也不例外，让人无语。感到可悲的是这些"高大上"的作品中，那些英文所犯的低级错误过于任性。试举一例：目前，仍在主教楼二楼东侧展出的工设作品《雀灵》，大家不妨一看。这是一款首饰作品，结合孔雀开屏的情景，构思精巧，美不胜收，可以看出作者特别用心。对于作品创作和设计过程，作者采用双语介绍。中文充斥着诗情画意，特别抒情，阅读这些优美的文字，不胜欢喜。

    既然是走国际化路线，采用双语介绍，我自然不会放过对英文的品读。读过英文之后，刚刚读过中文的美感顿时被破坏殆尽，甚至心头感到很堵。其中一句"动若脱兔，静若处子"的神奇翻译，让我惊诧不已，因为这完全不是在翻译，而是在为所欲为。

    作品中对这句话的翻译是：Moving as tuotu, quietly as pussy。

    且不说这句英文完全不顾忌语法，是百度或有道的产物，只这八个字的表达，就让人难以接受。幸亏这是在小范围内展出，关注者寥寥，关注文字介绍的更少。倘若被放在省博物院或更大的展出场合，尤其在国际友人面前，岂不贻笑大方，给人留下谈资和笑柄。

    "脱兔"者，奔跑的兔子也。动感十足的"兔子"正在奔跑，英文应为"running rabbits"。而"静若处子"，所指的是安静得如同待字闺中的姑娘一样，用"maiden"即可，或者直接使用"little girl"或"young lady"也行。但是，使用"pussy"就有点大煞风景，"pussy"再怎么有温柔似猫咪之意，但是其粗鄙化的意味和"fuck"同类。我们观看英美影视作品时，其中的脏话不时涌出，有的学生英语没有学好，看的电影多了，对这类词汇却心领神会，而"pussy"就是此类上不了台面的单词。如若不信，感兴趣者不妨查看该词，看看其粗鄙之处能否堂而皇之跃然于毕业作品之中。

无知者无畏，此言不虚。

有人或曰，老师你太敏感了吧，犯不上为一点瑕疵而较真吧。作家贾平凹说过，读一篇糟糕透顶的小说最大的悲哀，犹如看到一个女人穿着一件不合体的裙子。而优美的毕业设计也是如此，本来极为精彩，有了些许瑕疵，却如同美女脸上长了瘊子一样，让人不由拉远了对美的距离。

毕业作品能够被挑选出来供大家观赏，说明创作者有一定的才华和功力。在生活中，美不断通过设计师敏锐的观察，附加更多元素，使庸常得以升华。工设的学生没有出自我的门下，但是我指出这点不足，并无恶意。只是希望作者能够精益求精，更上一级台阶而已。

求学修业，应该精进不止，这是很严肃的事情。科技发明讲究零失误，数据做到万无一失，那是因为一旦差之毫厘，就会谬以千里。而我们文科类的学生，对于数据是宽口径的，精确地说只是停留在口头而已。可是，倘若因为个人的马虎和敷衍导致失误，作品的品位和价值就会大打折扣，也会让人对作者的才华心存疑虑。古人云：此所以学者不可不深思而慎取之也。我也要说：事事要当心，同学们！

又是毕业季，由于省博物院那边的展厅正在维护，因此今年毕业展的主阵地全部放在了学院小小的校园。硕大的毕业展板矗立在主教楼前，我看到主题标明：角，不一样。一侧英文标注"do you own leader"，这又是谁给出的神翻译！"leader"怎么去"do"？从上到下，对英语表面上的重视，到事实上的漠然和麻木，这完全是"双面怪杰"！此番感受，我也是在吃饱喝足之余，斗胆指出其中的不足，也为以英语作为载体"传道授业"之人感到莫名其妙的深深的悲哀！

从课前表演说开去

课前表演是英语教学环节的一部分，自从 2010 年进入学院工作开始，我便不断调整教学方式，注意在课堂活动中让学生参与其中，寓教于乐，别开生面，这一活动一直开展得比较顺利。

从大一到大二，一共 4 个学期，每个学期开展的表演形式不尽相同。大一上学期为美文诵读，下学期为歌曲演唱，大二上学期为英文演讲，下学期为综合表演节目。从本届大一学生上学期开展的活动来看，美文诵读的参与热情较高，尽管选取的文章不是太长，但是在短时间内能够背诵下来，可见是下了一番功夫的。进入大一下学期，开展英文歌曲演唱，有的班级做得很到位，学生参与的热情也很高。PPT 的制作和呈现能够和审美相结合，歌曲选取也是时尚易学，准备很充分的表演，对于大家是美的享受。当然，这里面也不乏滥竽充数、敷衍了事的，一开始我坚决要求他们返工，但是再三纠正，改进也不是很大，免不了让人一声叹息。让我内心格外温暖的是，所任教的班级中还是有不少同学积极参与，尽管做得不是太好，但是一直在努力。

个别专业班一味拖拉，个别同学圆滑得令人"动容"，可是面对这些冠以大学生身份的人，除了劝导还能有什么改进的措施？有的学生缺乏主动参与的意识，甚至举手之劳都没有心情，我突然感到很是无语。

本学期已经过半，而课前表演活动在本月将接近尾声，可是有的专业即便延长到下月中旬也无法完成教学要求。这在时间上存在很大冲突，因为下月还有口语测试的评定、期末考前的准备。天气逐渐炎热起来，教学效果也将大打折扣。

回首给 2010 级授课的过往，当时也是开展过课前活动，形式也是背诵和演唱，并没有让我感到闹心。尤其是歌曲演唱，大家还是认真对待，使自己的表演能够给大家带来美的享受。提及 2010 级后再对比 2012 级，并非是要说一届不如一届，我只是感到要及时纠正自己刻舟求剑的做法，毕竟一届有一届的特点，老的药方治不了新病。

针对课前表演出现的困局，我反思如下：

首先，要区别对待，即便再堕落的时代，也总有积极的力量，春天是蕴含希望的季节，对此应该树立信心。专业班级表现出色的 M 也照样是"扶不起来的天子"，而屡遭诟病让我头疼的 G 也照样有积极向上的力量。从上学期的期末成绩可以看出，有的班级挂科人数差不多占据了班级总人数的三分之一以上。过分指责、不断抱怨，从根本上来说无济于事。有的学生大的道理不是不懂，可就是缺乏应有的勇气和毅力，在长期受挫的过程中，学习英语的兴趣如同风中之烛。如果一直没有成就感，即便开展的活动再怎么花哨，只要和英语有关，一开始可能感到好奇，但是过了新鲜感，就不断麻木，任由自己在茫然中漂泊。

其次，我本人做事不够果断，也不够细致，随意性较强，很容易让投机取巧的学生蒙混过关。上学期检查美文背诵，我制定表格，安排固定检查的时间，做事很认真，也很严格。不过本学期对课前表演只是提出笼统的要求，没有具体化，表演的次序也是由各专业学习委员排定，对不依照次序表演的小组成员缺乏惩戒措施。人性中的劣根性不是靠说空话能加以改正的，惰性、自私以及冷漠等不良心理现象体现在这些大学生群体身上也不例外。如果不参与某个活动，最终获得的结果是一样的，那么肯定不会积极主动起来。或者说，参与之后得到的结果仍然是考试挂科、照样补考，那么似乎也没有参与的必要。趋利避害是人的本能，这些 20 岁左右的人心中默默算的账比谁都清。另外，宽容是一种美德，但是宽容一旦被视为纵容，那么就会让一些人得寸进尺，作为师者，威信也将丧失。于是就出现了怪现状，好像课前表演针对的观众就是老师，而不是他人。一旦老师的权威得不到保证，那么课前表演就流于形式，得不到重视。对于课堂，对于集体，有的学生心无敬畏，课前表演一拖再拖，于是有的班级形成恶性循环，陷入了不堪的烂泥潭。

再次，优良的班风、负责的班干部团队能够累积班级正能量，有助于大家成事成才。我不知道每个专业的班级干部都是怎么开展工作的，不过我所接触的学习委员中负责任的居多。收交作业，日常考勤，平时布置的任务都能悉心对待，认真配合。不过我也对学生干部的纯洁性产生了质疑，因为学生到了大学阶段就和步入社会前的彩排差不多了。社会的复杂性让人痛心，但这也是客观存在的。有的学生过早世故甚至圆滑，习惯于以功利主义衡量所做的一切。这样的学生干部一旦得不到大家的拥护，那么开展工作就处处被动。高素质的学生干部有感召力，自然也是班集体凝聚的核心力量，对于班级的任何活动都能起到很好的推动作用。有的班级学生干部资质平庸，开展工作缺乏方法，因此班级就成了一盘散沙，这样不仅不利于班级，也贻误了个人发展。

其实，从整个英语教学来看，课前表演所占比重还是比较小的。但是细节可以看出问题，从他们身上我看到当代大学生的危机。忽然想到目前的社会大环境，读书无用论甚嚣尘上，厌学之风几近常态。在校大学生也不可避免地受不良风气影响，功利主义旗帜高高飘扬。英语成绩优秀者学英语是为了四级、六级，而将英语本身的文化作用、沟通功能则被放置一边。那些英语学习能力差的学生对英语的态度，既敬且畏，感情复杂，甚至有同学坦率而言，要不是为了一纸文凭才不受这个洋罪呢。于是，"混文凭""60分万岁"成了不少学生的追求——这一怪现状，看得多了也习以为常。

形同虚设的影视欣赏课

本学期在教学方式上做了调整，每单元增加了一次影视欣赏课。其实这个冠冕堂皇的课有个大众化的解读，就是"看电影"。与呆坐课堂，乏味地听讲文章分析相比，自然受到不少同学的欢迎。

"人上一百，形形色色"，人和人的口味和需求不尽相同，每次搜寻集体欣赏的电影，都是艰难选择的心路历程。《楚门的世界》是每届必看的，昨天我决定将它再次呈现，不料却遭遇了前所未有的局面。

整部电影共 100 分钟。播放过程中我外出一会儿，再次返回，发现多数同学已经不知去向。电影结束后统计坚守到最后的人数，两班共计 26 人。

缺席的同学都去哪儿了？有的确有"公事"，参加活动，并提前请假；有的去现场给伙伴助威，这一借口显得"高大上"；有的是一开始也出勤，看到并没考勤，于是中途开溜；还有的根本随性而为，缺席就缺席，了无缘由，有点小小的蛮横。

《楚门的世界》是金凯利主演的一部很有内涵的电影，告诉我们看似精彩的背后，其实虚假遍地。对应着我们的课堂生态，我觉得看似和谐、融洽的师生关系是不是有点虚假的敬意？牛不喝水，硬压牛头，逼迫、强迫本来就违背教育发展的正常规律，这也是我最为痛恨的。可是，习惯于束缚的人一旦获得些许自由，可能就不知道自己姓甚名谁了。

出现几乎集体逃课的局面，我并没有以很气愤的态度加以责备，本来大学英语教育走着走着似乎走进了死胡同，让我们大伤脑筋。学院层面做调查、填问卷，设想将来给这些学生尝试新教学模式。具体怎么操作，目前还在探索，不知道大学英语会走向何方。

昨晚学生"以脚投票"的举动也提醒了我，虚假的敬意经不起推敲，也更让我认识到这门公修课的尴尬处境。我的反思如下：

第一，学生对英语课并不是真正重视，多数学生的学习出发点是为了那一纸文凭。以影视欣赏为名的课，本身就强化了他们的散漫意识，助长了他们的惰性。不受约束的集体，缺乏凝聚力，那么索性就肆意妄为。形式上的服从，变成了事实上的抗议。记得2010级有个学生坦率告诉我，上英语课是给我面子。话说得很直白，但也代表了不少学生的心声。我院不少学生，入学时基础差，没形成良好的学习习惯，加上意志力薄弱，即便想要超越自我，也是无可奈何。他们视英语学习为畏途，人在课堂心在外，直到有一天"the last straw"将他们压垮，学习英语的动力更加消失。消极的学习意识会波及整个宿舍、整个班级甚至更广。这几年，我们教研室想了不少办法，终因收效甚微而搁浅。

第二，以"影视欣赏"冠名的课，有点类似皇帝的新装。有个很可爱的同学直呼：英语课等于看电影。这话概括得有点不全面，英语课除了看电影之外，还有不少知识讲解。但是，本学期每单元提供主题电影的倡议，我们是借鉴了2013级的做法。我们让学生每次看过电影都要形成文字，或写或背，每次必查。根据反馈的结果，一开始还挺好，后来也流于形式。我对2014级开设影视欣赏课是持保留意见的，因为契合每个单元的主题不一定找得到合适的电影。生硬照搬不仅不会促进教学，反而会让学生觉得乏味、了无新意。看电影就是看电影，再怎么羞羞答答、欲盖弥彰也是一种让学生占据主体，老师完全属于陪衬的教学方式。两节课，电脑、投影仪等设备打开，随着电影的播放，老师就成了多余的了。所选作品是否合乎他们的口味，他们是否乐意参与，都是未知数。于是这种课形式上是在上课，其实很低效，甚至是浪费时间的。另外，所选作品，有的同学已经欣赏过，让他们再欣赏一番是否合适？不过作为经典，就应该反复观看，这样才能体会作品的深刻含义。

第三，就大环境而言，有学者认为，我们目前不是在培养合格的人才和未来的建设者，而是在培养一群精致的利己主义者（出自北大教授钱理群先生）。这些人有理想、无壮志，饱食终日，无所事事。以丑为美，以滑稽作为个性。好处面前，当仁不让；坏处面前，退避三舍。考虑到一件事对自己有利的时候，即便降低人格，丧失尊严也在所不辞。如果一件事对集体对他人有好处，对自己没有任何帮助，那就索性事不关己高高挂起。我们大学的根本要义是培养一批具有"仰望星空"情怀的理想主义者，这样国家民族才更有希望。可是多年的教育改革，尤其是甚嚣尘上的教育产业化之后，学校被社会功利化的大潮裹挟着，把我们的学生变成了这样面目全非的人，实在是时代的悲哀、民族的不幸！

影视欣赏课不被重视，原因在于缺乏应有的约束。参与和不参与的终极结果相同，那么何苦参与呢？教师本人事先缺乏明确的纪律要求，这才让不少"聪明人"有机可乘。因为在他们的意识中，一堂影视欣赏课不如他们电脑前的游戏冲杀更有激情，也不如花前月下小径边的浪漫多情。一个集体尚且如此，一个国家何尝不是这样？塌方式的腐败接连发生，就是有的人心中缺乏应有的敬畏和起码的信仰，他们视制度为虚设，如同偷粮打洞的耗子一样，一再突破底线，久而久之身陷囹圄也浑然不知。

古人云：勿以善小而不为，勿以恶小而为之。这话亘古至今依然熠熠生辉，当我们面对头顶星空的时候，不要忘乎所以，也要牢牢把握住心中那个永恒的道德律令！

所罗门岛的故事

第一次了解到所罗门岛的故事，我记得是来自于电影《地球上的星星》。这个故事一直萦绕心头，久久不能释怀，我一直认为该故事和差生的形成有很多类似之处。

故事大概意思是：位于南太平洋上的所罗门群岛，以前的土著耕种土地从来不砍伐树木，而是使用一种独特的伐木方法。一棵树太大了，无法用斧子砍伐，那么当地人就用喊声砍伐。凌晨，力大无比的伐木工人爬上大树，突然放开喉咙大声喊叫、咒骂它，连续30天，或者一群人围在大树的四周对这它咒骂喊叫7天，这棵树就会慢慢枯萎，然后就倒地死去了。故事大意可以概括为喊叫咒骂声扼杀了大树的意志。

仔细分析，我们认为这个故事有很强的迷信色彩，不足为信。可其中蕴含的哲理还是有一定启示的。

从心理学中加以归纳，这就是所谓的心理暗示。

差生的形成并非一日之功，而是一个非常缓慢的过程。众多差生，在长期负面评价的氛围之中，自信心不断被打击，慢慢甘于堕落，自暴自弃起来。

在我所教的学生中，某专业班级的学生与之类似。他们学习上不认真，每次上课，大部分学生提不起精神，要么浑浑噩噩，要么随波逐流，只是把期末考试不挂科作为最大的追求。长期下来，这些学生的学习就跟不上队了。即使课堂回答问题等举手之劳的小事，他们也懒得参与，彻底走进堕落。

联系到所罗门岛上的伐树方法，我感到这些学生长期在责备下成长，认为自己再怎么努力，也没有什么进步，索性就选择了失败的姿态。

因此，我感到对于差生而言，要使得他们真正取得进步，最好的办法就是设法树立他们的自信心。自信心一旦树立，就有了奋发向上的热情，就会无坚不摧！

厌学的孩子

朋友 Z 君为了让儿子在郑州上学，使出浑身解数，到处求神拜佛，最终功夫不负有心人，一切安顿妥当。在郑州某中学七年级，他儿子度过了一个学期，似乎一切进展顺利。就在前几天，我去看望他们父子二人，还未进门，就听见噼里啪啦的声音，还伴随着孩子的哭声。

听到门外有人，Z 赶忙迎了出来，看到是我，脸上洋溢着久违的笑容。我到他家中，还未落座，看到他的儿子正在一旁抽泣，身边还散落着书籍和试卷之类的物品。有个杯子已经摔碎，玻璃渣子还没有及时清理。看来，就在我进门之前，他们父子之间刚刚爆发了一场战争。

记得上次我见到他的儿子，那个小家伙迫不及待地给我秀他刚学的英语，一进门就 "welcome to my home"。这次相见，与脑中存储的印象明显对不上号，反差太大了。

赶忙询问原委，Z 说："我都不好意思到他学校去了，简直一点面子都没有。一个班 30 个学生，他排倒数第二。平时吃啥买啥，提出啥要求我都能及时满足……"他一直喋喋不休，我根本插不上嘴，只看到他嘴唇一张一翕的，到底在说的什么，概括而言不外乎他付出那么多，得到的回报太少太少，他有点恨铁不成钢。

Z 和老婆好比牛郎织女，两个城市一个家。老婆一直在老家留守，他则独自在郑州打拼，目前供职于某商业机构，工作也很辛苦。他们的儿子是一根独苗，一直和妈妈在老家上学，性格娇气，不像男孩子的性格。一开始 Z 就说继续让儿子待在老家就废了，于是就竭尽全力要把儿子"办"到省城，当时他做好了一切准备，立志要把儿子培养成才。

其实，刚开始没几个月，父子俩就开始发生严重冲突，彼此看不顺眼。父亲抱怨儿子不爱学习，处处被动，不听话，自制力太差，一眼看不见就玩起手机，或者在电脑前打游戏。布置的作业应付了事，十道题能错九道，还不认真检查，消极应付。儿子申辩自己很努力，就是听不懂，跟不上老师的节奏，再怎么努力还是一样，就不想努力了。

Z见到我好像见到救星一样，他认为我作为教师，在教育孩子方面认识会深刻一些。事实上，我哪里有什么锦囊妙计呢。教育孩子的话题永远宏大，而且有很多不同的讨论和分析。仁者见仁，智者见智，每个人都会有不同的解答。世界上有千千万万个家庭，不同的家庭培养出的孩子也是千差万别，如果照猫画虎，死搬硬套，一味攀比，那么就会迷失方向，面对自己的孩子不知道该怎么去做了。他既然让我分析分析当前的困局，那么我也不妨道出自己的浅见。

我认为他孩子厌学的原因，不是单方面的，而是涉及很多方面的因素。

首先，孩子有水土不服的原因。农村孩子一直在乡间长大，个人认知能力和城里孩子肯定是有一定差距。郑州不少学校已经实现信息化教学、无纸化办公，这在乡下孩子眼中完全陌生，同时伴随着惶恐，要实现顺利衔接，需要一个过程。如果得不到及时调整，就会在处处陌生的环境下产生很强的自卑感，那么内心就可能封闭起来，更加不利于成长。

其次，家庭教育有点不完整。正常的家庭环境是要父母双方共同组成的，目前不少家庭因为生活所迫，只能类似单亲家庭一样照看孩子。在孩子健康人格形成过程中，就可能会因为父亲教育或母亲教育的缺位而受到影响。我的朋友Z性格暴躁，不习惯耐心和孩子沟通，三句话没有说完就火冒三丈，久而久之在孩子心里产生隔阂。孩子得不到尊重，备感孤独，再加上不当的管教方式（如体罚、斥责等）更加让孩子如同受伤的小动物，时刻生活在压抑和恐惧之中，残存的自尊也面临摧毁。他感觉不到家的温暖，就会更加沮丧，性格更加孤僻起来。一味关注成绩，而忽略了良好习惯的养成，甚至待人接物也不会，那么这个孩子渐渐长大，也不会变得精致起来。

再次，学校教育的"嫌贫爱富"，重视分数名次而忽略个性塑造，更缺乏人文关怀。这一现状尽管为人诟病，但这也是不少地方教育存在的常态。很不幸，Z的孩子就读的学校也未能脱俗，依然是分数挂帅。他成绩处于后进，属于地地道道的差生，哪位老师会正眼看他？长期处于被疏离的状态，孩子在学校没有归属感，甚至被边缘化，心中的痛苦我们很难能够体会出来。他屡次受挫，丝毫感觉不到成就感，学校对于他就如同牢笼一般。每天随着铃声上课下课、上学放学，如同机器人一样，行走在家校之间，机械而呆板。这样的学习氛围，这样的学习状态，厌学倒是很正常。学习上一点提不起兴趣，久而久之，任由自己在差生的行列中徘徊。

另外，社会环境对孩子的健康成长很不利，尤其在大都市里，诱惑无处不在。如果孩子没有养成快乐学习的习惯，就会被贪婪的欲望所误导。在如今功利化尤为猖獗的时代，孩子受到的诱惑处处存在。手机、电脑的普及，本来是让学生更好地汲取知识，但是这些先进生产力的代表却成为帮凶，让众多孩子沉溺于游戏中不能自拔。Z 的孩子原来不知网络为何物，现在迷上了电脑游戏，稍不留神他就开始玩起那些流行的游戏来。这次 Z 大动肝火就是因为儿子作业没有完成，一直在玩游戏，正好被他撞见，他怒不可遏，劈头盖脸地打了他一顿。

孩子的成长是个复杂的系统工程，单靠一方面难以把孩子培养成才。只有各方面齐心协力，孩子的学习才会有所好转，才能达成望子成龙的远期目标。

苔花如米小，也学牡丹开

聆听李镇西所讲《做最好的老师》感到很提气，于是静下心来，谈谈自己的感受。讲座中他舌灿莲花，谈了要成为最好的教师需要多方面的修为，而我印象最为深刻的是他对读书和写作的论述。

他说，读书应成为一种生存方式，而不仅仅视作高不可攀、敬而远之的奢侈品，因为读书而感到痛苦和倦怠的人注定是走不了多远的。不读书不是没有时间，那是经不起推敲的借口。有的人把抽烟当作习惯，无论时间再紧，公务再忙，也不忘喷云吐雾，恍若神仙；有的人把饮酒当作习惯，即便缺少玉盘珍馐，照样自斟自酌，寒暑不改酒量；有的人把搓麻当作习惯，即便身疲神倦，呵欠连连，照样牌桌坐定，"长城"修了一圈又一圈。如果真正把读书当作习惯，那么一天不读书，也会周身发痒，坐立不安，感到愧对宝贵光阴，蹉跎时日，不由暗暗自责。

他说，写作应该是心灵泉水的流淌，而不是虚假捏造、无病呻吟、强作欢颜。李镇西老师不管工作再忙，每天都会写上几千字，阅读上万字，利用余暇的点滴时间著书立说，撰写成文。也许不凡之人让我辈庸碌之徒难以企及，但以贤者为标杆，作为参照，催促我们不要停滞不前。爱因斯坦曾说过，人和人的最大差别就在于业余时间。也就是说，人和人的差别不在于现在从事什么工作，而是在于业余时间你在干什么，特别是每晚八点到十点的时间。如果每天拿出一到两小时的时间用于学习、思考、进修或参加有意义的演讲和讨论，坚持一段时间你会发现你的生活在发生改变，坚持数年，成功也许距离你不再遥远！

与他相比，我不免自惭形秽，因为以往缺乏恒心和毅力，自制力不强，制订的计划只是停留在纸上或者墙上，自己并没有真正去落实。目前置身于一个更高的平台，供自己自由挥洒的时间相对更加充裕，如果任由自己率性而为，蹉跎几年，年华逝去，徒留无限悔意。尽管目前的生活状态还不能尽如人意，但相对以前僵化机械的教学环境，还是宽松了不少。因此，要珍惜难得的机遇，认真读书、写作，设法提升自己，否则进入宝山而空归，徒留笑柄。

榜样的力量如同太阳，不断散发暖意。在网上驻足，我遇到不少令我敬佩的优秀网友，很多同样也是教师。一位是李老师，网名"雨荷"，尽管我和她相距不远，但从未谋面。她笔耕不辍，且为某论坛版主，文章清新典雅，不断见诸报刊。与她相比，我们自然差距很大，我当努力使自己的潜质得以发掘，争取更加进步。另一位还是李老师，网名"水墨雕花"，文字细腻，刻画准确，富有哲理，每当阅读她的作品，顿觉清风拂面，格外畅快。她虽然置身乡村小学，但一直追求卓绝，工笔作画，情趣高雅，而且很热爱生活，世间百味经她揣摩皆成文章，真乃不凡之人。

其实，优秀的人物多了，有时候因为忙忙碌碌反而忽略了身边的榜样。见贤思齐，见不贤而自省，保持一颗谦卑之心，怀有空杯意识，少为外物所惑，因为不足之处俯拾皆是。"苔花如米小，也学牡丹开"，即便距离优秀还有很大差距，但是只要心中有梦，那么只要不断超越自我，就有可能不断向优秀教师靠拢。

当孩子撒谎时

　　邻居家孩子小雨在我眼里天真乖巧，每次我遇到她，她都会喊"伯伯好"，却没有想到她竟是一个爱撒谎的孩子。

　　小雨今年十岁，上小学三年级，漂漂亮亮，一条马尾辫衬托得她更加可爱。有一天，我听到从隔壁传来的哭声，间或听到打骂声："你这个'瞎话篓子'。谁教给你说瞎话的？学校让你们买铅笔盒啦？贝贝和你一个班她咋不要钱？说瞎话比谁都多，学习比谁都差，我非打死你不可！"敲开邻居家的门，我进去看到小雨正哭得像个泪人。她爸爸拿着鸡毛掸子，妈妈坐在沙发上抱着头，默不作声。我问清原委才知道，小雨这段时间爱撒谎，常常编一些借口向家长要钱。譬如这次她买文具盒，撒谎说是学校老师要求大家都买的。一直保持沉默的妈妈接着说："就上星期吧，我听到'啪啦'一声，花瓶碎了。明明是她干的，她却往小猫咪身上赖。这也不算啥。每次回家我问她学校布置作业没有，她都说没有。前天，老师打来电话说小雨经常完不成作业，我才明白她又在撒谎了。真是气死我了！"我邻居两口子很苦恼，他们很纳闷，小时候天真乖巧的女儿怎么会变得陌生起来。而且每次小雨说谎话时神情自若，毫不慌乱，根本不像撒谎。面对这个孩子，他们很无奈，也很无助。

　　心理学家称，撒谎是儿童时期很普遍的性格特征，不必过于着急。谎言是怯懦的象征，愿望不能达成时，孩子常常选择撒谎。《犹太法典》也告诉我们，一个人答应给孩子东西却不兑现，这样也会使孩子学会撒谎。

　　既然了解了造成孩子撒谎的原因，就要从撒谎的表现类型来分析。七岁以下的孩子，心智还没有达到完善阶段，他们有时不能把现实和想象区别开来，这时候的谎言常常具有幻想性质。讲起话来有点夸大其词，甚至把童话故事中的人物和情节也融入现实生活中。譬如根本没有吃过某种事物，偏偏跟别人

"吹牛"说"星星"很好吃，爸爸昨天还给他到天上摘过。有的谎言是属于补偿性质的，如果孩子长期缺少父母陪伴，渴望父母回来，那么会向别人撒谎说自己父母回来了，还给自己买了新衣服等。孩子的学习不能达到父母或老师的预期目标也会撒谎，譬如本来没有考到高分，就自己改试卷分数，或见人就说自己考了 100 分。这样做，为的是博得父母和老师的笑容，获得长辈的肯定。

对于孩子的谎言，我们在苦恼的同时也要甄别对待，不可一棍子打死。有人别出心裁地提出观点：尽管撒谎不是好事，但是从心理学的发展规律来讲，撒谎的孩子在心智上比不会撒谎的孩子更高。对此说法我们不妨借鉴，但要谨慎对待。

要把孩子培养成一个诚实、正直的人，我们要从小抓起，从细节入手。作为父母和老师，要以身作则，我认为可以从以下几方面做起：

首先，在行为规范上，从小对孩子要有具体而明确的要求。儿童的认知程度和接受能力有限，泛泛说教不能让孩子接受，因此家长应该把日常行为具体化、更细致点，让他们明白怎样做才合乎做人准则、是正确的。

其次，发现孩子撒谎时，要维护孩子的尊严，不要当面揭穿，要讲究教育艺术。孩子在撒谎时，我们凭借经验应该能判断出这些不实之词，但是不要立即揭穿"骗局"，要给孩子留下"脸面"。爸爸妈妈完全可以这样说："我知道你做错了事，但不愿意承认错误，我也感到不高兴。爸爸（妈妈）相信你知道怎样去处理，也希望你能改正错误，否则就要狠狠惩罚你了。"

再次，鼓励孩子实话实说，不说假话。谎言一旦说出，继续掩盖已经没有任何意义，只能是用谎言粉饰谎言。华盛顿小时候用斧头把父亲心爱的樱桃树砍断了，当父亲问及谁干的，小华盛顿勇敢地承认错误。父亲拥抱着他说："诚实的孩子要比樱桃树珍贵一百倍。"父亲正确的引导也造就了一代伟人。

最后，如果孩子惯于撒谎，也不要迁就，要适时对其不良言行给予适当惩戒。这也是很多家长无计可施时做出的最后选择，但是要注意惩罚的策略和方法。棍棒之下未必全出孝子，有时候会出逆子。有的孩子长大之后撒谎就是为了报复父母，故意激怒父母。

让孩子为他自己而学习

炎炎夏日，有位老人刚想午休，一群孩子却在老人家门前空地上嬉闹，老人暗自叫苦。于是他就出来给每个孩子5元钱，并说："你们把这儿变得很热闹，我也很高兴，这点钱算是感谢你们的。"孩子们很开心，第二天仍然来了，一如既往地嬉闹玩乐。老人再次出来，这次给每个孩子2元钱，并且说自己没有收入，只能少给点。孩子们仍然很高兴。第三天，孩子们还是来到空地上又蹦又跳，老人出来只给每个孩子5角钱。这下孩子们不高兴了："一天才五角钱，知道我们多辛苦！让你高兴，我腿都快蹦断了。"他们向老人发誓，再也不会为他玩了。

故事讲到这里，我们不由为老人的睿智叹服。如果他在孩子们开始嬉闹时就气急败坏，把他们轰走，也许引来的是孩子们更淘气的报复。问题是在老人的智慧面前，孩子们为什么连自己最喜欢的玩耍也不愿继续了呢？道理很简单：人们做事讲究内部动机和外部动机。"孩子喜欢玩"是内部动机，是他们的天性，他们是为了自己的快乐而玩。当老人把他们的内部动机变成了"为别人而玩"的外部动机，那么游戏就不再是那么"好玩"了。

这个故事不由让我想起中小学生的学习。每个学生都有天生的好奇心和求知欲，他们有了基本认知之后，乐于探究外部世界，经常寻根问底。刚开始接触书本时可谓如饥似渴，过了一段时间后，学习让他们感到索然无味，甚至厌烦起来。

究其原因，是因为当前教育忽略了对学生学习内部动机的培养。教育者惯于说教，让学生要"好好学习，长大以后立足社会，报答父母"，而不关心他们自身的真正需求。总是关注考试分数的高低，而不关心他们学习过程中产生的乐趣。假如学生学习张口就是为了国家、社会、父母，唯独不是为了自己而学习，那么他们的学习兴趣能持续多久？一旦缺少"为了自己的快乐"而学习的内部动机，在漫长的学习过程中就不可能真正体会到求知的快乐，最终厌学也就不足为怪。目前，新课改提倡"情景教学法""愉快教学法""和谐教学法"等，就是为了在自然而然的教学过程中去激发学生学习的内部动机，使他们的学习焕发出应有的生机和活力。

反观当前的教育现状，我们教师和家长习惯于以个人意志控制孩子，用成年人的思维来规划他们的未来，一再忽视他们的内部动机，甚至用奖惩来规训他们，而不去理会他们真正的需求。孩子学习上取得一点进步就不断夸奖，他们就会感到学习好坏直接指向父母和老师的表情。久而久之，孩子们就忘记了自己学习的乐趣，从"自己喜欢学"变成了"为父母、老师学"。如此一来，再好玩的事情他们也不愿意参与，更不会付出艰苦的智力劳动了。其实，只要教育者引导得当，措施得力，不让自己的主观意志成为学生学习的主导动机，耐心培养他们"为自己的快乐而学习"的内部动机，那么学习也许就能够成为快乐之旅。

作为陌生人的教师

我总认为教师和学生的关系应该像朋友一样，学生方能亲其师而信其道。

在读过一篇题为《Maxine Greene：作为陌生人的老师》的文章之后，我领悟到自己原来的观点极其肤浅，甚至荒谬。正如文中所述的那样，教学是人事性的，是一种人际过程，和学生是不能分离的。但是教学必须涉及身心、精神的投入，教和学是不可分的，教师不可能成为学生。相反，在教师和学生之间总是存在一个鸿沟、一种隔阂。作为一名教师，你就是领导者，就是有责任的成人。

社会给教师一种特殊的地位。事实上，学生并没有选择上学的自由，所以在教师和学生之间存在一种基本的不对称。教师的目标很明确：促进学生的成长。学生的目标却不是促进教师的成长，虽然也可能有这种促进作用存在，但这不是主要的日程。对教师来说，日程就是学生。教师相对于学生的角色是一位导师，而非同事。教师要保持敏感，要关注学生的个体差异、成长轨迹、兴趣以及个人需要等。这意味着教师和学生在一起，但作为教师，又是与学生分离的。教师能够退回来，评论这个过程，反思新的问题，可以针对不同的学生采用不同的教法。教师不断提高的反思能力是成为 Greene 所说的"陌生人"的重要因素。通过反思，教师对教学和学生的理解深度提高了。此时，教师不是简单化了，而是去评估自己深刻化了的智慧。无论从理论性还是现实性的角度，那种要和学生做朋友的说法是不现实的。教师不可能指着学生向别人介绍说：这是我的朋友。倘若这样，我们就会觉得太怪诞了。从社会角色分析，教师与学生只能是师生关系，不能是朋友关系，因此，那些追求和学生做朋友的教师，不过是在自欺欺人，充其量是他们的美好愿望和一厢情愿。课程结束或学生毕业之后离开校园，也就没有了师生关系，原来的师生关系被其他社会关系或人际关系所取代。教师就是教师，教师是社会分派给从事教育事业人员的一种角色。

因此"教师"这个名称就包涵了教师所担当的一切责任和应当享受的一切权益，根本不需要再对教师附加任何其他说辞，无论是消极的还是积极的（除非有其他意图）。这就像"律师""医生"及其他从业者的名称一样，那种给教师赋予"……者"的称谓是荒谬的，反而那种称教师是"教书匠"的说法确实是相当准确的。这一说法，非但没有降低教师的作用，反而提高了教师的地位。

中小学"副课"之忧

　　有位在行政部门从事工作的朋友调侃说："干行政的特别渴望转正，当老师的非常愿意转副。"他这句话的意思是说，处于副职的行政人员对成为正职甚是钟情，而中小学担任"主课"的老师则希望能教一些"副课"。这里的"课"即为课程，准确而言所指的是时下的中小学各科课程。"主课"教师教学任务繁重且不说，而且承担的责任和压力很大，经常处于高度紧张状态，而副课老师则相对轻松悠闲，因此才有了不爱"主课"爱"副课"之说。

　　尽管在中小学课程设置中所有课程无贵贱、主次之分，按道理它们应该同等重要、地位平等，但是在很多地区、学校，情形却又有很大不同。这种偏差要从"主课""副课"的名称说起。这种划分由来已久，也被大家所默认，这种现象折射出普遍存在的教育功利性。义务教育阶段，应试教育一直唱主角，能够直接参与考试评价，尤其是参与中考且和教师的教学业绩挂钩的课程——语文、数学、外语、物理和化学就是所谓的"主课"；而政治、历史、地理、生物、音乐、体育、美术等不参与中考，或虽然参与中考却只占了很小的份额则被称为"副课"。其中历史、地理、生物在某些地区或学校还被叫作"小三课"，很明显反映了这些课程被轻视的怪现象。

　　据了解，"副课"的开设并不乐观。某些学校的音乐课、美术课只是停留在课程表上，上级领导偶来检查就临时拼凑人员，应付着上几节所谓的素质教育课，领导一旦离开那么一切又恢复常态。即便开设，音乐课也就是唱唱歌，而且歌曲常常不加选择。流行歌曲，尤其情歌之类从教室溢出，让人感到极不协调。美术课教学常常是老师在黑板上用粉笔画上一幅画，让学生们照葫芦画瓢。什么国画、素描、水粉、写生等，学生们都不曾见识过。体育课的开展也不是那么正规，课堂质量堪忧。大体就包括整队、跑步、解散、自由活动等课堂内容，学生们称之为"放羊课"。历史课、政治课、地理课、生物课等课要么由"主课"老师兼任，要么由某些教师专任，且被视为"美差"。

"副课"之所为被称为"美差"，主要体现在工作量不算太重，教学压力相对较小，令"主课"老师羡慕，引无数教师"竞折腰"。甚至于在某些教师担任"副课"之后，自己从事"副业"更加从容——这也是"竞折腰"的原因所在，"副课"授课的现状可想而知。那些本来应该提高学生人文、科学素养的"副课"被草草对待，一般形成固定的教学模式：先用几分钟由老师带领学生们在书上划出课后习题的答案，之后学生们自己看书或背诵答案，老师则坐在讲台上批改作业或看报纸杂志。这种授课模式或许考试成绩能说得过去，但大都是死记硬背答案，误尽学生有谁能知？

说到底，争着担任"副课"教师也不过就看到了教学任务的轻松，可是对于真正有职业理想的教师来说，无论何种境地都会坚守自己的职业信念。"主课"教学尽管烦琐，但是从中自己也获得了职业技能的提升。而那些把担任副课教学当作混饭吃的做法，在不知不觉中也使自己的职业生涯涂上灰色，在误了别人的同时也误了自己。毕竟，作为一个人起码应该有所追求，有所期待，自己在面对学生期盼的眼神，真心面对才能心安理得。

职称评定随想

守望教育多年，本人谈及教育自然爱恨交织，悲喜交加。

年轻气盛时，志愿选择教育作为一生的追求，可踏上三尺讲台后发现教育这方田园也并非净土。其中，污秽遍地，杂草丛生，不由让人失望顿生。

"溜须拍马者受重用，指鹿为马者得提拔，当牛做马者原地不动，单枪匹马者遭严惩"的不合理现象令人眩晕。职称问题引起内心深处的触动更是对教育"别有忧愁暗恨生"。

十多年教龄，至今无缘中级职称，个中原因并非完全和个人教学能力、综合素质有关。翘首以待多年，轮到自己时不是因为证件不够，就是指标没有，或者论文发表数量不足……感到这是什么世道人心，从没有过的屈辱感沉淀心中！更匪夷所思的是有了所谓的指标后，不以低三下四、降低人格尊严的方式"求神拜佛"，指标恍若天边的一抹云烟，还不一定有你的份。有人说，最不好玩的游戏是该你玩的时候规则变了，生闷气没有办法，社会进化到这个地步，"潜规则"使然。郁闷呀！当初对教育怀有的无限憧憬在坚如磐石的现实面前被击得粉碎，还谈什么"传道授业"的激情？

诚然，如一些教育鼓动家所言，荣誉不过外在的符号，能做到对职业认同，感到内心幸福即可。既要低头拉车，又要抬头看路，对处于弱势地位、几乎被边缘化的一线基层教师来说，不是不在乎这个职称——虽然职称提高直接和获得更大的利益有关，可是有了这个外在符号，自己为之付出多年的心血也算得到认可和承认，也为自己选择教育、追求教育做了适当的注解。

同在一个群体，当业务能力和个人品质逊于自己的人，用尽浑身解数晋升了高一级职称，有些老师直接的感觉是心灵天平失衡，人格尊严受损，对教育评价的公平性产生疑虑，工作积极性也可能如曝晒的气球慢慢泄气。职称评定暗箱操作也许不是普遍性问题，但对基层教师群体来说提起来都有无法诉说的苦楚。有人把农村教师职称评定概括为让老师"流血流汗流泪"的过程，虽然偏激，但也道出了一些教师的心酸和无奈。

随堂课中的职业幸福感

作为教师，工作的很大一部分是和上课有关系的。从教十余载，多次登上讲台，满目桃李，颇感快意。就上课而言，有时感到得心应手，有时感到力不从心。就公开课与随堂课来说，我更钟情于后者。

如果把上课看作演出，那么公开课可以算作光彩照人的盛装展示，随堂课就是素面朝天的自然表演。自从成为教师，我也多次积极参与过观摩课、示范课等公开课竞赛，也获得领导及同事对我教学能力的好评，但是面对众人的评判，多少有些拘谨。与公开课相比，我更感到随堂课能增强职业认同，获得幸福感，使精神得到提升，使业务能力得到锤炼。

在公开课的讲台上，自己不仅要精心设计教学环节，而且事无巨细，耗神费力精确到每一个细节，想到要接受台下那么多双眼睛的检阅，紧张感不由自主地涌上心来。记得首次观摩课我刚登上讲台，就大汗淋漓，几乎是在紧张和慌乱中完成了自己的"丢人现眼"。待到评课时，不用其他人一一点明，我也知道自己讲课漏洞百出，实在羞愧难当。

知耻而后勇，此后每次随堂课我就格外留心。我深知只有把平时上的随堂课当作提高自己教学能力的试验场，那么才不至于在众目睽睽之下出丑。我认真对待每次课，也精心准备，缺少了同行及领导在现场的审视，我更可以自如挥洒、反复试验。找到教学光盘，我反复观摩魏书生、窦桂梅等名师大家授课时的精彩片段，并且把他们的教法也尝试着搬到自己的课堂上。尽管有过成功，也有过失败，在反复摸索中，我感到自己在进步。有时在课堂上的尝试虽然由于过于生硬而失败了，但从中获得的教训可以警示自己，也为以后不再犯类似错误获得宝贵的经验。

光阴荏苒，自己从刚入职的新教师逐渐成为老教师。年龄在增加，学识却停滞不前，教学之余惶恐之感顿生，感到自己陈旧的教学经验已经落伍。在感到教学理论匮乏的同时，我设法提高自己。业余时间除了不断向业务精湛的老教师取经学艺外，我还主动不断接受教学培训，仔细研读教育教学理论知识。在 2007 年，我有幸攻读硕士学位，在此期间，感到专业成长更加迅速。如今，再次踏上三尺讲台，我感到课堂不再那么生硬，每次都是快乐之旅，尤其随堂课更是展示自己的舞台。我的课堂我做主，在完成教学任务的同时，我可以尽情穿插一些感兴趣的话题，以吸引学生们的注意力，使课堂不至于枯燥呆板、"面目可憎"。

公开课对我能力的提升当然无可非议，让我懂得教学要更加严谨，但是这类课多少附加了诸多外在因素，略显浮华，而随堂课属于自己耕耘的一亩三分地，可以尽情发挥。平淡的随堂课，不可能有优质课的异彩纷呈，但身在其中多了几许率性，少了许多矫揉造作，更能缔造作为一个教师的职业幸福感。

因此，我逐渐感到这个职业是在培养一种精神，本身就是一种幸福。每次随堂课，面对学生，我作为教师不仅要传承优秀的文明成果，更要学会创造幸福。这是一种责任：在自己掌控的课堂上我学着调试自己的教学模式，在"授业、解惑"之余，要耐心"传道"，引领学生体验幸福，当然也使自己从中获得更好的专业发展。

有个学生名叫杨志

《水浒传》中有个杨志，因为脸上有一块青色胎记，雅号"青面兽"；在初中任教时，我的一个学生也叫杨志，此杨志白白净净，是个帅哥。

2001年，杨志上初三时，我们的师生缘由此开始。他成绩一直处于前列，中考成绩居于全县前二十名，并且如愿以偿进入"奥赛班"——被学生戏称为优秀生"集中营"。据说，高一刚入校时他学习格外用心，成绩不减初中时的风采。有时遇到他的科任教师，总能听到对他的评价充盈着溢美之词。可是从高一下学期开始，他的成绩就有些下滑，据说上课时经常呵欠连连，期中、期末两次考试成绩竟然处于所在教学班的后列。按照学校规定，奥赛班学生考试成绩连续几次居于后几名，本人自动下移到普通班。2003年秋季，我被县城高中聘用，除了完成英语教学外，还兼任高二某班的班主任。由于他成绩不好，偶然被分到我班。于是重续师生缘，我再次成为见证他成长的老师。

彼此早已熟悉，课下交流也不太拘谨，于是我问及他学习滑坡的原因。他嗫嚅地告诉我是迷恋网络游戏，一发不可收拾，再也无心读书。我很震惊，看到他形容枯槁的模样，和印象中精神抖擞形象存在很大反差。问及他的住处，他说没有住在校内，而是在校外和别人合租宿舍。高中连续几年不断扩招，导致学校根本无法容纳太多的学生，很多学生选择在外住宿，这也是很正常的。可是在校外，这些学生一直不能有效管理，基本处于放任状态，于是有的学生抵制不住外界刺激和诱惑，慢慢就分心了。

为了能挽救杨志，我设法让他住进学校宿舍。后来和宿管员进行了协调，终于让他有了一个相对安全且有利于学习的环境。可是事态发展远没有预想得那么顺利，杨志适应不了校内闭塞、机械的管理，坚持搬出学校宿舍。他整天还是一种浑浑噩噩的学习状态，在我所带的普通班也不能位居前列。后来他的表现更加令我失望，竟然发展到彻夜沉溺于网络游戏。一次我在网吧找到他时，他一脸羞愧，而且信誓旦旦要"改邪归正"。为了产生约束力，他主动写下保证书，万一他不能控制自己的网瘾，也有个依据对他进行批评教育。

对于杨志的不良表现，我和他父母进行了电话沟通。估计他父母也批评了他，这样多方力量加强管理和合力教育，杨志的学习成绩慢慢有了起色，我也为他的进步感到欣慰。整个高二，他不断进步，在班里很快名列前茅。这说明他有很大潜力，学习上不逊于他人。很快就到了高三，我不能继续近距离地陪伴杨志成长了，偶尔问及他的学习情况，他也是报喜不报忧。后来据高三老师反映，他整天无精打采，上课睡觉几乎常态化。我预感到杨志的网瘾又犯了。果然，他又恢复了在网络中昏天黑地的状态。更有甚者，父母给他的学费也很快被挥霍掉，宿舍根本找不到他。伙同几个老师我们到各网吧寻找他的踪迹，终于在某网吧偏僻的角落发现了他熟悉的身影。他一连待在网吧超过一周，除了打游戏就是干吃方便面，当我见到他时，简直不敢相信他还是"活物"：头发乱蓬蓬，脸也脏兮兮的，双眼呆滞，没有往日的光泽，一袭脏衣裹着单薄的身躯，散发出难闻的异味。交不上学费，也就没有办法待在学校继续读书，再说他也没有心思读书，于是他就此离开学校，据说到外地随着父母经商去了。

从初中时的阳光少年，到暮气沉沉的网瘾君子，中间没有相隔几年，一个很有希望的学生前途就此了结。水浒中的杨志因为生活窘迫卖刀，遇到泼皮牛二而麻烦上身，被逼之下落草为寇。学生杨志，本来家庭条件不错，父母经商供他读书，遭遇网络，在虚幻世界中无法自拔。一开始成绩不俗的优秀少年，成绩不断滑坡，竟然没有参加高考就选择了辍学，谁之过？难道全部责任归咎于罪恶的网络？

如果当时能再慢半拍

从毕业开始，我已在中学任教有十多年，担任班主任也有六年，尽管目前离开了那方讲台，可是与学生共同成长的经历却如同橄榄，当我独处时静静品味，有苦也有甜。不觉间，自己由懵懂的青年教师变成"老教师"，一路走来快乐伴随着酸楚。有件小事一直扣紧我心底那根弦，不断提醒我：教育是一门讲究慢的艺术，不可太心急，否则就会留下永远的懊悔和遗憾。

那年我来到一所高中教英语课，根据领导安排，我同时担任高三一个普通班的班主任。学校规模不大，共有十多个班级，学生大多来自附近山村，他们基础不是太好，尤其是英语。学校领导得知我是教英语的，顿时感觉遇到了救星，对我客气有加。一开始我信心十足，可是不到半月时间，我就发现这些学生身上存在的致命缺点：不仅偏科现象严重，而且缺乏刻苦学习、努力进取的意识。都到高三了，他们还是优哉游哉，我一向温和的脾气也渐渐变得暴躁起来。

遇到英语成绩差却不主动学习的学生，我起初耐心说服，结果他们把我的话当成了耳旁风，我忍不住就指责起来，不客气的话也脱口而出。

有个叫郑士云的学生，每次考试数理化成绩位居全年级前三名，可是英语和语文却差得可怜，英语成绩在全年级屡次保持最后一名。也难怪，他每次都是刚发了试卷，就草草填涂答卷，连试题都没有看完。我把他叫到办公室，耐心谈起英语差会影响他高考总成绩。他低着头听我唠叨，最后不耐烦地回应道："我就是学不会，你能拿我怎么着？反正我就是学不会……"

我一时急了，说："你这么这不争气，我批评你是不是为了你好？真是不知好歹。"他也满脸通红，嘟囔道："我学习好坏不用你管。我考不上大学情愿务工去。"一听他这么说，我当时火冒三丈，着急之下，伸手朝他肩头拍了一掌。当时可能他也还手了，我们师生就在办公室发生了冲突，彼此嗓门都提高了八度，众多师生闻声赶来，纷纷围观。教务主任随后也来到现场，当时我对他随口说，这个学生我管不了，别让他在我班了。这件事后来惊动了校长，校长严厉地批评了郑士云，让他郑重向我道歉，并通知他的父亲到校，耐心沟通。除此之外，在全校例会上，郑士云在众目睽睽之下做了检讨，保证好好学习英语，不和老师对抗。

惩戒学生的形式维护了我作为老师的尊严，可是让郑士云对英语更加反感了，不仅学习上停滞不前，而且原本诚实的孩子慢慢虚伪起来。在英语辅导课上，他装模作样地拿出课本，仅仅当作道具，连开口朗读都没有，我知道他根本就没有真正学英语。有时候他像模像样地问我和英语有关的问题，那也是敷衍，因为校长告诉他每周必须问英语老师几道题。我领导的班级在这件事之后也产生负面影响，大家对我疏远了不少，很多同学对我流露出陌生感。大概过了半年，我花了很大心思耐心教学，同学们的成绩有了点起色，更重要的是我融入了他们的生活，他们不再排斥我，开始和我无拘束地交谈。于是有的同学就委婉地指出我刚开始的做法不妥当，但也表示理解，我也感到当时处理郑士云的做法不妥当。因为，我那是和学生赌气，并且他们也不是小学生了，自己功课不好心里比什么都着急，可是长期偏科，个别科目上"欠债"太多，也不知该从何做起。我越是急躁，他们越是感到恐惧，于是后来就产生反感。我的做法太武断，不觉间伤害了他们脆弱的心。尽管他们一直对我保持着虚假的敬意，但是内心却一直在躲躲闪闪。郑士云当年高考英语只考了 30 分，据他说只是和平时一样随便填涂了试卷，就匆匆交卷了，可是他还是凭数理化得到的高分达到三本录取线。那一年他上了大学，据说离二本录取线没有差几分。

而英语这门课，他并没有取得任何进步，和刚开始的程度一样，也就是说我的急躁并没有对他的英语学习产生任何积极影响。

这件事一直埋藏在我心中，成为我永远的悔。如今，郑士云早就大学毕业，成了社会的建设者，也许对当年发生的事情也不再存有深刻记忆，可是每当我念及自己的急躁都不由懊悔。如果当时能再慢半拍，不轻易发火，也就不会轻易伤害了学生纯真而敏感的心灵，或许在循循善诱之下，他能听从建议，认真补补英语上的"欠债"，高考能再多考几分，那么就能够到一所更理想的大学读书了。时光匆匆，一切都消失在历史的尘埃中，那些再后悔也无济于事的做法，自己只能引以为戒：面对成长中的孩子，急躁的后果可能适得其反，不如静静等待，那样或许更加有利于他们成长。

请善待教师的"不务正业"

在某些学校领导眼中，教师是"动口"的行当，而一旦"动笔"，就有点不务正业了。不过领导也并不完全反对"动笔"，只是要写论文之类的，好与评职称、晋级联系起来，至于写什么教学随笔之类纯粹瞎耽误事，更不要说业余构思小说、散文之类。

浏览《中国教育报》，看到有一版专门讨论了这一问题，报纸上没有将该行为视作"不务正业"，而称之为教师的"教学外业绩"。

生活中有的人不喜欢别人离经叛道，就像柏拉图描述的"囚徒困境"一样，大家都把黑暗看作光明，一旦有人真的走到阳光下，遭到的是一片呵斥声。因此，当别人稍微展露才华或有点杰出表现，心中就气不顺，设法破坏与打压，优秀的人平淡起来正符合某些人的心意。

其实，一个真正有追求、有思想的教师，业余应设法通过阅读丰富自己，细心通过写作展现自我。领导不应该戴有色眼镜，应该从战略高度提高认识、细心呵护、耐心培养。这样的教师正是因为稀缺才弥足珍贵，能在培养学生的同时提升自己的品位，成就自己的事业，成人达己，师生共赢，在共同成长和发展的道路上只能越走越好。

而且，作为教师，如果总是习惯于不反思、不学习、不研究，也没有论文成果出现，年复一年、日复一日从事冗繁的教学工作，这是很悲哀的生存状态。表面上可以说是教书育人、无私奉献，事实上自己的灵魂不过是做了应试观念下的傀儡。如此下去，教师鲜活的生命渐渐毁灭下去，学生的发展也非常有限，以致最终贻误教育。

因此，学校的领导们应该多一些包容之心，应该认识到教师的专业发展不仅仅表现在对先进教育理论的揣摩，还在于教师能把这些理论真正付诸实践，能够"动口"且"动笔"，让写作成为教师生活的常态。因为写作是去芜存精，是豪华落尽见真淳，是教育思想的积淀，是灵魂对灵魂的撼动。唯其如此，教师才能摆脱附在身上的匠气，而不断成为"人师"。

教师的身躯要挺拔起来

老师在学生面前没有底气，甚至丧失尊严，原因何在？这与学生对老师的态度，以及有的老师个人的操守有直接关系。在学生心目中，有的教师形象是不堪的，尽管表面上也恭恭敬敬，实际上内心充满鄙视和轻蔑。

和学生打交道的过程中，有的老师不坚持原则，降低为人师表的自我修为，甚至在学生及家长的小恩小惠面前，忘乎所以，迷失方向。也许当面学生或家长对教师的评价冠冕堂皇，可在背后的说辞或许是 180 度大转弯。没有自我约束的教师，在学生眼中注定是要矮下去的，因为他们不屑的目光已经传达出对老师的失望。

丰子恺曾说过：有的动物皮毛值钱，譬如狐狸；有的动物肉值钱，譬如牛羊；而有的动物骨头值钱，譬如人。尽管他说这句话的时代是旧中国时期，面对国民党的威逼利诱，作为文人，他不为所动，坚持内心的操守。如今，我认为这句话对我们仍然还有一定的启示。

为人师者，既然选定了这一行，教书育人是天职。要让自己的身躯挺拔，就要时刻在内心敲响律己的钟声。否则，高尚的灵魂一旦被收买，正义和公平就要缺席，教师的整体形象也会遭到污染，社会道德的雾霾也将升腾起来，将我们笼罩。更有甚者，教育的处境将更加尴尬，教育的梦想不可能绚丽多姿，而可能会成为可怕的梦魇，让未来充满绝望的色彩。

乡村教师的新活法

人在世上，各有各的活法，各有各的精彩。

今年暑假，回到家乡，和不少乡村教师聊天，我感到他们的生存方式发生了不小的变化。和以往印象中的机械、呆板、麻木、隐忍相比，他们显得更加积极、主动、灵活和充满智慧。这些乡村教师守着公职，领取依然不太丰厚的薪酬，同时寻寻觅觅，不断开拓新的经济增长点。通过自己的精明能干，既锻炼了生存能力，又改善了家庭的生活条件，真可谓一举两得。

整个暑假期间，我偶然和旧友 A 君、H 君、C 君、L 君接触，近距离了解到他们各自的生活故事，颇有一番感慨。

他们的共同特点是，都在农村中学一线教学，教龄不短，均超过 18 年。他们毕业于 20 世纪 90 年代中期，属于还可享受国家分配政策的师专生。在单位工作多年，属于骨干力量。由于身处农村，家里还有责任田，在家乡工作，一直处于半工半农的状态。依靠微薄的工资，难以养家，而依靠贫瘠的农田，增加收入更是妄谈。何以救赎？他们均在本职工作之外，选择了至少一份适合自己的兼职。

A 君，中教一级教师，早该晋升高级，可是指标有限，年年盼望，年年失望。既然得不到晋升，那么就设法多增加点收入，贴补家用。他几年前就开始四处兼职，不过他选择的是一些公立学校，因为有的教师下海或外出淘金，造成所在学校师资短缺。他乘虚而入，申请代课，按照一节课多少钱的交易，以辛勤劳动获取收入。他这样做比较保险，既不会失去铁饭碗，又能挣到钱，做到了"吃着碗里瞧着锅里"，兼职正职两不误。一般情况下，他选择相邻乡镇，联系到所在学校的负责人，谈妥条件。一方愿意雇佣，一方愿意出卖劳动，各取所需，各尽所能，彼此心照不宣，倒也相安无事。

H君，算是比较得势的，顺风顺水，很能混得开。他早已评上中教高级教师，月薪在当地乡村教师中算是较高的，但他选择了一条和A君类似的做事方式，只不过相对不那么辛苦。他选择兼职，目标地点是在私立学校。所在乡镇就有一所私立初中，他从该校创办之初就开始兼职，由于合作时间较长，也深得领导信任和器重。他本人综合能力较强，在公私之间游刃有余，如鱼得水。领导外出，总不忘带他陪同，而他本人在原单位也仕途顺利，目前已经处于常务副校长的位置，极有可能升任校长。但是，他将此看淡，认为虚名不过一阵风，远没有到私立学校多挣点钱实惠。借助曲线运动，他辞去副校长一职，把工作关系移到小学，偶尔报到，应付上级检查，主要精力放在兼职上。目前他有车有房，家庭幸福，其乐融融。C君和H君差不多，都是中学高级教师。工作单位就在家门口，在单位人际关系顺畅，且身兼数职，头脑灵活，很受领导青睐。谈到仕途，他同样看得很淡，为最实在的还是多挣些外快。他爱钻研，但又不迂腐，目前转型走"知识型"路线。自己撰写讲稿，搜集资料，编辑成册，四处讲座，既提高了知名度，又有不菲的额外收入。

L君，中学一级教师，兼职的方式有点不够斯文，甚至很难理解。他在教学之外，没有把从事教学作为兼职，而是改行从事三轮车营运。在县城的大街小巷招揽乘客，每天都有些许资金进账，有的月份还能挣到千元以上。就这样，以己之辛苦，挣得额外收入，贴补家用。

社会不断发展，犹如张牙舞爪不断膨胀的怪兽一样，只顾拼命奔跑，不顾灵魂能否跟上。作为社会群体的组成部分，社会对乡村教师提出的要求越来越高。思想上个个都得像革命年代的共产党员，生活上又得向最低标准看齐，道德上又要个个直逼圣贤。如果继续坚守清贫，居陋巷，犹如颜回，不改其乐，大多会招来旁人的哂笑和奚落。不仅窝囊、无能，也将失去应有的尊严，栖身尘世也注定无法诗意起来。

记得鲁迅先生笔下的"孔乙己"，他始终脱不掉身上的长衫，饥肠辘辘，还故作清高，做贼之后被人打断腿，还不忘辩解"窃书不是偷书"。我们读过之后，感到社会的冷漠、残忍，感到孔乙己的可笑、可怜，可是当今社会就没有新时代的孔乙己吗？那个停留在书面、饱受侮辱的人物形象，我想不应也不能成为乡间知识分子阶层的代称。

马斯洛的需要层级理论，道出了人的需求是递增的。如果没有基本的生存保障，遑论安全、情感归属以及尊严和自我实现，简直就是痴人说梦。或许，乡村教师的温饱问题应该基本解决，但是个人乃至群体的尊严，还应该得到切实保障。世界上不少国家和地区，将教师职业提升到非常高的地位，从制度到道德层面，都能让教师体会到职业的尊严和崇高，也会令人由衷向教。这自然会使教师对教育事业有初恋般的眷恋，也有如同宗教般的皈依感。目前，我认为教师群体对职业的认同，以及职业幸福感还有相当大的距离。

作为基层知识阶层，教师群体的个人尊严得不到保障，仅仅依靠有关部门的偶尔惠顾，不异于久旱求雨，就是增加几百元的补贴，也是杯水车薪。既然呼天不应，求地无门，不愿苟活于世，那么就积极展开自救。我所列出四人的故事，只是家乡乡村教师群体的缩影。他们坚守公办单位，不愿失去铁饭碗，不愿失去一份保障，但又感到食之无味，弃之可惜，实在有点尴尬。

在当下 CPI 居高不下、社会浮躁之风盛行、金钱崇拜似乎成为主流的情况下，广大乡村教师岂能心静如水？仅仅靠道德说教，让某些行政领导大力倡导师风师德，就是讲得口干舌燥，力量却很微弱，未免滑稽可笑。口号总是优美动听，前景总是令人向往，但是囊中羞涩久了，无以言传的苦涩也就促成个人的积极自救。我想，不管哪种方式，不管怎么折腾，只要在政策允许的范围之内，属于合法经营、诚实劳动，都不应被一味打压，而应该疏导、鼓励，因为每个人无论选择怎样的活法，都是为了活得自在，活得洒脱，活得幸福，活得更有尊严！

教师"隐性流失"堪忧

"隐性流失"是企业人力资源的术语。

人力资源是指能够推动整个经济和社会发展的劳动者的素质和能力。这种劳动者的素质和能力在整个经济和社会发展中没有发挥出作用，就是人力资源的流失。过去，我们看一个单位的人才是否流失，只看到了跳槽出去的人，而忽略了那些留在单位的人，那些没有充分发挥和利用其素质和能力，没有尽可能地发挥出最大限度提高经济效益和社会效益作用的人。这实际上也是一种人力资源的流失，因为这种流失是隐蔽的，所以称它为"隐性流失"。

教师属于教育行业的人力资源，同样也存在着一种不良现象：有些教师享受着国家提供的种种待遇，却没有能尽到一个教师应有的职责。借助人力资源的相关理论说明，姑且称之为教师"隐性流失"，一般分为以下几种类型：

1. 赋闲型。按照干部年轻化的要求，一些学校领导 50 岁出头就退居二线。这些同志从领导岗位上退下来后，一时难以放下架子，不能很快适应普通老师的工作。由于有的老领导原本是新任领导的顶头上司，对于如何给这些老领导安排合适的工作，新任领导颇感为难。因此，这些退职下来的老领导不得不长期在家"休闲"，而许多在职老教师对此难免心生怨言，于是或"小病大养"，或"无病呻吟"，找各种理由休息休闲。因此，新任领导也奈何不得。

2. 老资格型。有着高级职称的老教师，在享足享够各种鲜花、荣誉、金钱和物质利益以后，便摆起了老资格，工作上拈轻怕重，甚至脱离课堂，当起了"闲职"的专家，不再给学生上课，也不再有往日的工作激情。

3. 得过且过型。那些对评上高一级职称感觉无望的教师，也同样缺乏进取心，这在农村中小学教师中表现得尤为突出。因为，一方面农村教学教研条件恶劣，中小学教师较难在基层岗位上晋升较高职称；另一方面，农村学校晋级比例较低，农村教师即使符合参评的条件，也需等候多年才能评上。同时，职称评定程序中的不良风气更加重了普通中小学教师评职称的难度。于是，中小学教师中得过且过的现象"蔚然成风"。

4. 借用型。一些乡镇政府乃至县直机关会写文章（公文）的人不多，急需要"笔杆子"，而教师群体人才济济，艰苦的教学工作也使广大农村教师对政府机关趋之若鹜。于是，双方一拍即合，假"借调"之名，又有一些教师在编不在岗，离开了农村教学一线。

5. 失意型。由于聘任制度不够完善，对教师的考核指标仍以学生成绩为主，造成招聘的教师大搞应试教育，尽管工作努力，学生的成绩也上去了，但学生素质尤其是心理素质和身体素质却下降了。而学校对落聘者又没有做好善后工作，落聘的教师常被领导、同事甚至亲戚另眼相看——或同情怜悯或冷眼鄙视，这进一步挫伤了他们的工作热情，使落聘教师产生许多怨气，工作消极，也导致进一步的师资浪费。

教师的隐性流失现象严重影响了中西部农村基础教育的质量，不利于中西部农村人口整体素质的提高，应引起有关部门的重视。

"顽固"的晚自习

前天回老家，偶然听闻一起车祸。一群初中的学生晚自习之后，回家途中迎面遇到一辆农用三轮车，躲闪不过，结果两名学生被撞成重伤，正在医院救治。经查，肇事司机正常驾驶，行车速度也不快，只是学生骑车相互追赶，不断喧哗，而且逆向行驶，一时不慎，造成可怕的后果。

造成如此惨剧姑且不论，警方已经介入，肯定会慢慢处理。我所想到的是，目前为什么晚自习还顽固存在？周边乡镇按照国家规定，下午五点准时放学，为什么这个学校还要继续延长两个小时上学时间，让学生上所谓的晚自习？我曾经去过这个学校，也见过学生上晚自习的情景。疲惫一天的学生，在昏暗的日光灯下，有气无力，学习效率低得不敢恭维。而且，国家有关政策三令五申不许加重学生的学习负担，更不提倡上晚自习之类的补课活动。

可是，这个学校形成了惯性，旧的教育模式依然有很强的生命力，不舍得彻底放弃。哪怕学生在课堂上乱成一团麻，也要坚决把晚自习进行到底。

有这么顽固的制度，学生踏着夜幕回家，不发生事故只能是侥幸，而出现惨痛的车祸也只是早晚的问题。晚自习补习如果不能增进学生的智力，仅仅成为一种约束手段而存在，我看还是最好休矣！

假如给孩子额外的两小时

如果你有孩子正在中小学就读，那么给你出一道选择题：假如每天额外给你两个小时，让你在允许孩子课外阅读和参加辅导班、做作业等方面做出选择，你会做出怎样的选择？

现实情况表明，有的家长习惯性要求孩子要么"做作业去"，要么"别读闲书"，以学习任务重为借口，毫不犹豫剥夺孩子课外阅读的权利。谈及阅读，孩子的回答往往是和教材、习题集有关，因此阅读的质和量明显欠缺。尽管他们每天忙忙碌碌，辛苦至极，甚至连总理都高呼"要把孩子从沉重的学习负担中解放出来"，可是就阅读来说，很多孩子并没有过真正的有效阅读。

无论是中小学阶段的教师，还是家长对孩子阅读课外书采取"严防死守"的做法，不能不说有其苦衷。这背后还是考试评价在作怪，无论读的课外书再怎么多，思维方式再怎么活跃，如果和考试成绩相联系，那就没有了脾气。考试成绩一塌糊涂，那么这个孩子就是"不务正业"，将来的出息大小姑且不论，就眼前来说直接影响教师的考评、学校的声誉以及家长的殷切期望。在不少农村学校，素质教育看着热热闹闹，可在背后应试教育依然扎扎实实，谁越是笃信新课改那一套，谁就是差个心眼，属于被人取笑的对象。正如设了圈套一般，一旦上当，那后果极为可笑。莫责怪广大教师们对新课改会产生阻抗，也许就是在一次又一次的所谓"闹剧"中，他们迷茫，不辨航向。吃一堑长一智，有的时候是吃了不少"堑"，岂能不长"智"？很多次都是穿着新鞋走老路，教材不可谓不新，只有教育、教学、课程等理念还是停留在遥远的年代。另外，众所周知的是"唯分论"的后果催生了林林总总的补习机构、光怪陆离的教辅行业。这一恶果，我们目前正在品尝，估计短期内也不一定能够根除，其结果一方面加重了学生以及家长的负担，另一方面也损害了学校教育的正面形象，使当前的基础教育"拔剑四顾心茫然"。

有人把教材之类的书籍称作学生汲取营养的母乳，能给学生的成长提供基本的物质保证，这当然是不可缺少的。可孩子身心发展，人格形成仅仅依赖"母乳"是远远不够的。从生理学上来说，孩子在三岁后汲取母乳获得的有效能量就会减少，要从其他食物中获取有益身体发展的物质能量。就孩子的知识获取方面，他们年龄稍长，仅仅阅读教材以及辅助类的书籍是不够的，要完成其精神上的发展，孩子就要有广泛的阅读作为支撑。

因此，假如真的能给孩子提供额外两个小时，我希望还是让他们自如地选择课外阅读，让他们在书海中学会遨游，学会自我发展，学会自己掌控自己的未来！

棍棒之下出逆子

古训说，棍棒底下出孝子。诚然，一些在打骂中长大的孩子的确很孝敬父母。但是懂得真正爱孩子的人会知道，其实这样的父母是极端自私的。以打骂强迫孩子孝顺，在其所有潜能之中，唯有孝敬父母成为其个人发展的唯一特长。这一特长又使其人格矮化，可能带来一生的伤痛以及其他方面的损失。另外，过于严厉苛刻的教育，最终造成人格分裂甚至反社会人格的极端个案也不少，令人痛心。

近期在某卫视看到一档节目，讲述了一个名叫王小虎的未成年人因为迷恋网络而抢劫杀人、锒铛入狱的故事。其实这种故事并不罕见，只是版本不同而已。在公安人员问及犯罪动因时，孩子说是为了筹集网费以及治疗脸上的青春痘。看到他说话那么轻巧，难以置信悲剧就是这个孩子制造的。

调查其家庭背景，我们便发现王小虎从小就没有受到良好的家庭教育。他的父母文化水平不高，每当他犯了错误，就采取传统而简单的教育方式：非打即骂。打骂久了，孩子心中蓄积的仇恨就像能量很大的火山，不到抗争的年龄就听任父母的宰割，可是年龄稍长就开始反抗。家庭教育跟不上，学校教育又出现漏洞，在初二时王小虎就因为违反纪律而被开除，从此流落社会。迷恋上网络后更使他在错误的道路上越走越远，最终酿成了这一恶果。

国外有专家曾指出，孩子生活的环境会对他们的成长造成对应性影响。如果孩子生活在忍耐之中，他就学会了耐心；生活在表扬之中，他就学会了感激；生活在接受之中，他就学会了爱；生活在认可之中，他就学会了自爱；生活在承认之中，他就学会了要树立目标；生活在分享之中，他就学会了慷慨；生活在诚实和正直之中，他就学会了接受真理和公正；生活在安全之中，他就学会了相信自己和周围的人；生活在友爱之中，他就会热爱这个世界；生活在真诚之中，他就会更加平静地度过每一天。

就王小虎的经历而言，我认为对于孩子来说，如果他生活在暴力、地狱之中，他就会成为冷酷的魔鬼。

心理学家指出：杀人犯大都是在充满暴力的、缺乏爱的环境中长大的。他们一失足成千古恨，最主要的因素就是成长环境中爱的缺失。

大卫·梭罗断言：爱是一种永远无法消除的饥渴。医生与精神病学家早就认识到溺爱与缺爱都将对身心疾病产生重大影响。蒙太古说：把一个杀人犯、一个不可救药的刑事犯、一个行为不良的青少年、一个精神变态者或一个冷血的家伙弄到我这儿来，在几乎每一种情况里，我都能让你看到童年没有得到适当的爱所造成的悲剧。

美国监狱曾提供一份详细的分析报告指出：85％的刑事犯，是因其对于爱的基本需要和个人尊严的感情没有得到满足而导致犯罪的。爱是一种本能，是盲目的；但是，爱的缺失会产生惊人的摧毁力，招来诸多苦恼，甚至引发战争。

完全可以说，当通向爱的渠道受到阻隔而处于干涸状态时，反作用力就会像沉睡的火山那样喷发并演变成暴力。暴力，是爱受到挫折的结果。父母若不能给孩子充分的爱，或早或晚都将为之付出沉重的代价。

该崇拜什么样的老师

学生时代，最崇拜的老师应该是这样的：课讲得精彩，舌灿莲花，妙语连珠；字写得潇洒、精神、大方，光看板书就是美的享受。如果老师多才多艺，更加成了学生心目中的偶像——这些都和老师的职称、贫富、容貌等无关。

斗转星移，当自己步入教师行列，当初的自豪感逐渐随时光流逝而消减。"苔花如米小，也学牡丹开"，纵然我不才，讲课尽量流畅，口齿尽量清楚，板书尽量美观，偶尔也高歌一曲，活跃课堂气氛。可在这个时代，外界对教师的关注，少不了要问到"一个月挣多少钱"。当口中嗫嚅而不敢言，未聊上几句背部便出汗的时候，我知道自己再坚守不了职业赋予的尊严以及幸福感。前不久，有个可爱的学生就问过这个问题，我如实说出自己的工资数额，学生说还不如他妈妈摆摊卖菜赚得多。当时，一种羞辱溢上心头。

我那个时候是想到了媒体报道的"最美"系列的人物，既感到愧疚，又感渺小。相形之下那些坚守深山老林，默默支撑教育天空的"英雄"更加崇高。

我还想到的是，就在当下，学生心目中最崇拜的老师是什么类型的人？是要位有位，要权有权，要钱有钱的？……我不敢去想，不过我环顾四周，发现那些职称高的、挣钱多的、头脑灵活会来事的，的确活得格外光鲜。而局限于教书，设法育人，整天斯斯文文，除了课堂上获得片刻拥护之外，在学校乃至社会行走，则被视为迂腐呆板，即使课堂上再怎么生动活泼，似乎回归不到若干年前的教师所享受到的尊重和爱戴。

功利主义时代，校园里的教师如果连一张安静的办公桌都放不下，就不要指责社会上荒诞甚至扭曲的现象纷至沓来。既然有人把教师定义为"人类灵魂的工程师"，一旦工程师的灵魂都有点畸形，那么影响到的若干心灵，健康能有什么保证？

都是手机惹的祸

　　三年前我在一所乡镇的初中任教，并兼任毕业班的班主任。有件不该发生的事竟然发生了，隐藏在心中，成了一种说不出的痛。这件事和手机有关，是手机惹出的祸端。

　　目前手机已经普及，已不再像几年前一样属于奢侈品，是身份和地位的象征。除却通信和存储等功能外，作为装饰物，手机还有高低贵贱之分，如智能手机是新潮产品，拥有者时不时炫耀，派头十足。我那款诺基亚早就该更换了，银灰色外壳褪色不少，越发丑陋。为了满足虚荣心，购买智能机一度成了我的憧憬。光顾手机店，看那标注的不菲价格，很多次都是乘兴而来、扫兴而归。最后，还是经不起朋友的撺掇，我头脑发热，花了一叠百元大钞"抱得手机归"。

　　这是款黑色直板手机，仍是"诺基亚"，以其宽屏、厚重、略显大气而光彩夺目。铃声清脆，从早到晚，这款手机就成了我的亲密伴侣。手机电池持续时间不算短，每周充电一次，周末还能继续使用。在朋友艳羡的目光中，我心中竟然漾出异样的满足。

　　"真不错，手机真好看！等银子足够了咱也买一个。"有朋友总习惯这么说。

　　视觉疲劳随时光流逝翩翩而至，刚开始的新鲜感慢慢消散而去，格外珍惜的手机也不觉娇气起来。刚开始时，手机是不敢随处乱放的，后来心灵钝化，没有那么细心了——本来就不是做事精细之人，有时上课铃将要响起，我随意把手机塞进办公桌，而后匆匆离去。

　　意外之事总是不期而遇，习惯性地忘记随身携带手机，等我再回到办公室去取时，心爱的"伴侣"不翼而飞。办公桌翻了个底朝天，还是找不到。当同事了解到所发生的事，一方面劝我少安毋躁，一方面个个面有难色。我不敢随意揣测同事中会有人这么恶作剧的，可是除了着急，我也没有任何办法。毕竟这款手机没有买多久，在这么短的时间内就丢失了，不免痛惜和懊恼起来。

使用同事手机拨号，发现我的手机没有停机，卡也没有抽掉，只是传来悠扬的彩铃，无人及时应答。

同事建议要是真的找不到，就报警吧，让警察排查排查。

无奈，只好麻烦驻守学校保卫处的警察同志。他们记录事情经过之后，根据手机没有及时停机这一细节，让我查看当前的通话记录。查询之后，我发现手机丢失不久的时段内产生了话费，通话清单显示我的手机号码至少和三个人通过话。有位民警说，这是个低智商的小偷，使用失主的手机通话难道就不怕被抓？

根据通话记录，警察从外围很快锁定拿走我手机的人。当那个瘦瘦的身影来到我面前的时候，我惊呆了：原来是我自己班里的学生张欢。他低着头，垂着泪，一句话也不说，颤颤巍巍地拿出我熟悉的手机，交给警察。警察让我确认是否正是我丢失的物品，然后做了相应笔录，我带着手机离开保卫处，张欢一直留在那里，继续交代问题。

后来我了解到，张欢其实并非故意把手机窃为己有，他放学后发现讲台上躺着这个手机，当时收了起来，也没有多想就揣进了自己的口袋。怪不得我一直在办公室寻找竟然找不到，原来是自己大意而遗失在教室里面。张欢说他太想念父母了，他们远在千里之外打工，很久没有听过他们的声音。用手机打了几个号码，都没有和爸妈联系上。后来，本打算把手机第二天还给老师，可没料到会这么快被带到了保卫处，他感到自己没有脸面见自己的爸妈了。

听张欢这么辩解，我懊恼不已，发觉正是自己的疏忽造成了这一过失。于是我及时同保卫处协调，希望他们不追究张欢的责任。他们没有同意我的请求，坚持要见到张欢的家长。我顿时失去主张，找到校长讲明原委，校长也认为先把事情调查清楚再说。张欢这个学生平时因为上网、斗殴等劣迹让校长很伤脑筋，借此机会把他赶走岂不更好。我一时无语，也不知事态会沿着什么样的轨迹发展。

几天后，张欢的父母从千里之外返回了，看到被拘留的儿子，他们万分痛心，号啕大哭。警察把这件事调查清楚之后，仍然认定张欢的行为属于盗窃，考虑到他虽然未成年，可已经到了16周岁，就在看守所刑拘半月，据说还罚了不少钱。

本来可以避免的事，由于自己的疏忽竟然让一个学生的心灵乃至人生蒙上灰暗。懊恼无济于事，这件事不容置疑地发生了，孩子一念之差铸成大错也受到了惩罚。可是为人师者的我呢，看着自己的学生被拘留，被处罚，被这么无情地抛向复杂的社会，我心中不由隐隐作痛。这件事就此沉淀心底，让我对人对事不敢唐突，因为一点小小的失误有可能影响一个人一生的轨迹。至今，我对手机仍然怀有一种莫名的恐惧，铃声响起，宛如警钟，告诉我要深刻反省。如果自己不那么虚荣，如果不那么粗心大意，如果手机没有丢失在教室里，那么这件事不会发生，或者即便发生也该是另外一个版本……

感悟"保卫童年"

2015 年 5 月 16 日，一个阳光明媚的下午，我和一帮书友有了一次别样的相约。在活动现场，能够有机会近距离聆听智者的声音，感触良多。与会者来自四面八方，和这些教育的追梦者共聚一堂，觉得受益匪浅。

本次活动的主题是"保卫童年"，结合所思所想，我也有一些浅显的体会。

首先，毫无疑问，要保卫的是小孩子们的童年。孩子们处于人生的花季，让他们健康、快乐成长，我们责无旁贷。电影《美丽人生》之所以感人，就是因为那个父亲没有让孩子过早察觉命运的残酷和周遭的不幸。他刻意以游戏的方式缓解了紧张气氛，让孩子心中继续怀揣梦想，对明天充满期待和憧憬。也许反映在影视作品上的"保卫童年"有点遥远，我们从事教育工作，在现实生活中面对的是无知和野蛮。我们不可能会"工作顺利"，但是我们不要让内心布满冰霜，更要学会和孩子同行，用一颗爱心呵护他们成长。

其次，要保卫的是大人们心中永远的"童年"。个人的年龄，只不过是时间上的划分而已。"青春不是年华，而是一种心境。"行走在纷繁复杂的成人世界，也许每天面对的事务如同乱麻，也许忙得不可开交。这时候不妨放慢追赶的脚步，让自己的心慢慢平静下来，让自己每天生活得简单一些。怀揣着一颗童心上路，不计得失，不慕功利，爱自己所爱，做一些有意义的事情，内心充实，不感到生命被虚度就行。那么，不妨成为书中的"呆子"。当"聪明人"忙于俗世杂务的追逐，自己能够让心灵栖息书中，就像孩子对他挚爱的玩具一样乐此不疲，虽然不合时宜，但是这也应该成为一种积极的生存方式。

会背，我就给你 100 分

上初中时，我遇到一个在教学上很有策略的老师，他就是教我们历史课的李老师，尤其是他的教学评价模式让我记忆犹新。

历史，在初中被视为副课，一般不被过于重视。为了扭转学生学习积极性不高的局面，他在期末考试之前许诺："谁如果能把划定的知识要点全部背会，那么期末考试成绩就先给他 100 分。"分，学生的命根。尤其春节来临，放寒假时都想有个好成绩让家长高兴高兴。我也不例外，李老师这一做法激励了我。当时处于少年时期，记忆力正旺盛，很短时间内我就把所要求的内容掌握并背诵下来。李老师还要求凡是主动要求背诵的同学，要当着大家的面由老师任选 10～20 个问题，立即做出回答，若有差错，视为无效。我是主动接受挑战的，根据老师提问的名词解释、史实问答等，一字一句完成任务，顺利达到要求。李老师也兑现诺言，我的寒假通知书上赫然写着历史成绩为 100 分。

学生时代很多事想起来很幼稚，我也佩服李老师的高明，他抓住了学生内心的需求，调动了学习兴趣，采取激将法，让大家保持一种"百舸争流"的状态。我初中时还处于 20 世纪 80 年代，那时没有太多的辅导类书籍，根本不可能有什么练习册、素质试卷之类的，学生学习负担也不重，李老师采取死记硬背的办法我也没有感到有太大压力。

让我获益匪浅的是，经过这么集中轰炸式的记诵历史知识，我竟然对这个学科产生了浓厚兴趣，以致兴趣延伸到高中阶段。后来文理分科，我毫不犹豫选了文科，这与对历史的钟爱不无关系。

李老师无意中采取的教学策略，竟然激活了一个学生对一门学科的兴趣，因此给我的启示是：为人师者，培养学生的学习兴趣远比知识传授更重要。

不该发生的事却发生了

　　有件事至今记忆犹新，那年冬天我在某中学任教，担任高一某两个班的英语老师。学校课程设置和当今略有不同，当时学校规定还要上早课。

　　学生多为农村孩子，他们感到求学不易，珍惜时间，学习上格外下功夫。一般情况下，在老师讲过课之后，他们往往见缝插针拿出积压的问题询问。我教的是英语课，学生遇到的疑难可不少，有时候竟排起长队，那时宛如看病的大夫，依次给病人诊治。说实话，我心中最打鼓的就是早晨上过课之后有学生拿出一摞习题集来，站在我面前，让我一道一道地琢磨、讲解。可是作为老师，再怎么样也要懂得为师之道，要"诲人不倦"。肚子早就提意见，虽然没有咕噜噜叫，可也感到有点饿了。耐心为学生答疑解惑之后，我就去食堂买饭，或者自己做饭。因为住处和教学楼之间有一段距离，因此吃早饭时要么饭菜冰冷，要么饭后匆匆返回办公室，还很有可能耽误上午学校考勤。

　　一次早课之后，自然少不了有学生问相关习题，这是和非限制性定语从句有关的。学生初次接触定语从句，对这个语法项目的理解上存在不少偏差，不能正确区分非限制性和限制性两种定语从句。当时还有几个学生课后值日，也就是打扫教室卫生。他们搬起凳子，放置于课桌上，擦拭门窗，其中一位女生挥起扫帚，教室内尘土弥漫。等待解答问题的一位男生以手掩鼻，咳咳连声，指责该女生扫地动作过猛，教室尘土飞扬，似乎更脏。"行好没有作恶大"，男生好像还说了其他几句不中听的话。我当时也没有听到他们都说了些什么，可是这两个学生对骂起来，后来竟然发生了肢体冲突。男生五大三粗，女生快嘴快舌，一来一往，男生打倒了女生，甚至骑在身上，扇女生耳光，动作极为夸张。我也终止了给学生讲题，前来劝架，可是怎么也劝不开。经过其他同学的努力，才算把他们拉开，女生哭泣着离开教室，男生也悻悻然而去。

自古就是男不和女斗，那位男生犯了大忌，此事不可能就此罢休。女生家长后来到了学校，找到校长，让校方给出妥善解决方案。校方以劝解为主，也没有给这位女生家长圆满答复。于是家长不服，再次到校时竟然带来了他的一位当记者的亲戚，并声称如果学校不秉公处理此事，他们就诉诸媒体，让学校曝光。后来我也没有关注事态的发展，只是知道闯祸的那位男生被迫离开了熟悉的老师和同学，转到了另外一所学校就读。

仅仅口舌之争，能算多大事？而且他们还是同班同学，友情弥足珍贵，可是他们却因为一句话而挥手相向，给学校、家人都带来了不小的麻烦。后来，有同事责备我说当时应该及时拉开他们，那样就避免了事件的恶化。我也是有口难言，我当时牺牲自己的休息时间，专注于为学生解题，哪里还会注意到如此突发事件。此事已经过去多年，至今想起，仍然感到隐隐有些遗憾，如果大家相处时能讲究谦让，再多一些文明，注意礼仪，那么就不会有野蛮横生、丑态百出的事情发生了。

英语沙龙侧记

有机会参与学院英语沙龙活动，颇有感触。

这个沙龙由一些喜欢英语并愿意深入了解英语及英语文化的学生组成，成员也大多为2010级新生。英语沙龙的负责人或称为主席的是位大二的女生，她在组织社团活动过程中落落大方、从容自如，表现极为干练。这次例会活动的程序为：首先是新加盟的成员尽量用英语向大家做自我介绍，然后播放了一段以往活的动视频片段。我作为"应邀"参加的老师，在学生自我介绍之后做了"点评"，以及中英文夹杂地提出自己的一番建议。

看着这些洋溢着青春气息的面孔，我内心格外高兴，因为自从告别学生这个角色，重新成为一名教师，我内心是有落差的。尽管我在课堂上以及课下极力推荐我的学生参加各种各样的社团，设法锻炼自我，可是回首过去，我本人的大学时代参加过的社团可谓寥寥。在大学岁月，我不过参加了一个文学社，而后也没有真正坚持下来，也没有为那个叫《陈楚风》的刊物贡献笔墨。及至后来读本科，我忙于提升自己，挑灯夜战，考研未获成功，社团经历也是一纸空白。后来渐渐年长，我的心也开始钝化起来，不想疏狂，因为冰冷的现实生活要提升自我，就要委屈自己，要进行所谓的拼搏。而在这个拼搏加奔波的过程中，我蹉跎了光阴。我知道英语学习不是简单的26个字母的组合，不是单纯地去做那些习题。在新乡读书的那些日子在我心中一直沉淀，成为永远美好的回忆，曾经仗着年轻气盛，我和一帮同道之人踏雪而行，边吟弥尔顿、雪莱、彭斯、佛罗斯特等诗人的名篇，任自己跌倒在雪堆之中；在那个叫英语岛的地方不断和五湖四海的朋友相约，一任南腔北调的英语在耳畔回荡。当然那位叫罗素（Russel）的外教让我永难忘记，他和妻子二人同台献艺，把每次的讲座演绎得格外洒脱，以致多年后回忆起他的课，我还感到记忆犹新，还能体会到枯燥的英语学习生活被安排得这么浪漫。毕业了，朋友们天各一方，每当想起为了英语而努力的日子，心中仍然激荡不已。

从学生到教师，再从教师到学生，而今我又成为教师，在角色不断更换的过程中，是英语一直陪伴着我前行。尽管我极力反对英语学习的全民化与低龄化，也写文章，也在和别人的交谈中表达着对英语学习的批判性的意见，但是归根结底还是英语成全了我的一桩桩心愿。就近几年发生的事情来说，如果不是因为英语考试得到了广西师大教科院"免修"的机会，我不会顺利被录取，更不会拿到目前的硕士学位；如果不是我有学英语教英语这么个特色背景，也不会有缘结识一些高层次的人物，更不会暑假在那里享受"供养"，自如地穿行于那些外宾之中，和他们谈天说地。乃至后来和我们学院的奇遇，尽管是起于网络上的一封 e-mall，我在被安排了面试以及试讲之后，便顺利得以在此工作，这也是招聘方充分肯定了我的英语教学能力或者英语素养。

看到加入沙龙的学生颇感欣慰，毕竟在这里我不感到孤独。尽管我们学院的特色是艺术，英语只是"配菜"，可还有这么多对英语心怀向往的朋友在，我想我的心中还会漾起一曲快乐的歌。

"打酱油"现象有感

"打酱油"一词之于"90后"，不需解释，其意自明。

我在读研时也曾"打过酱油"。为了凑够学分，就修了"比较教育学"之类的课，总共没有听过几次课，结课时交上论文，学分顺利收入囊中。

可是毕业之后，遇到选题要参考外埠文献时，就有点力不从心了。这时候再次回首，发现自己当时何其愚蠢，没有认真对待所修的每一门课，没有真正掌握相应的知识，到头来只能是自欺欺人。

不光彩的经历消失在历史尘埃中，如今我站在大学讲台，传道授业之时，不可避免地遇到了不少"打酱油的"。这也令我感到苦恼，尽管大学教育属于"素质教育"的范畴，不强调升学率之类，对促进心灵的解放还是有不少积极意义的。基于多年的职业习惯，每当看到课堂上"茫然哥"或"茫然妹"还是纠结不已，就授课内容随机提问也是一问三不知，更加重了我的愤懑。不少学生置身课堂，听课效果不太重要，关键是为了考勤和平时成绩，他们似乎是为了课堂而变成听课的道具。

英语教学出现困境不是坏事，恰好为我提供了思索当下的机会。孟子曾说过："行有不得，反求诸己。"意思是说，事情不成功，遇到了挫折和困难，或者人际关系处得不好，就要自我反省，要从自己身上找原因。目前，大学英语教学在一些学生眼里几乎成为"鸡肋"，不能不令人深思。不能武断地把罪过全部归咎于学生，在责备他们的同时，我反思了自己的教学方式、学院的学科定位以及社会对英语的重视程度。平心而论，中国的学生学习英语太痛苦了，从学前教育开始一直到博士生教育，英语犹如挥之不去的幽灵，一直紧紧跟随。

据《现代教育报》日前进行的在线调查显示，70.3%的人坦言学英语的动力是应付升学、考试，仅7.7%的人喜欢学习英语，73.1%的人赞成降低英语在中、高考中的比重。有网友认为，大学毕业生中只有很少人到外企工作或从事与英语有关的科学技术研究工作。但令人遗憾的是，小升初、高考、考研、考博、升职，英语是逢考必有。特别是职称考试，对很多人从事的工作几乎一点作用都没有。有的人学习英语异常辛苦，几乎成为苦行僧。讲一个我熟悉的事例，和我同门读研的 S 君，立志毕业后要到南方外企工作。他英语基础不太好，四级考试考了两次才通过，为了通过六级考试，他三年时光几乎有一半耗费在英语上。每天早晨朗读名篇，晚上做模拟试题，最后以坚韧不拔的精神通过大学英语六级考试。拿着成绩单，他告诉我当时也没有什么成就感，只是看到大家都在拼命学习英语，自己通过不了，很没有面子。由于就业形势不佳或其他原因，他没有前往南方，也没有去外企，而是回家乡某单位工作了。平时除了写论文、查阅文献偶尔还用到英语，大部分时间还是和母语打交道。前一段时间，我们偶然相遇，再次谈及苦学英语的经历，他只是苦笑着说，"又回到ABC 了"。我让他再拿出西西弗斯推巨石上山的精神学英语，他没有回答，只是淡然一笑。

目前还剩下不足两个月本学期的英语就结课了，或许不少学生的痛苦经历也将随着由大二（sophomore）过渡到大三（junior）而结束。

面对一些实在不堪忍受痛苦的学生，何必金刚怒目呢？菩萨低眉不是更好吗？

社会上的投机现象折射到大学校园，课程价值也被划分为有用和无用两种。正如 2010 级油画专业某位学生所云，英语即便不堪，也不会影响他将来成为老板之类的成功人士。如此高论，我不想反驳，因为知识改变命运已经成为伪命题，何必再为英语开脱？现在不是高考前夕，用不着说英语分数高一个档次，就可能被名校录取。当理想主义遇到功利主义，整个社会充斥着霸气和戾气，在这样的氛围之下，一个学科的地位不免尴尬。本文尚未草就，我注意到已经有同学产生怀疑，并加以讨伐。但是，对我而言，我对英语的感触是很深刻的，它助我超越原来的生活，也让我感到由衷的痛苦。本来以为读研之后会远离英语，没有想到转悠一圈，鬼使神差，重操旧业，还是难以与之割舍。

我们不是生活在真空状态下，社会现实还是要正视的。"君欲取之，必先子之"，社会衡量一个人的素质高下是以证书为前提的。作为新世纪的人才，要求的综合素质之一就包括外语的语言能力。平面的人才易寻找，而立体的复合人才则难求，不能超越现实而存在，还是要老老实实遵循社会设定的规则行事。

本来高校毕业生就业状况就不景气，关键时刻英语还真能助你一臂之力。家道殷实者毕竟属于少数，平民子弟要在将来获取一席之地，不设法提高自己的综合素质，就等于拱手让出诸多机会。

有的学生未雨绸缪，预料到了潜在的危机，也在不断努力。因此对于那些力争上游者，就不要把"基础差""学不会"等作为搪塞的借口。多读励志故事，从人家的生存困境中汲取前进的力量。多与拥有积极心态的人为伍，就能持续拥有热情。每天都是 24 小时，白天丽日当头，那么是谁在阳光下收获希望？是谁在阳光下糟蹋时光？不想说教太多大道理，因为道理都懂，就是落实不到行动上。

目前我担心的是不思进取成为常态，仅仅把宝贵的学习时间用来换取那点微不足道的分数，实在不妥当。我在忧虑大学功能退化的同时，也为"打酱油"的同学叹息良久。

亦师亦友，由疏而亲

装潢某班是我自始至终带的学生，感情深厚自不待言，因此当同学们盛情相邀参加他们的班会时，我欣然前往。我也不知道班会要开展什么活动，如约而至，看到大家正襟危坐，颇有点平时上课的感觉，不过他们还是以欢呼声欢迎我的到来。作为相处几近两年的师生，大家早已由疏而亲，但我还是不免发窘，不知道这帮孩子的闷葫芦里到底卖些什么。看来他们事先是有所策划的，L同学主持仪式，讲明班会的流程，让我感到真的是开什么报告会之类。没有规矩不成方圆，作为当代大学生，他们毕竟是有素质的群体，规则意识还是很强的，这样做既科学也不乏尊重，当然值得称道。

流程之二接踵而至，也就是要求作为嘉宾出场的老师上台讲话——我是怵于讲话的，别看我的职业要讲很多话。仓促之下，还真是不知说些什么，嗫嚅着随性而发，没有鸿篇大论，谈友谊望未来致祝福，如此尔尔。当然，卖啥吆喝啥，我也不失时机提到了自己所教的学科。没有说英语对他们的重要性，只是希望扔掉老师这条拐杖之后，学会独立行走。基础好的，可以更进一步，考研出国；基础不太好的，也不要彻底放弃，谁也料不到将来成长道路上是不是还眷恋英语。如果觉悟了，认为攻克英语之后自己的道路会更宽广，更加如虎添翼，那么就不会像目前的学习处处被动，而会是"不待扬鞭自奋蹄"。人生不是百米赛跑，它是马拉松，就是落后50米也没有什么大不了的。我反思自己的过往，有时候自己是不是有点急躁，面对正在不断成长的学生，何必刻意追求跨越式发展呢。花儿开放需要静静等待，处于璀璨年华的青年们对人生之路的憧憬才刚刚开始。他们未来的道路很漫长，不可确定的因素有很多很多，如今因缘际会，能结善缘，于人于己都不失为无量功德。

看到"亦师亦友"的主题词，我深为感动。这四个字体现一种难得的境界，倘如此，置身大学讲台的我应该是得到学生们认可的（至少这个班的学生可能达成共识，认为我合乎这四个字的标准）。还有不足一个月的时间，本学年就要走向尾声，相伴两年的英语学习之旅也将画上句号。圆满与否，自由他们评说。回首观之，感到时光尤其匆匆。记得在火车站迎接新生时，他们提着行李，或独行，或由家人陪同，从各地汇聚于此。当时的新奇与陌生已经变成如今的熟稔，尽管他们还有不少茫然，甚至还有解不开的苦闷，但是他们在成长也在进步。作为教育的守望者和研究者，我从这些学生身上，尽管感到他们的思想、学习诸方面依旧稚嫩，但对比高中时代，他们还是不断走向成熟。闲暇时光，我乐于和学生交流，探讨的问题不仅仅止于如何学习英语之类，而是上升到更高层次的文史哲，让我也得到不少启发，获益匪浅。例如，有个学生迷上了存在主义，让我颇为惊讶。没有想到尼采、叔本华和萨特的思想精华并没有随时代变迁而落伍，它们也在滋养和灌溉着"90后"的美丽心灵。此前关于"90后"的评价也关注一些，有人认为"90后"是享乐主义至上的一代，是迷茫不知所从的一代。可是从那个喜欢哲学的孩子身上，颠覆了很多我的基本判断，我感到片面看法应该修正。还有个学生喜欢文学，尤其热衷于诗词，兴致盎然时诗情大发，甚至夜不成寐，抒发自己情感就写了上百行的长诗。对诗的文学性、专业性很强的评价姑且不论，单是这个学生豪情溢满江河的精神气度，就值得称道。年轻意味着与美好同在，而青春与疏狂相连，体现了时代的包容与多元——当然，狂狷要有度，精神上过度张狂就属于偏离正常轨道，事与愿违了。

依照班会流程，大家模仿某些综艺节目开始了猜词游戏。我首当其冲，和W同学搭档，但是我格外笨拙，属于叩其两端、空空如也、启而不发的一类人。这是我第一次参与此类游戏，我极力配合，总算也猜出了几个词。其实大家是极力不为难我的，一人做动作，众人高声呐喊，即便是木头，估计在浩大的声势下也会开窍。忐忑之后我从台上走下来，欣赏表演，充当观众，自然轻松不少。看到黑板上写好然后又匆忙擦去的字词，我感觉他们太有情趣和时尚感了。对于网络上最流行的潮词，我很少关注，有时茫然于"高富帅""矮矬穷"之类的表述。他们从从容容，让我感到自己落伍了。网络文化催生了新的文字表述方式，也迅速使这些新生代青年思路大开，对于美丑善恶有独立的判断和鉴别，他们应该有更独特的创新意识。你来我往，T组为老师率领，S组则由班长率领，这样划分是为了游戏时方便安排。最终T组略逊于S组，结果商定由 T 组表演节目，我再次献丑，一曲几乎忘词的《一剪梅》算是对大家有个交代。

班会从开始到结束差不多一个小时，接近尾声时，大家合影留念倾吐不少发自肺腑之词，还郑重其事送我一个写满留言的本子以及一个精致相框。语塞之余，久违的感动弥漫上来。步入中年，理应成熟，但我依旧感性，笃信青春的定义不仅是年华，更是一种心境。教书育人属于本职工作，但是这些细节未必每个学生都能考虑到并且做到。本人一介寒士，何德何能，仅仅置身于此，完成的不过是分内之事而已。因此，我发自内心地感动。

回到办公室，翻看学生用不同笔迹汇集而成的心灵低语，那些活泼可爱的身影仿佛浮现眼前，惬意之情油然而生。职业幸福感有时候很遥远，有时候触手可及，恰似平静湖面泛起的一丝涟漪。查普曼说过，爱是自然界的第二个太阳。师生之间的浓浓真情恰似春日鲜花，夏日细雨，秋日微风，冬日暖阳，这是人性中最温情的一面。陈小春就演唱过一首叫作《人情味》的歌，记得歌词中有这么几句："每一份加油声，每一个鼓励声，我不会忘记。纵然漂洋千万里，背乡又离井，也会有伤心。但是有你们，我就不孤寂，我真的好感激。"这饱含深情的歌词也表达出我内心的感受。

为人师者，纵有无奈和茫然，有了和纯真的心灵交相呼应，我想我的职业还是有独特意义的。有时心灵感悟需要激发，需要触碰，我的悟性一直都很迟钝，直到今日我方才深深体会到坚守自己的精神家园是一种力量，需要与如同寺院高僧那样默默入定，久而久之也就体会到妙处悠然，无人可以诉说！

我仰望的教育星空

　　黑格尔说，一个民族要有那些关注天空的人，这个民族才有希望。如果一个民族只是关心眼下脚下的事情，这个民族是没有未来的。这句哲语耐人寻味，我最初是从温家宝总理的讲话中了解到的。坦率地讲，国家领导人中，我十分敬佩温总理。他温文尔雅，讲话时旁征博引，有很深厚的文化根基。温总理做事不只是脚踏实地，而且告诫人们要仰望星空，为此他还专门赋诗一首，题目就叫作《仰望星空》，现已被谱曲，吟诵和传唱。

　　我也有仰望星空的教育情怀。

　　翻看几年前发表的"豆腐块"，其中有一篇《有一种情景，令我们向往》。突然遇见，仿佛久别重逢，再次细细品读，别有一番风味。感觉犹如凝视着自己的孩子一天天成长，由衷感到惬意。忆起此文的发表，还有一段小插曲。最初我的文章题目并非如此诗意，而是很俗很普通，记得就叫《感动》。编辑采纳后进行深加工，开头和结尾全部去掉，只保留了目前这一千多字，略微感到短小。刻意投稿非我愿，写作本身不过是以文字愉悦自己，有时候写在纸质的本子上，有时候就挂在网络空间，如是而已。友人多事，替我推荐抽文，于是等我收到杂志时，还纳闷不已。回溯这些并非矫情，而是还原真实情景。本人才疏学浅，还处于积累力量的阶段，不应处处显摆，不仅招人反感，还可能自取其辱。但是，回顾在撰写此文时的心路历程，我想还是值得肯定的。有些话属于触景生情，随情抒发，至今品咂依然不算陈旧，甚至还饱含浓浓新意。

　　文章最后一段："我们的教育到底是为了什么？是不是为了增进人的身心健康？既如是，又何必以条条框框束缚师生的发展。遥想几千年前，孔子的授课模式是多么惬意，多么灵活。暮春时节，相聚杏坛，与弟子席地而坐，自由谈论，各言其志，无拘无束尽情畅谈，可以鼓瑟，可以争执，那让我们今天为师者是何等的向往？"从这段话还依稀看出我有向往的教育星空，不愿流俗于世。可是，理想主义在当今功利主义甚嚣尘上的时代何其稀缺！不少教育电影反映的主题之一就是理想不能照进现实，如《死亡诗社》里的基廷老师因为坚持理想而遭到校方解雇，而《放牛班的春天》中的马修老师下场也是如此。在僵硬的教育体制之下，人才渐渐成了"忍才"。忍受得了学校的各种规范，以后就会忍受社会上的各种规则，仿佛学校成了生产车间，它们培养出来的都是一个模子刻出来的人。有棱有角的慢慢就被削平，因此"老实"和"乖巧"的就是好孩子好公民，想怎么折腾就怎么折腾，反正不会造反；反之，不能忍就是愣头青，就是不合时宜。大学毕业找不到工作，也是没有多大社会能力的，不去忍又能如何？

本来我在文中表达了这种不满，编辑感到声音不和谐，就删掉了一些文字。那么不妨照录于此，请诸君观之，其实也没有表达什么过激之词。

"再看看我们当今的课堂是怎样的一种状态呢？一个老师、一帮学生、一支粉笔、一本教科书，整个一个'满堂灌'。老师厌教，学生厌学，死气沉沉，哪里还有什么快乐可言？有人感慨：老师这么难当，发誓以后再也不当老师了。其实我倒认为，少给老师一些束缚，多鼓励一些创新，让爱的情感融入课堂，如春风化雨般面对活泼可爱的学生，当个老师还是有无穷的乐趣的。"

认为学生难教，或者说"不好对付"，其实是没有认识到教育的真谛所在。教育不是万能的，不能让每个受教育者整齐划一获得质的飞跃，但是教育对人主观世界的改造还是非常明显的。知识传授只是手段，而不是终极目的，学生通过教育能获得灵魂净化，身心诸方面获得提高，就已经足够。感到课堂教学失去了庄严，就应该"反求诸己"，反思教学方式是否存在不足，该如何改进，而不应消极以对，怨天尤人，推卸责任，"君其问诸水滨"。

长期处于"忍"字至上体制下的人，都应该是受害的对象。当前的教育现状就是，一个不完美的教育体制下，一群不完美的人带领另外更不完美的人前进。至少前者应该尽到责任带领后者追求真善美，去不断仰望自己的精神星空。同时，这也应该成为我所向往的教育星空，当然我知道，梦想在远方，但路在脚下！

如果不读书

如果不读书，我不会对教育思考太多。就像农民种田，别人怎么种自己照着学，在体制内生存不成问题，甚至优哉游哉，倒也快活。或者羡慕体制内的名师，靠死揪硬拽把学生的成绩提上去，自己名利双收，说不定也能弄个名师身份。一旦受到领导器重，说不准还能当个小领导。位高权重责任轻，不用在课堂上挥汗如雨，成了不教学的教学人员。但是，读了书我明白很多，不读书的老师真的就像蜡烛，不断留着烛泪，学生一个个长大成材，自己的知识却不断缩水，年复一年，日复一日，穿新鞋走老路，用毫无创造性的机械劳动挥霍完自己的青春。读了书才知道"陈力就列，不能者止"，不是每个人都能当领导，戴上官帽不应该成为教师的终极追求，但为人师者若不读书就要误人子弟，贻笑大方了。

如果不读书，就会觉得年龄与教学水平是成正比的，自己一大把年纪了，就该有一肚子经验，而头上渐生渐多的白发，脸上愈来愈深的皱纹就是资本。殊不知在教师行业，英雄不问出处，专家并非都是白发老人。有三十多岁就著书立说、闻名遐迩的特级教师，也有人未过三十，就成了守旧的老冬烘先生；有老当益壮、成就斐然的老专家，也有三十年当一年教的迂腐如孔乙己的老朽。

如果不读书，就会在教育面前失语，只觉得不合理，只觉得郁闷，却也只能逆来顺受，还以为天下乌鸦一般黑，别的老师也都麻木了，浑然不觉呢。读书了，才知道有那么多的教育领域有识之士在摇旗呐喊，他们对教育爱之深，责之切。有鞭辟入里、针针见血的批判，却不只是批判，他们还在建设。既然有那么多的人在喊，多我这一嗓子又如何呢？我拿起了笔，不仅如此，我也迈开了腿。

书是明灯，启蒙了我的心智；书是火种，点燃了我的激情；书是纽带，让我找到了知音；书更是催生婆，孕育了我的文字。做老师怎能不读书？

一个可悲的大四学生

按说作为大四学生，毕业在即，学有小成，已经吹响号角做好步入社会的准备，开始新的人生征程，这应该是值得期待的事。不过，昨天不经意瞥见的一则公告让我很为一个大四学生惋惜。

这个学生已经大四了，却因为窃人财物而被开除学籍，就此提前离开校园。没有朋友相送，缺少师长的祝福，除了带走无法洗刷的污点之外，父母的殷切期望以及对未来美好生活的憧憬就此化为泡影。同时消散的还有已经付出的不菲的智力投资，以及大学度过的宝贵光阴。

这个学生犯错的动机不得而知，但是一个接受高等教育的人犯下不可饶恕的罪过是极为可悲的。"君子喻于义，小人喻于利"，圣贤之言早已融入我们民族文化的血脉之中，一时贪婪而抛弃高洁的道德操守，直到东窗事发才追悔莫及，可是世上没有任何药店出售后悔药。

让人不由思考当下的"大环境"和"小环境"。

现在的大环境的确是物质主义至上，实用主义横行，社会洋溢着浮躁而庸俗的气息，崇尚金钱的拜物教大行其道。打开网页，那些为了金钱竞折腰的极端事件，不断震撼着人们的神经。三鹿奶粉摧毁了不少家庭的梦想，猪肉添加瘦肉精让人迟疑不敢下箸，馒头染了色让人望而生寒意，地沟油上了餐桌让人想到了癌症……另类版本"舌尖上的中国"让华夏民族陷入空前的信任危机。当下有关部门的缺位以及监管不力，导致社会上充斥着种种乱象，一时让我们无所适从，这在一定程度上冲击着不少人的价值判断。当社会上不少人的头脑不断被钱串子填满的时候，扭曲的价值观以及某些歪风邪气难免会吹到校园，象牙塔也无法成为最后一片净土。本来倾心求知上进的年龄，心却静不下来，身在校园，心向外面兼职——间接指向钱。说是大趋势也好，说是无奈也罢，整个社会弥漫的就是这种气息，心智尚不成熟的学生该做何种选择？

从小环境而言，这和个人修为有关。应该说敬畏之心，本分良知人人皆有。人是善恶的混合体，若善的一面不断放大，那么这个人是为大家称道的好人。若恶的一面不加收敛，那么总有一天会翻船，会自食恶果。投机、侥幸、虚荣等恶行占据高地时，人性中善良的一面就会黯淡下来。想起了那个可悲可怜的药家鑫，他如果稍有良知不心存侥幸，也不至于酿成人生惨剧。

"修合无人见，存心有天知"，古人讲究慎独，洁身自好，即便在无人察觉的时候也要恪守道德准则。说到底，在这个世界上人之所以为人，就是因为我们头顶有灿烂的星空，心中有永恒的道德律。

征文获奖有感

很意外地参加一次征文颁奖活动，在众多青春靓丽的面孔中间，我一脸沧桑，不仅不协调，反而显得局促不安。

我们学院参与的热情度令其他学院侧目，因为宣读获奖名单时，"易斯顿"三个字不断撞击耳膜，让我们亲临现场者面面相觑，颇为窘迫。也许本部学生习以为常，久在此山中，不知何处是风景。相对而言，我们这些下属机构的学生很少光顾偌大校园，来此一游的机会很少，立于轻院图书馆门前，宛如朝圣。

我注意到，尽管我院参与者众多，众多获奖者中，荣膺前两个等级的反而寥寥，就是把我这个凑热闹的参与者算在内，共计三人。而且我不该和学生同台献艺，即便拔得头筹，也摆脱不了尴尬和惶恐。

任何事情不能深究，如果刻意评判，必定大煞风景。身为读书人，参加和读书有关的活动还是有一定积极意义的，起码说明自己笔下流淌的文字有人认可，在俗世行走，内心尚未蒙上厚厚一层尘土，还能自由呼吸几分钟。久被尘劳关锁的明珠，经过不断擦拭，尘尽光生，仍能照见江河万朵。既然爱好写作，如果有可能，不妨沿着这条道路行走，持之以恒，静心修炼，也许还会有一些小小的惊喜在等待。

同行的才子和才女们与我聊天，对我恭维有加。他们说：很高兴认识可爱而有才的老师。我倒欣赏"可爱"这个形容词，而对于有才之说，我不敢苟同，获奖不过是歪打正着，莫言曾自嘲"世无英雄，乃使竖子成名"，我也是这种心情。据我所知，我们学院优秀且文采飞扬者不乏其人，只是图书馆同事偶然闯入我的博客，搜罗几篇文章，编辑之后为了完成任务，把我推到了前台。

不晓得世人对"才"有什么样的判断标准以及定义，我个人认为"才"者系于高雅，至少栖息于世有一种超脱。正如老庄哲学和儒家思想，在这个世界既要神于天，又要圣于地。一味积极入世，兢兢业业，遵循社会规范，躯体不免劳顿而倦怠。不如乘物以游心，让自己的灵魂诗意栖居。即便周遭成为荒漠，也能坚守自己的信念，守望一方精神家园，静静品味一个人孤独的盛宴。莎翁有句话说：生命如同痴人说梦，充满了喧嚣与愤怒。与其痛苦且无聊，何如选择诗意生存，这样也能提升灵魂的品质。

谈及获奖，几乎所有人第一反应就是问我有多少奖品、多少奖金。公布了他们急于求证的答案，奖品不过一枚优盘、一个硬皮本和一本作品集，面前浮现的是一副怪异的表情，或者一再说这哪是发奖，简直是"逗你玩"。

我不是政治课老师，也不能拿崇高和渺小之类的说辞指手画脚。我个人认为精神上的劳动一旦用物质量化，那么美好的感觉就一下子沉入谷底。作者籍籍无名时，能够做到的事情就是不断参与，本身耕耘的过程也是伴随着快乐。写作是我的爱好，发表与否，获奖与否并非终极目的。有道是：我奉献，我快乐！我不是意志坚定者，多年来对写作的坚持也是时断时续，随性而为，没有章法。能够在直抒胸臆的过程中体会到满足，即便没有任何回报，我的感觉也是异常美好的。

《让心灵去旅行》是个很有诗意的题目，我借用它为小品文的题目，把平凡的读书过程演绎成了诗意表达，是我的"糟糠之作"，写于多年之前，如今在这个戏剧性的场合为人所知，真的哭笑不得。让心灵去旅行倡导的是在平凡之中发现美、体验美，只有心灵旅途快乐、惬意，才能志存高远，不迷失方向，不断前进，不断超越自我！

粉笔字比赛有感

俗话说，见字如面，字如其人。写出一手好字令人侧目，即便自身相貌平平，也可以增色不少。字在某种程度上确实可以看作一个人的第二张面孔。

当初就读师范专业，几乎没有悬念地要成为三尺讲台上的师者，规范书写字体几乎成了一种文化自觉。我就读的那所学校并没有开设专门的书法课，反而是当时每周必出的黑板报，让我获益匪浅。儿时兄弟姐妹多，父母忙于农活，没有功夫也没有太多心思关照我们的学习，我当时写的字，如同杂草小树顺风而长，无人帮我修剪枝叶。整个小学阶段，我那歪歪扭扭的汉字让我感到难堪，书写起来不懂得横平竖直，也不懂得照应行距和宽度，有时候写着写着就不由自主斜了起来。好像当时也写过大字，教语文兼书法的老师，兴致盎然之时常常会圈出比较规整的字来。当时我特别留意写的大字本上，到底有多少划了红圈的字。

从那时起，我就羡慕能写出一手好字的人。碰巧我在小学五年级的时候遇到一位字体不俗的老师，他的板书遒劲有力，每次上他的课，我们都充满仰慕的目光，看魅力无穷的汉字在他手上飞翔。后来我也买过字帖，时断时续照着练习，逢年过节也帮邻居写写对联，不过涂鸦而已。大好青春年华，一直缺少高人指点，自己练字处于随意散漫状态，终究没有大的长进。自古以来，所谓成大器者皆能做事细致入微，曾文正公务繁杂，尚能坚持每日练字，常年不辍。反观自身，心血来潮之时会疯狂写上几天，而琐事袭来就弃之一边。常常立志，可是鲜有坚持下去的时候，久而久之谈及书法，自己也就羞惭不已。

置身于一所美术院校，练习书法的条件得天独厚。课程设置中有专门的讲座，图书馆有种类繁多的书法类书籍。而我自从来到这里，每天练字的做法很少坚持下来。看到同为执教公修课的 S 老师，篆刻、书法才艺日渐长进，且在本部多次获奖，我目前只有艳羡之情了。

这次学院举行粉笔字比赛，同事们推举我"出征"。再三推脱之下，我看的确是"众望所归"了，因为他们几个的字更是羞于见人。作为外语组的选手，我和其他专业教研室推选的人员同台竞技。心中忐忑的是：人家是美术专业，科班出身，咱可是纯属业余，散兵游勇。每人发了一张纸，上面有 60 多个字。我顺其自然，不加修饰，信手而写，几乎一挥而就。同事们在一旁乱指挥，指指点点，我也是不知如何是好。既然把我推到前台，那么我写成啥样，很快就见分晓。整个书写过程有人在一旁拍照，然后汇集起来，让学院的王院长评点，最后选出 13 个书写规范的作品。大约半个小时后，在主教楼 102 报告厅对粉笔书法进行点评。我写的那些字也位列其中，颇为扎眼的是写得歪歪斜斜，一看就是没有用心。不过，能够被挑选出来，我也没有辜负外语组同事们的重托，心中稍稍得点安慰。

王院长评点得很有深度，他没有指出字的优劣，认为大家的书法都有瑕疵，也都有提升的余地。作为省内资深书法家，他结合自身实际，认为练字要坚持不懈。作为教师，写出一手好字不仅是职业要求，还是文化修养的外在体现。如今处于数码时代，真正拿起纸笔写字的人日渐减少，拯救传统文化的紧迫感适逢其时。

其实，放眼各类传播媒介，我们可以看到以汉字、成语或诗词为主题的节目不断涌现，他们以趣味性博得大家的注意，也能体现出知识就是力量的道理。在传统的师范教育实践中，"三笔字"是教师从教的基本功，如今大学校园也别出心裁开展书法比赛，从学校层面要求教师重视字体的书写以及个人修养的认真提升。我也希望自己能以此为契机，坚持下去，好好写字，让笔下龙蛇游走，胸中潜藏锦绣。

每个人都要自己学会长大

邻居家的孩子小明大学毕业了，在一所名牌大学主修工商管理。很多毕业生还没有离开大学校门就开始四处求职，可是小明却按兵不动。他没有四处投递简历，也没有参与面试，就业协议书一直攥在手中。看到别人家孩子的工作都有了着落，小明的父母有点着急，就催促他："明明，昨天不是有公司打来电话让你参与面试吗？你和他们联系了没有？"小明忙着在网络游戏中冲杀，眼皮没抬回答："一个月才1000多元，我才不去丢人现眼呢。"没有办法，他的父母四处托关系找熟人，积极公关，试图帮助闲散在家的儿子找到一份工作。时间一天天过去，和小明同时毕业的孩子里没有找到工作的所剩无几，小明的父母发愁得几乎茶不思饭不想，小明还像没事人似的，整天百无聊赖，上网好像成了唯一的寄托。都二十好几的小伙子了，每天还要靠年迈的父母养活。

小明的故事很典型，也折射出社会上存在的"啃老现象"。有些人拒绝长大，希望父母的庇护能一直延续下去。改革开放30多年以来，我国的经济发展可谓日新月异。在国泰民安的背景下出生的孩子，从小习惯于衣来伸手，饭来张口，生活上处处"被安排"。父母的包办代替非常普遍，而下一代的生存能力以及吃苦耐劳的精神风貌却大打折扣。据称，有国外媒体曾把这些享受经济发展成果的新一代称为"垮掉的一代"。

因为这一代人多为独生子女，在家里被视为小皇帝、小公主。他们从一出生就被众星捧月般地加以呵护，物质上尽量满足，生活细节早就被长辈安排妥当，甚至在小学期间学校打扫卫生，家长也是齐上阵。习惯于"被安排"的新一代变得极为懦弱、无能，稍遇挫折就条件反射似的向父母求助。2010年10月发生在河北师范大学的车祸肇事者李某，在门卫拦住他的车之后，他首先喊出："我爸是李刚。"很明显，在他心目中爸爸李刚能摆平一切事，包括车祸。

肇事者李某五大三粗，相貌粗犷，可是心理上的成长却慢了半拍。作为当代青年，而且还是高素质的群体，遇到了突发事件首先想到的不是积极承担责任，而是回避推诿，不敢面对自己犯下的罪过，他们的人格何其残缺？虽为五尺男儿，但他的心理发展依然处于不成熟阶段。

　　每个人都要慢慢学着长大，这是自然规律，事物发展都是从低级阶段逐渐过渡到高级阶段。拒绝成长，生命就会停滞不前，人格也会慢慢矮化，正如温室里的花朵，因为极其娇弱，见到阳光就会蔫了下来。作为万物之灵的人类，我们要不断接受挑战，尽早成长起来。

　　首先，父母要为孩子的一生负责，不要一味溺爱，该放手时且放手。父母爱护子女天经地义，但要适可而止。适度的爱护会促进孩子健康人格的养成，如果过于溺爱，那么孩子的成长就会陷入误区。第一届全国十佳少先队员刘玉玲在 12 岁那年，独自去美国参加世界儿童和平大会。当时，联合国只邀请了 3 个中国孩子，没邀请大人。刘玉玲作为中国代表团团长，代表中国在世界儿童和平条约上签了字，出色地完成了出访任务。有人问刘玉玲："这次去美国，你最大的感受是什么？"她说："我们中国的妈妈爸爸管得太多了。在美国，妈妈爸爸是非常放手的。有一次，我看到一个刚学会走路的小孩跟爸爸妈妈出去。路边有一条小溪，爸爸妈妈在前面走，小孩在后面跑。结果孩子不小心在过小溪时摔倒了。她的父母继续往前走。这个小孩哭都没哭，自己爬起来，像个小水鸭子一样，去追赶她的父母。"刘玉玲感慨地说，这要是让我们的家长看见，外公、外婆、爷爷、奶奶都得跑上去，抱起孩子，训斥妈妈爸爸："你们怎么能让孩子一个人过小溪呢？"妈妈就要心疼地抱着孩子"骂"小溪："就是这可恨的溪水，把我们孩子吓着啦！"这个 12 岁女孩所看到的问题很有代表性，令我们深思。不知是美国的父母狠心，还是我们的教育走进了误区？

　　其次，杜绝"老母鸡式"的教育，对孩子不要过度保护。作为个体的每个人总有一天要离开父母的庇护，会渐渐长大，不仅是人类，动物界同样如此。据说狮子家族有个传统，就是当狮子的幼崽成长到一定阶段，老狮子就不允许小狮子继续停留在"家"里了，会极力把小狮子往窝外赶，或咬或推，任凭小狮子苦苦挣扎，老狮子也坚决不让它们进窝。这一情景在我们看来是很残忍的，也不近人情，但是小狮子离开父母的庇护之后，在外经历风雨，慢慢也成了威风凛凛的兽中之王。兽犹如此，何况我们人类？早一天离开父母温暖的怀抱，早一天人格独立，就会早一天成长起来。

学校是监狱还是乐园

小雨是小学三年级学生，她上一年级时很喜欢学校生活。她说在学校有很多小朋友跟她玩，还有很多和蔼可亲的老师教她写字。可现在她说啥也不愿意到学校去了，妈妈坚持送她去，她就说："妈妈，我病了，今天不想去上学了。"妈妈送她到医院检查，一切正常，她并没有生病，那么她为什么非要撒谎呢？

原来，小雨最近变得不喜欢学校的生活了。她很不喜欢老师反反复复让小朋友们背课文、抄写生字，布置的作业也经常完不成，因此多次受到老师的批评。渐渐地，小雨开始反感学校的生活，经常迟到或者上课打瞌睡，后来就找各种借口不去上学。

按说，刚刚步入校门的孩子不应该有如此反常的举动，可是这个孩子为什么对学校生活产生这么大的恐惧感呢？

结合小雨的经历，我不由想到美国心理学家华生曾在婴儿阿尔伯特身上做过的条件反射试验。阿尔伯特接触到小白鼠的一刹那，华生就给出刺耳的铃声，久而久之，阿尔伯特对小白鼠产生了恐惧心理，后来看到白色的物体也哭闹不已。这是心理学上的强化现象，正强化能使人积极奋进，而负强化则使人意志消沉、不思进取。很多类似小雨的学生面对语文、数学等课程，也像看到小白鼠一样心存恐惧。他们接触到这些科目就会产生自主反应，在面对提问时不由自主地会出汗、心跳加快或焦虑。有时候单单看到一道数学题就被吓木了，这样的学生不可能品尝到学习数学知识的乐趣。他们也许有能力学好这门功课，但由于极不舒服，就难以学好了。当然，这并不是说教师有意地制造了这些恐惧，然而他们却无意地为这样的条件产生搭建了舞台。例如，讲解一道数学题后老师会有某一其他活动，而这一活动可能已经与学生的紧张情绪的过去经验发生了联系。因此现在的数学题本身就触发了学生焦虑的自主反应。经过若干此类连接，单单是数学题的讲解（条件刺激）就开始引起焦虑（条件反应）了。有时候之所以发生这一过程乃是由于教师本身对数学有一种条件化的恐惧。并且这种恐惧无意地传给了自己的学生。比如当学生学习这门功课时，教师进行批评、威吓，制造出一种紧张的气氛等。

正是因为当前的学校生活没有对小雨产生吸引力，她产生厌学心理也就不足为怪了。老师授课时如果缺乏方法和教学艺术，就会显得非常枯燥乏味，这更加使孩子产生厌烦心理。小学生的知识要求不算太多，可是一味地抄写作业，使得孩子不知所措。刚刚开始读书生涯，每天都被作业束缚得没有时间玩耍，那么久而久之就会心生厌烦。另外，小学生活和幼儿园生活相比，明显没有后者丰富多彩。有的学校课程不全，没有体育、音乐、美术等课程，小学生每天面对的都是语文、数学等知识传授，枯燥感不断增强，在负面情绪的强化之下，学校在她们眼中就是监狱，而非乐园。

如何把学校真正变成孩子们乐学爱学的乐园呢？

首先，教育者要采取多种措施提高学校生活的吸引力。传统教学模式中侧重于传授知识而忽视调动学生的学习积极性、主动性，也没有激发学生的探索精神，课堂气氛沉闷、缺乏生机。一个学生对某一课程有了条件化的恐惧，就有可能将恐惧泛化到其他课程，甚至整个学校情境。因此，教师应该设法改进教法，注意教学情境设计，注意调动学生的学习兴趣，切不可采用简单粗暴的方式挫伤学生在学习上的积极性。

其次，切实减轻学生的课业负担，让他们有更多的时间参与到"第二课堂"中去，切实提高个人素质。

最后，学校课程设置要科学合理，不要单纯以知识传授为主。有的学校体育、音乐、美术课程根本没有落到实处，使得课堂生活枯燥乏味，不要说这些活泼可爱的孩子感到学校生活是监狱，就是成年人也不会体会到学校生活的乐趣。

主动适应学校生活

　　《古兰经》记载了一则故事：一天，有人找到一位会移山大法的大师，央其当众表演一下"移山大法"。大师在一座山的对面坐了一会儿，起身跑到山的另一面，然后就宣布表演完毕，众人大惑不解。大师道：这世上根本就没有移山大法，唯一能够移动山的方法就是：山不过来，我就过去。现实世界中有太多的事情就像"大山"一样，是我们无法改变的，或至少是暂时无法改变的。"移山大法"启示人们：如果事情无法改变，我们就改变自己。

　　面对学校生活，很多学生感到不能很好适应，学校生活对这些学生而言就像大山一样，感到不可逾越。我曾注意过三个这样的孩子：

　　月月的父母外出务工，平常她由自己的爷爷奶奶看管。由于思念爸爸妈妈，她很爱哭鼻子，和其他小朋友不能很好相处，因此感到格外孤独，不能融入周围的环境中去，常常一个人坐在教室里发愣。

　　文文在学校上课时，格外散漫。作业不能按时完成，还经常上课捣乱。坐在座位上，好像凳子上长了钉，根本不能安静一分钟。制止他的不良表现之后不到两分钟，他又开始故伎重演。

　　宁宁的情况特殊一些，她原来是在家乡农村小学上四年级，后来随父母来到一所城市小学就读。一开始不仅对新学校感到极为不适应，而且同学、老师在她眼中既陌生，又有很大的距离感。教材版本和她原来使用的有很大差异，加上宁宁也不会讲普通话，她坐在教室里好像不速之客，天天闷闷不乐，愁容满面。

　　学校环境中类似这三个小学生的经历还有不少，但他们很有代表性。不妨就这些不能适应学校生活的学生遇到的问题做简单归纳，从中发现问题，并找出解决问题的对策来。

　　就月月而言，她是由于情感上的缺失所导致的对学校生活的不适应。看到别的学生父母能够陪伴身边，接送他们上学，而自己的父母却在千里之外，即使能通过电话联系上，但是温馨亲情的给予却显得明显不足。文文的情况是由于不能适应学校的集体生活环境所致，也可能他在家里散漫成性，不想受到外界的约束。这样的学生自制能力很差。如果上课内容不能使他感兴趣，那么他就会成为干扰课堂教学的不良分子。宁宁不适应学校生活的经历很具有代表性，她进入新的学校之后，无论和周围环境的融合，还是对新教材的学习都要在心理上有个过程。要尽快完成过渡和衔接，否则她可能会因为不能跟上其他学生的学习进度而掉队。

其实，对学生而言，都可能会遇到适应学校生活环境的问题。学校是固定的，是不会随意改变的，而作为个体的每个人却是动态的，尤其是丰富的内心可以有多种选择。有人曾说过："不能改变周围的环境，但是我们可以改变心境。"这句话是说对待周遭陌生的环境时不要消极以对，应该主动去适应。以积极的态度面对困境，困难就会无坚不摧。学生进入学校之后，可能会出现不适应环境的心理，会指责或抱怨，但是这些都不是建设性的有效做法。要使自己在学校环境中快乐健康成长，就要主动应对，早日适应学校生活。

首先，要做好家校联系，尤其针对那些留守儿童更应该加强情感上的关怀。有的孩子年龄小，对父母的心理依赖很强。一旦长期不能和父母沟通，就可能由于孤独而导致不良情绪产生，直接影响到他们的健康成长。现在通信技术很发达，除了可以定期和孩子通电话外，还可以通过网络视频让孩子和父母"面对面"对话，父母也可以通过寄来信件的方式促使亲情进一步加强。学校定期向家长汇报孩子在学校的表现，有了进步及时鼓励，一旦有了不良苗头可以共同采取对策。

其次，对学生加强纪律约束，尤其对那些组织纪律性不强的学生的要求更要具体化。学校生活有别于家庭生活环境，它是集体场所，有一定的时间安排、课程设置以及和教育教学工作相关的人员。学生在校应该有基本的行为规范，不可放纵个别学生的错误行为而影响其他同学的正常学习。有的学生在家是小皇帝、小公主，受溺爱娇宠已经成为习惯，因此在校依然我行我素，根本不把课堂当课堂，恣意捣乱破坏，针对这一情况学校要采取一定措施及时制止。

再次，针对学生遇到的困境，作为教师及心理辅导人员应及时疏通。如宁宁的事例中，如果老师能主动找她谈心，帮她树立学习的信心，她就可能乐意和周围的人交往，尽快融入环境中。大家一旦接纳了她，孤独孩子的脸上也会绽开笑容。

学校生活可以很有趣

很多学生一谈起学校生活，常常抱怨连连。有学生会说："真没劲！每天有做不完的作业。完成不了，老师还会批评。"也有学生会说："要是能不上学就好了，天天待在家里看电视、上网、打游戏，没有人管我们，那可真快乐。"甚至有同学渴望成为一只小鸟，自由自在地飞翔，不受学校的约束……

由于厌学，有的学生干脆选择了逃学。即便硬是强打精神来到学校，也是经常迟到，上课精神极为不佳，不是瞌睡连连，就是小动作不断，反正很难能集中精力于学习上。有个叫张扬的学生，本来学习挺好的，可是后来迷失在网络中，父母给他的生活费被他用于彻夜打游戏。他年龄不到 15 岁，枯瘦如柴，萎靡不振，目光迷离，精神恍惚，初三没有上完一学期就自动退学回家了。

张扬的悲剧除了有他自身意志力薄弱的原因外，学校生活对他缺乏吸引力也难脱其咎。在新课程改革背景下，当前很多学校的教学和管理模式有了改观，可是在传统教育模式的影响下，素质教育要落到实处还有很长的一段路程要走。有不少学校，教学设施配置不充分，或者教师及教育管理者对新课改的理解不到位，都可能影响素质教育的进程。尤其在某些学校形式主义盛行，课程开设不完整，尤其缺失塑造学生高尚情操和健康体魄的课程，使得学校教育中知识传授的课程占据主要位置。学生在这样一种呆板、僵化的教学管理模式下，要么唯命是从，要么极为不适应，在校学习如坐针毡，哪里还能体会到学校生活的乐趣？

学校是教人求真、向善、爱美的场所，不应该成为戕害孩子心智的地方。学校教育应该真正把促进学生的身心发展放在重要位置，使学校生活变得更加有趣一些，成为吸引孩子们向学乐学的乐园。

首先，课堂教学可以很有趣。课堂教学活动是学校生活的重要组成部分，也是学生必须参与的活动。作为肩负传道、授业、解惑重任的教师，应该自觉更新教学新观念，改进教学方法，使课堂教学更加生动有趣。一方面，学校要加大投入，使新的教学手段参与到教学活动中去，另外教师要真正掌握现代教学手段。传统上的"一支粉笔，一群孩子，一个课本，满堂灌"的教学方式非常陈旧，现在媒介发达，很多孩子借助电视、电脑、手机等工具获得了很多书本之外的知识，甚至相比之下教师的知识有些落伍。教师要了解学生真正的需求，课堂教学可以引入学生更感兴趣的知识。空洞的说教使课堂气氛变得沉闷，如果能改换一种新的教学方式则会使学生更感兴趣，从而有助于知识的学习和掌握。

其次，学校生活可以丰富多彩。在学校学习，除了完成书本知识的学习之外，学生还应参加其他活动。办学条件良好的学校拥有若干社团组织，让有共同爱好的学生相互学习，共同提高。如有些同学喜欢写作，可以结成文学社，让他们经常练笔，砥砺切磋；有些同学喜欢体育运动，那么学校可以有计划地开展相应的体育比赛活动，让他们一展风采；有些学生喜欢唱歌、舞蹈等文艺活动，那么学校不妨组织一些活动，让才艺非凡的学生也有展示自我的机会……学校要积极创造条件，提升学生的生命质量，而不是一味压制，千方百计以分数挂帅，以掌握知识作为评价学生优劣的唯一标准。

再次，有的学生长期处于挫败之中，把学校看作"监狱"，欲避之不及。解决这种现象就要家校相结合，树立学生的信心，鼓励他们勇敢面对困难。可以尝试采取小组帮扶等形式以优秀促进落后，学生稍微有进步要及时给予鼓励。

解开学校生活中不公平的结

俗话说，不平则鸣。面对遭遇到的不公平对待，很多人的第一反应就是愤愤不平。在绿茵赛场上，裁判对球员背后吹黑哨，判罚不公，球员有时候会群起而攻之，甚至酿成惨剧。生活中，主持公平正义的是司法部门，倘若处罚不公则会引起社会的波动。2010年曾引起轰动的赵作海事件就是如此，他10年前被刑讯逼供而判处死缓，导致妻离子散，家破人亡，最后案件真相披露，虽然他被法庭无罪释放，但是不公正的遭遇还是让他老泪纵横。此事一度引起众多媒体的广泛关注，河南省高级法院甚至把赵作海无罪释放的日子定为"案件纠错日"，警钟长鸣，引以为戒。

学校，同样也存在不公平现象。有学生说："×老师太偏心眼，故意把我调到教室后面坐。"还有学生说："咱们学校啥都没有，我表哥的学校上课都是多媒体教学。在我们学校，上英语课连录音机都没有见过……"又有学生说："我们学校连音乐、美术都没有，就是上体育课也是放羊似的，没有老师教，只是让我们自己跑出去玩。"类似的消极言论还有一些，不再一一列举。消极的言论，也折射出学生内心的不满，以及对所处环境的不认同感。生活在其中，会感到压抑，或者玩世不恭，心理上产生行为偏差，甚至对学校进行破坏。

环境无法轻易改变，就会像块石头压在心里，使人难以呼吸视听。这和学生心目中的期待有一段距离，他们认为在学校生活中，沐浴的是和煦的阳光，不是阴霾密布的严冬。但是，这个世界上绝对的公平是不可能达到的。"凡是有人群的地方，就会存在着左中右"，而且"十个手指头伸出来也不能全部一样长"，这些道理都让我们领悟到，只有正视生活中的不公平，做到心态平和才能够在学校环境中处变不惊、从容以对。

有个生活上四处碰壁的年轻人，感到生活对他极为不公。工作失去了，刚谈的女朋友也和他分手，他四处求职却屡遭拒绝，实在感到生活绝望，眼前一片黑暗，于是就到了一家心理咨询机构，让一位心理咨询师帮他化解迷茫，走出阴影。心理咨询师了解了他的困境之后告诉他："自古以来，有人坐轿，就有人抬轿。不能总感到生活处处与你为难，应该从黑暗而悲观的心理状态下走出来。只有心中装满了光明，你才会有继续生存下去的勇气。"是的，很多时候，有的人可能对死亡无所畏惧，而是怕活下去遇到种种障碍，心里很累，一时难以化解而选择告别世界的沮丧方式。

作为学生，生活中没有必要把遇到的些微不公故意放大。自古英雄多磨难，自古纨绔少伟男。即便有过不公平的遭遇，也暂时收敛起来，权作生活对自己的考验。进一步山穷水尽，退一步海阔天空。学校生活中总有精彩之处，有吸引自己、让自己感兴趣的地方。比如，学校规模不大，师生人数少，那就更能增强凝聚力，使大家团结起来；课程开设不全，那就更有可能集中精力巩固文化课知识的掌握，使自己在未来能有更大更好的发展。接受自己拥有的一切，认同自己的处境，那么就不会因为沮丧而使自己精力涣散，使自己的灵魂游移不定。

向优秀者学习

张欢的英语成绩不算太差，一百分的试卷总是处于 70 分和 80 分之间，可是他有点自满，认为相比那些考试不及格同学来说，他英语学得不错，所以上课注意力有些不集中，做作业也马马虎虎，不想在英语上下太大功夫了。英语老师发现了问题的苗头，告诉他"人外有人，天外有天"，不要骄傲自满，否则就会导致落后。老师还告诉他，他们班的"英语大王"张凯每次都能考到 90 以上，属于"王牌"，人家反而格外虚心，每次总有不少疑问等待老师解答。听过老师一番教诲，张欢感到羞愧不已，决心以张凯为学习的榜样，克服自满情绪，争取有更大的进步。

《论语·里仁》有这么一句话：见贤思齐，见不贤而自省焉。意思是说，见到贤德之人，希望能向他看齐；见到不贤良的人，则反省自己是不是和他有一样的不足之处，然后加以改正。这里的贤人，可以理解为德行诸方面的优秀者，是我们学习的榜样，通过他们的示范作用，可以更好地提高和成就自己。

心理学中的强化理论表明，人和动物都能自动地做出许多行为，凡是受到强化的行为，以后出现的可能性就会增加；而没有受到强化的行为，以后出现的可能性就会下降。正强化则表明如果施加喜爱的刺激，以后就能增强良好的行为。对行为施加正强化的目的是为了增强社会的认可。强化理论对学生的道德行为是有启发的，如果要有效地形成学生的态度和品德，那么要尽量了解和控制对学生的行为起动力作用的强化因素。榜样的力量属于外部强化，人们按照榜样的行为去行动会导致有价值的结果。在选取榜样作为参照时，人们首先要考虑到年龄、性别、兴趣爱好、社会背景等方面与自己是否契合。如果相比较之下，彼此"年相若，道相近"，那么自然就会有一种亲近之感，彼此之间就会相互促进、相得益彰。

那么如何向优秀者学习呢？如何提高和成就自己？

首先，要正视自己的不足之处，设法提高和弥补。

"向优秀者学习"不是一句空口号，自己要看到自身存在的不足，这才是真正努力的方向。俞敏洪曾在一次讲演中提到：感谢我们的缺点，正是这些缺点才让我们不断走向完美。"金无足赤，人无完人"，有过改之，善莫大焉。

有的学生习惯于迟到，做事拖拖拉拉，这正是因为他们在学习态度上出现了问题，一旦认识到不足，逐渐改正，那么就能够变得更加优秀起来。

其次，选择恰当的"优秀者"作为榜样，引领自己不断修正自我。

"优秀者"犹如标尺，可以供我们参照，可是针对如此标尺我们也要量力而行，不能超越可承受范围。姚明很优秀，但是他事业发展所达到的高度，我们终其一生也未必能达到，但是我们不妨以身边比较优秀的篮球运动员为榜样，经过努力，使自己的球技更加完美。

最后，要持之以恒，不断反思，才能真正提高和成就自己。

有了榜样的示范作用，我们就可以正视不足，知耻而后勇，奋起直追，争取超越自我。做事必须要锲而不舍，而不能"三天打鱼，两天晒网"。"君子博学而日参省乎己，则智明而行无过矣。"在榜样力量的引领下，反思自己尚存的不足之处，以便更好地迁善改过，提高自己的思想修养，使自己有更大的进步。

做遵守校规的好学生

有道是：没有规矩，不成方圆。每个学校都有管理措施，会针对学生制定出相应的行为规范，每个学生个性不同，个别学生异常叛逆，不遵守校规校纪的现象并不罕见。有的叛逆得有点儿离谱，几乎到了难以管教的地步，为此没有少让学校老师和领导头疼。

张东奇是某校初二学生，常常和学校"死磕"。学校不许留长发、穿奇装异服，他却蓄了长发还染成金黄色、烫成爆炸式，远远看去好像鸟巢。耳朵带三个耳钉，衣服鲜艳夺目，还是紧身衣，简直不男不女。平时，他不是迟到就是早退，课堂上也不安分，不是交头接耳就是扭来扭去做鬼脸，表情十分夸张。新学期开学不到两个月，课桌上已经空空如也——现在实施了免费教育，课本又不花自己的钱，根本不珍惜。务工在外的父母给他配了手机，却被他用来上网聊天、打游戏、听歌曲，成了荒废学习的另一个"帮凶"。此外，他还有抽烟、在宿舍下棋等恶劣行为，学校已经对其警告多次，几乎快到开除他的地步了。

当年孔夫子的学生宰予只是白天打瞌睡，就让老师生气地说："朽木不可雕，粪土之墙不可圬也。"意思是说，朽烂的木头是不可以用来雕琢的，粪土筑成的门墙也不可以粉刷。夫子这么说，明显对学生有些失望。倘若他活到现在，看到张东奇三番五次和学校作对，屡教不改，这么不成器，不知道会气成什么样子。

作为教育工作者，面对不逊的学生，不宜以失望待之。中学阶段，学生身心处于不断变化之中。他们由于所处的环境，所结交的朋友不同，对他们产生的影响也是很大的。墨子认为，人性不是先天所成，生来的人性不过如同待染的素丝。下什么色的染缸，就成什么样颜色的丝，即什么样的环境与教育就能造就什么样的人。"染于苍则苍，染于黄则黄"，做人必须慎其所染，选择所染。

愤怒和生气不能真正解决问题，只能助长野蛮和无知，学校面对如此不成器的学生未免有些无能，那么如何端正学生的学习态度？如何改正他们的不良行为？如何使他们真正遵守学校的规章制度，使他们的行为回归到正常的轨道上来呢？

首先，治标先治本，要从源头上查找造成学生和学校作对的原因。有的学生内心空虚，学习上长期处于挫败状态，从来没有过成功的体验，他们有点自暴自弃，甘于堕落，认为自己在老师眼里就是一堆垃圾，索性把丑的一面"发扬光大"。有的学生试图通过自己夸张的行为引起老师的注意，从而得到老师的关注。

其次，采取相应措施，因材施教，耐心帮学生纠正不良行为，逐步使学生树立正确的人生观、价值观。学生大多是身心尚处于发育之中的青少年，因此学校工作的出发点、工作计划、内容制定要符合学生身心发展的规律，学校教学工作的效果和质量也要以学生身心素质的改变为衡量指标。每个学生都是独特和完整的个体，因此在思想上要尊重学生的独特性，关心每个学生个性的完善和发展。应采取多种手段教育形式，逐渐使学生树立正确的道德观念，从而改变不良行为。

最后，对于处于叛逆期的学生要持续关怀，经常和他们谈心，了解他们的思想动向，防止错误的思想死灰复燃。学生的不良行为除了和周围环境的影响有关，也和他们自身意志力薄弱有关系。有的学生积习难改，即便有了一定程度的改变，因为经不起他人的不良诱惑，还会再犯，那就要加强对他们的约束，切实让他们认识到不良做法的危害性，从而自觉抵制诱惑，使错误泯灭在萌芽状态。

把校园当作自己的家，而不是战场

有一部法国电影《放牛班的春天》很有教育意义。

这部电影描写了一个名叫"池塘底部"的寄宿学校，收容的学生个性差异很大，有不少是名副其实的"刺头"。长着天使面孔却有魔鬼心肠的莫杭治，偷窃老师的文件，以及屡次进入班房的蒙丹……校长也没有好办法管理学校，就采用很不人道的方式体罚犯错误的学生，棍棒教育大行其道，结果和学生们的关系很紧张。学校的一名职工的眼睛被打伤，窗户被破坏，最后更极端的是那个被撵走的学生雷蒙德一把火烧了整个校园。学校在这些孩子眼中根本不是温暖如家，而是冰冷残酷如同监狱，是他们的敌对一方。应该说还是音乐老师马修有办法，他借助音乐的力量把这些孩子聚拢起来，使他们主动参与到学习中去，学生不再厌烦学校的刻板生活，但是随着马修被解雇，孩子们又回到了原来的生活状态。

电影中的故事含有虚构的成分，可反观当前的学校生活，有的学生尽管没有那么极端，但是和学校的感情却十分淡薄。学校配置的桌椅不去爱惜，肆意破坏，课桌上乱涂乱画，还用刀子胡乱刻字，椅子用了不到半学期整个散架，甚至有的学生趁着夜色把椅子偷走。另外，教室粉刷一新的墙上用不了多久就被"艺术家"涂鸦。临到学期结束，学校领导总是战战兢兢，因为有的学生手持弹弓，瞄准学校的玻璃发动进攻。每到新学期开始，学校工作的大事之一就是更换玻璃。

凡此种种从一定程度上折射出一种大众讳莫如深的现象：部分学生与学校的关系处于对立状态，他们不能明着作对，那么就在背后搞破坏，让学校防不胜防。

这样未免使学校尴尬起来，因为学校是教人求真向善的地方，如今反而成了和学生的"战场",真是费解。用《东郭先生和狼》以及《农夫和蛇》这两个寓言故事作比,似乎有些不当,但是学校作为教育机构,代表着温情和善良,不应该反受其害。可是造成这一不良现象的原因何在?

这不由让人对当前的教育现状深思。

当前的学校教育侧重于"教书"和"管理",而疏远了"育人"。其次,学生自身的教养问题。有的学生家庭教育缺失,习惯于占小便宜,对学校缺乏感情,也没有自觉爱护学校的意识。再次,整个社会对教育的重视程度有待提高。教育行业历来的重视都是"口惠而实不至",教师本身不能认同自己的职业,更是让社会其他行业鄙夷三分。学生受到社会不良观念影响,对学校、老师的感情也就很淡薄。

如果要切实改变部分学生对学校的敌对心理,不可过于急躁,要慢慢入手,逐渐改变。

学校的管理方式要尽量人性化,不要过于专制、简单、粗暴,把校园营造成为温暖的乐园,让学生身处其中有一定的亲和力。能够热爱校园,那就不至于做出破坏学校财产的事情了。学校教育的对象是有血有肉的生命个体,"投之以李,报之以桃",以春风化雨般的做法面对每一个学生。针对学生自身错误,不是全盘否定,而是帮助其分析导致错误的原因,商讨改正错误的对策,逐步使学生趋于完善。

只靠学校教育也不能完美塑造学生的灵魂,还需要及时和家庭教育紧密结合起来。学生在学校出现的不良表现,有时候和他们的家庭教育有很大关系。针对学生的不足和他们的家长及时沟通,共同解决问题,及时消解学生对学校的误解和敌视。

另外,尽管国家对教育的投入之大我们有目共睹,但是能让整个社会都重视教育,提高学校教育在人们心目中的位置,需要一个长期的过程。有的人轻视教育、鄙视教师,他们的畸形心理影响到学生,就会产生对教师的不尊重,对校园的疏离。改变不正确的社会观念,让全社会形成尊重知识的良好氛围,那么校园最终会成为学生的向往之所,学生会格外珍惜学校的生活。

不要作践爸妈的血汗钱

改革开放以来，人民的生活条件有了很大的改善，国家也加大了对教育的投入，可是在生活中经常看到学生节俭意识淡薄的现象。

乐乐是家中独子，父母经商多年，家庭殷实，他从小习惯了花钱如流水，缺乏节俭意识以及艰苦奋斗的观念，人也胖乎乎的，非常不爱学习。每次该上学了，父母不给零花钱他根本不去。到了学校后，胡乱花钱，买吃买喝，和其他同学共同分享，倒是很有人缘。一有作业不会做，就和成绩好的同学商量："替我做一次作业，给你一元钱。"瞧，小小年纪就有了"经商意识"！

张宇的爷爷是退休教师，目前犯了愁，孙子死活不愿上学了。他去学校了解情况，原来张宇不仅学习差，而且在班级散漫成性，成为扰乱纪律最猖獗的学生。学校领导问他为什么花钱大手大脚，他直接回答："我爸是老板，开鞋厂的，家里有的是钱！"态度很恶劣。于是有人劝他还是到更好的学校接受教育，没有必要在此耗费精力。张宇的爷爷也没有了主张，让孙子继续在家乡学习，他不仅看不起老师，而且不服管教，最后没有办法只好让张宇随父母去了外地。

以上两个事例应该说有相似之处，都是发生在物质生活丰富之后，都是缺乏节俭意识，都是作践财富。而张宇的事例让人遗憾的同时还有点愤恨，书香门第出现这么不成器的孩子，真是不可思议。

学生的不良行为是社会不良现象在校园的反映，社会主义市场经济条件下，财富似乎主导一切。判断一个人成功与否的标准直接指向金钱的累积程度，特别是我们国人见面问候没有和国际惯例接轨，三句话没说完就问对方能挣多少钱。如果挣钱多，则说明此人很有本事，反之则鄙夷三分，认为不能挣钱的人是窝囊废而已。

孔方兄大行其道，横扫社会各个领域，于是很多人为之而折腰。"有钱能使鬼推磨""金钱不是万能的，但没有钱是万万不能的"之类的俗语映射出人们对金钱的崇拜之情。整个社会对金钱的崇拜欲望越是膨胀，人们的道德水平越是下降，整个社会的浮躁之气随处可见。

富起来的人们，对下一代的培养问题一片茫然，不知如何才好。现代社会又使很多父母远离家乡，不能亲自教导子女，只能遥控指挥。他们对子女的挚爱之情无法表达，于是就转移到了物质上，希望借助物质上的满足加深和子女的感情维系。

有了丰富的财富作为后盾之后，父母们的行为规范也成为子女效仿的对象。父母热衷于打麻将，子女也会从小暗暗恋上这一"国粹"。父母涂脂抹粉，奢华享受，子女也不甘落后，成人化的打扮使很多花季少年形同鬼魅。父母轻视知识、鄙视文化，那么子女心目中"读书无用"的观念也会渐渐形成……

上梁不正下梁歪，要让孩子在学校争气、奋发学习，不继续作践父母的血汗钱，父母就要规范自己的言行，为子女的健康成长树立榜样，创造良好的成长环境。

首先，要让子女了解到财富不是轻而易举得来的，要让他们真正知道父母挣钱不易。有个在菜市场卖菜的家长，孩子正在读初中，他偶尔让孩子帮他看摊，孩子既增长了生存本领，也体会到了父母的艰辛，所以会自觉不乱花钱，因为那些都是父母的血汗。

其次，要让子女树立独立人格，使他们在精神上得到成长。单纯以物质作为刺激，只能造成孩子骄横懒惰的心理，他们习惯于依赖父母，时间长了就缺乏应有的独立意识。郑板桥曾告诫儿子："滴自己的血，流自己的汗，靠人靠天不算是好汉。"孩子迟早要离开父母，让他们在长大之后能有一技之长安身立命，也许比遗留给他们巨额财富要强。

最后，要重视子女的教育，把金钱投入教育上能使孩子获得更大的提升机会。众多家长望子成龙、望女成凤，可是真正面对教育却慷慨不起来。该给孩子购买的相应书籍不买，该参加的辅导班不让参加，仅仅让孩子满足于饮食饱暖等低层次的物质需求。

总之，财富的获得过程不易，应该使财富的投入物有所值，使之产生更大的效益。

我的教育梦

与中国梦的宏大叙事相比，教育梦则显得更加具体。既然是梦，那么就要由做梦的人不断憧憬，设法让虚无缥缈的梦想早日成为现实。

梦，是无声的召唤，引领理想主义者不断追寻，宛如夸父追日，一步三秋；梦，也是灿烂的太阳，远在天边，虽然遥不可及，但是不断播撒阳光，给人以温暖和希望。教育梦则是对教育田园的守望，让教育者获得信心和力量，迈动脚步，奔向前方。

梦想基于现实，又要高于现实，是对现实的超越。在我的心中，一直勾勒着教育梦。亦真亦幻，也希望能够梦想成真，不只是竹篮打水——空喜欢一场。在 21 世纪第二个十年，在拥有千年古老文明的华夏大地上，在如火如荼呼喊中华民族伟大复兴的今天，我梦想：

——平等的教育机会不再是一种奢望。只要是合法的中国公民，他们的子女就应该享有平等的受教育权。尽管免费的义务教育已经实现，但是教育资源的切割和划分又使教育面临新的尴尬局面。我希望包括弱势群体在内的子女入学问题不再为各界诟病，平等接受优质教育不再是遥不可及的梦幻。儿童能够真正就近选择入学地点，而不是以地域和身份等外在条件将他们无情阻拦。

——接受教育的各级学生能够树立远大目标。基础教育能够为学生打开一扇挖掘知识宝藏的大门，让学生能够享受寻宝的乐趣。学生从小就能够真正树立正确的人生观、价值观，而不是单纯为了分数竞折腰。教育也能体现出引人向善的本意，真正促进人的成长和进步，而不是戕害生命的帮凶。学生快乐接受教育，在春风化雨中完成受教育的过程。高等学校的大学生能够树立崇高的理想，能够真正为了中华崛起而读书，而不是选择沉沦和堕落，不是终日茫然，甚至把混文凭当作终极目标。

——教师职业能够成为体面、尊严和崇高的象征。尽管当前教师待遇有所提高，但是教师精神矮化的现象仍然不容忽视。教师的地位还应该不断得到提高，在强权面前永远保有一腔浩然之气，永远腰杆挺直，而不是亦步亦趋成为权势的奴仆。教师的尊严得到保障，在社会上普遍受到尊重，而不是口惠而实不至。在社会成员中能真正成为高尚的职业，成为令人向往的职业，成为无上光荣的行业，吸引高学历高水平人士加盟的职业。

——读书学习应该蔚然成风。整个社会能够洋溢热爱学习、勤于读书的良好氛围。读书，应该真正成为寻常可见的一道风景线，而不是靠不断督促。让知识的价值真正得到体现，也让读书的传统不断延续下去。

读书有感

重寻读书的感觉

从某种意义上说，我还算是一个钟爱读书的人。

俞敏洪曾说过，每次出差他都会带上一堆书，但每次都不会有时间看，基本上是怎么背出去又怎么背回来。朋友就嘲笑他带书不看，很愚蠢也很好笑，但下次还是接着带。他觉得没书在身边，灵魂就没有了安全感。生活中也许有许多东西值得牵挂，身边有一些自己喜欢的书相伴，方能满足。对照老俞，我有同感。尽管书没有他读得多，但是我感到多年积习，唯有静静读书，才能迅速放松身心，让灵魂找到家园。

可是回顾这一年多的时光，我发现真正读过的书籍，屈指可数；应该读却束之高阁的书籍，亦为数不少。懊恼的同时，感到自己真的有点叶公好龙，愧对乐于读书的爱好。

时间都去哪儿了？还没有好好反思倏然就过去了。

打开电脑，浏览网页，观看大片，不知不觉间一个小时、一个上午或下午，甚至一整天匆匆而过；

揣起讲义，走上讲台，传道授业间又是一次大课，一周课程就在一呼一吸中匆匆而过；

借助 iPad、大屏手机，读电子书，听有声书，感受语言或文学魅力，时间匆匆过去。

列举这些，可以看出尽管我每天参与的活动和文字有关，但是这和真正意义上的读书差距甚远。

我坚定地认为网络阅读是最佳的选择。因为海量的信息让我顿觉渺小，"不敢高声语，恐惊天上人"。在电脑面前，个人的知识渊博只是笑谈，不能当真。我沉浸其中，忘情地收集电子书籍，而对纸质书籍很少问津。曾经是图书馆常客的我，所借书籍接连超期。在图书馆同志诧异的眼神中，我连连推脱说自己太忙忘记阅读了，更忘了归还。当初一个学期借书超过百本的过往，我想只能在遗憾中回顾了。

我还坚持认为，书的高贵在于思想，不论是纸质的还是电子的。这并没有错，但是偏向于后者而疏远前者，总有点不妥。不愿和纸质书籍接触，我想这真有点滑稽，违背了我当初的读书自白。

我曾经在一篇文章中写过："我有个习惯，在遇到精彩段落时或者选择摘抄，或者兴致盎然时倾心批注。但在网上一般是无法自如批注的，只能任凭灵感渐渐飘零。遗憾之余，我还是到书店购得该书的纸质精装本，再次触及熟悉的优美文字，如饮醇酒，沉醉般嗅着空气中弥漫着的新书香味，颇感快意。在阅读时一任思绪飞扬，或点点勾画，或批注，反正我的书籍我做主，无所顾忌。读过之后竟然还写了若干字的读后感，而后我上网搜索别人撰写的类似文章，再进行对照，实在感到别有一番情味。"

如今再次和这段文字相逢，我真有点羞赧，真怀疑是否出自于本人的心迹。

平素的确确很忙，忙着本职工作，忙着琐事俗情。但是反观走过的足迹，我感到一个"忙"字未免太单薄。究其原因，还是个人因素占据主要地位。做事没有条理、缺少计划，或者缺乏执行的力度，于是习闲成懒，习懒成惰。该做的事没有及时完成，积压下来，就积重难返了。例如，有段时间我感到电子书籍犹如珍馐佳肴，于是借助电脑软件搜索务尽，收集并下载，漫无目的，来而不拒。由于没有及时分类整理，收集越多，我越是感到焦虑，后来干脆不再整理，压缩之后全部交付给云盘，不再过问。可是盲目的收集、贪心的膨胀，时间已经在无意义的劳动中成为过去。再如，恋上国外大片的那段时间，我把大把时间投入剧情的演绎中去。激动之后，感到收获寥寥，空虚感顿时弥漫上来。当然，影视是来自于经典书籍，但是通过别人的演绎获得的间接经验，永远不如字里行间慢慢品味获得的收益丰富。看电影、电视剧很耗费时间，剧情让人产生悬念，一旦深陷其中，走入误区，耽误的事情就多了。对此，我也感到矛盾，也很纠结。

开始重新走进图书馆，我这次读的是《蒋勋说宋词》。在散发书香的空间中，我能感觉到很多高贵的灵魂在呼吸，默默守望，希望自己的灵魂能获得提升。书是人类成长的营养品也好，书是人类进步的阶梯也罢，它们永远只是符号。叠床架屋、汗牛充栋的书籍再多，如果不能参与个人的生命活动，那和一堆废纸没有任何差别。生命的成长是个异常缓慢的过程，拔苗助长，超越现实的跃进式发展不可取。对待林林总总的书籍，我的心态必须平和起来，不贪不恋，一书未完不读他书。读书"务广而不求精"的做法之所以不当，是因为贪求太多，往往食而不化，涣散了精力，浪费了时间，仍觉两手空空，徒增懊恼的心情。

收集大量的电子书出发点没有错，现在发现在这上面浪费了很多时间，不妨迷途知返。那些电子书我想暂时搁置起来，闲暇之时，慢慢分门别类，再细细品味吧。

书的高贵在于思想

作为教师，由于职业缘故，我不得不在书海泛舟。我阅读的范围不仅包括备课资料，业余时间对感兴趣的书籍也流连忘返。当今信息时代，在实现网络化办公之后，阅读手段就有了更多选择，譬如备课时稍有疑惑，条件反射似的立即想到在"百度"中搜索答案。

以纸质书为代表的传统阅读和以网络为代表的现代阅读并行不悖，相得益彰。当然，对我这个怀旧情结很重的人来说，我更倚重传统的纸质书，钟爱残留在上面淡淡的书香。同时，遇到感兴趣的书籍，我并不反对借助网络的便捷一睹为快，只是直接触摸纸质书让人隐隐感到"书卷多情犹故人"，以及字里行间透露出的可爱与可亲。

我曾经有过这样一次经历：

杰罗姆·塞林格的《麦田里的守望者》是我去年冬天偶然在网上看到的一本书，下载之后慢慢阅读，颇感兴趣。我有个习惯，在遇到精彩段落时或者选择摘抄，或者倾心批注。但在网上一般是无法自如批注的，只能任凭灵感渐渐飘零。遗憾之余，我还是到书店购得该书的纸质精装本，再次触及熟悉的优美文字，如饮醇酒，沉醉般嗅着空气中弥漫着的新书香味，颇感快意。在阅读时一任思绪飞扬，或点点勾画，或批注，反正我的书籍我做主，无所顾忌。读过之后竟然还写了若干字的读后感，而后我上网搜索别人撰写的类似文章，再进行对照，实在感到别有一番情味。

如果有人继续追问：到底是纸质书好，还是网络书好，我仍然感到这还真是个问题！

这句哈姆雷特式独白让我一时感到语塞，左手网络文章，右手纸质书籍，这是支撑我们精神成长的左膀右臂，实在难以割舍。我认为，无论网络，还是传统，都不过是包装书籍的外在形式而已。归根结底，真正能够给人以营养，使人精神提升的是用文字构筑起来的思想。正如中秋节时众商家推出的名目繁多的月饼一样，再高档的月饼，它的基本功能无外乎是供人消费。"梅须逊雪三分白，雪却输梅一段香"，二者相较，各有千秋。网络书籍的衍生物——电子书给人们带来便捷的同时，它受到诸如要借助阅读器、电源等限制，也造成了诸多不便，而纸质书因其厚重也增加不少负担。想到每次回家我都要携带不少书，书籍占据了整个行李箱大部分空间，我提拉肩扛，累得够呛，那时候就更加感到电子书的优越性了。不过，每次如厕手捧一本纸质书，率性而读，还是感到比电子书方便。

我面对两类不同意义上的书籍，还是没有明确区分伯仲，因为我认为书的高贵不在于别的，而在于它所承载的思想。只要能真正让读书的人乐在其中，足矣！

相见恨早

　　无奈之下，我还是决定把《查拉图斯特拉如是说》还给了图书馆，尽管我连三分之一都没有读完，尽管此前有朋友一再推荐，可我愣是读不进去。那些文字佶屈聱牙，让我读书如同受罪，本来读书是享受的事情，结果变成折磨的代称，何苦呢？世上图书千万种，也不只是这本书才最具风情，要读的书多了，当时心头涌出一种感觉：与这本书的相遇太早了。可能它不合我的口味，彼此强求不得。

　　近期读的几本书基本上属于这一类型，都是相见恨早。如托克维尔的《旧制度和大革命》，米兰·昆德拉的《生活在别处》《小说的艺术》等，这些书静止在书桌上有很长一段时间，偶尔翻翻也深入不进去，于是作罢。很快又沉浸在别的书中，再次整理要归还的书籍时，才发现这些书实在不值得挽留。

　　同事阿宝一再推荐尼采的哲学经典思想深邃，值得好好品咂，他的话很有煽动性，好像不读尼采我就损失很多。基于这样的盲目和冲动，我见到《查拉图斯特拉如是说》时，毫不犹豫就持在手中。犹如圣经一样的语言，充满种种费解的意象，真不知道这个大胡子德国佬到底在阐述什么。不过翻看到他对于人生三阶段的论述，我还是怦然心动的。也许这个说法此前早就了解，只不过在书中得到印证，还是很感动的。人生第一阶段是骆驼，要忍辱负重，然后过渡到狮子，要雄心勃勃，最后才是婴儿，返璞归真。我感到这一思想前两个阶段类似儒家学说，积极入世，而后一阶段则近似老庄哲学，随性而为。如果能把经典看透，其实东西方的哲学思想是相通的，没有什么玄妙不可云。

　　书已借到，就该尽快阅读，如果久拖不换，占用了图书馆的有限资源，也使自己内心焦灼不安。在特定时空相遇，有的书和人一样，也是要讲究缘分的。没有缘分的书，即便与之相守也没有任何感觉，感情上不能产生波澜，自然乏味透顶。而那些刚接触到的书，看到前言或目录就有一种故友重逢的感觉，就会如饥似渴一读到底，毫无倦怠。尽管我也热衷读一些哲学书籍，看到封面熠熠闪光的名字，就兴奋异常。但是那些哲学大家的思想精髓不能与我的血脉相连，也就达不成读书的真正乐趣，存留在脑际的哲学精华更是乏善可陈。不过，当我阅读古希腊哲学，把柏拉图的"洞穴理论"理解透彻后，内心颇有感触。也许，目前我的见识尚浅，离某些哲学大家的思想境界还有一时难以超越的差距，只有不断领悟，方能柳暗花明，自然豁然开朗。

　　见到阿宝，我诉说对这本书的感觉。他说他很推崇此书，也是因为受到周国平的影响。哲学家周国平的文章很有深度，他的《守望的距离》《妞妞——一个父亲的札记》以及《人生哲思录》都让我读过之后回味良久。周国平有专门著述介绍尼采，于是有了专门的解读。我打算读过这些书之后再阅读《查拉图斯特拉如是说》，不知届时是否能够感觉顺畅些。

吴用这个人

吴用其人，本乃一介儒生，恬静生活在乡间，素以教书为业，人称"教授"是也。此公外表儒雅，然内心极不安分，遇到晁天王晁盖、阮氏三兄弟、赤发鬼刘唐、九纹龙公孙胜，他的人生轨迹发生了180度的大转弯。从此，奔走江湖，以胸中丘壑助梁山发展。

作为团队策划师的吴用，创意的处女作应该是智取生辰纲。好汉们扮作贩卖枣子的客商，选定赤日炎炎的正午，看似不经意的偶遇，结果却让杨志为此吃尽苦头——安安稳稳的日子就此走向终点，名门之后封妻荫子也成了痴心妄想。江湖纷争，各为其主，自不待言。

闲来翻看《水浒传》，重读吴用一伙初到梁山的窘境，颇有感慨。

白衣秀士王伦表面斯文，其实内心自私、狭隘，担心引狼入室，自身难保，于是一再推脱，拒绝吴用团队入伙。王伦看到来的未必都是客，这一行人可不是好惹的。本来死活赖着不走的林冲就让他头大，要是接纳这帮官府缉拿的凶犯，那他的梁山不改旗易帜才怪。而晁盖一伙犯下弥天大罪，自然法不容赦，官府追捕步步紧逼，他们离开落脚的梁山水泊，肯定是死路一条。当资源极为紧缺，或者只有唯一可以利用的资源的时候，就有点狗急跳墙的味道。于是，怒从心头起，恶向胆边生，采用阮家那三个愣头青的主意，干脆白刀子进去红刀子出来算了，被官府捕获是死路一条，在梁山等死也是一样的结果，干脆鱼死网破，还有什么好啰唆的。

这边厢是：梁山水洼，不能容英雄栖身，恐误足下前程（其实是说，你们还是走吧，我不会留你们的）。那边厢是：实在无处藏身，望王头领高抬贵手（其实是说，我们已经走投无路了，请您帮帮忙吧）。这一格局犹如拔河比赛，互不相让。看似文绉绉的话里，其实暗含杀机。

吴用教授一双慧眼，审时度势，捕捉到林冲和王伦之间的微妙关系。从林冲的言谈举止，吴用判断这个前八十万禁军教头其实日子也不好过，在梁山的领导层也被边缘化。看到了王伦和林冲之间的分歧，也就为落草梁山找到了绝佳的突破口。吴用不用笔下龙蛇走，而是做起了统一战线的工作。先是赞美林教头一身武艺，超凡脱俗，可是只能迎风而舞。英雄寄人篱下，怀才而不遇，激起林冲对王伦的不满。同时，吴用暗中计划借断金亭假意辞行之时动手除掉王伦。

这一情节无论是在原著中还是在影视作品中，都被演绎得格外精彩。

王伦也很惊惶，前面引来"一匹猛虎"，后面又来了"一群饿狼"。白衣秀士如果早做人情，把林冲收买为心腹倒也罢了。可是一切都太迟太迟，在强敌压境之时方才大梦初醒，才开始假意惺惺要和林冲结为金兰之好、八拜之交。而且，还一再许诺正式把林冲扶上第二把交椅。打哭孩子再给一粒糖豆的做法草率幼稚，林冲也不是二的极大值。就在断金亭，英雄相见，虚意寒暄之后，晁盖重提和谈话题，希望能和平入伙。可是王伦老调重弹，仍然以"水洼太浅，恐误前程"的托词敷衍了事，试图打发晁盖一行人上路。

豹子头林冲怒不可遏，一把揪住王伦，斥责他心胸狭窄，成不了大事。而吴用在一旁也没有闲着，而是不断煽风点火。"林教头，千万不要火并。""不要结果王头领性命。"……看似善意提醒，其实是恰到好处的暗示，似乎在导演整个杀人过程。林冲果然入戏很深，三下两下，王伦鲜血奔涌，瘫在地上成了一条死狗。

整个火拼过程不过持续几分钟，领导权的更替很快完成。吴用这个人没有动用一刀一枪，仅仅凭借五尺之躯、项上头脑、三寸不烂之舌，就把波谲云诡的事情搞定。作为梁山军师，的确不同凡响，但是我在赞叹他超人智谋的同时也感到了这个文人的阴险和狡猾。

而林冲不经意间被人利用还豪情万丈，一再声明是以梁山大义为重，不知是愚不可及还是发了神经，抑或别的原因。谁能说清楚，谁能说明白？痴人评说历史人物，本来就是无稽之谈，因此是仁者见仁智者见智，各有各的一番理论罢了。

教育的田园，让我们守望

——读《守望教育》

在刘铁芳编著的《守望教育》一书中，作者对目前的教育进行了反思，我认为很深刻。书中关注的问题有很多，有两个方面的论述给我留下深刻的印象。一个是关于诸如农民工之类的弱势群体，另一个就是当前学校暴露出的"活地狱"之类的问题。"活地狱"是源自友人的说法，他举湖北某中学为例，这所中学，简直就是"一座活地狱"。为什么？他说，在这所中学里，除了考大学，还是考大学。人性没有了，快乐的生活没有了，孩子们的青春活力没有了。

在社会变革的大前提下，弱势群体的窘境有的是被强势阶层剥夺了应有的权益而造成的。他们不是不思进取，而是进取无门。典型的事例如每年清华录取的学生中城市生源占了绝大多数，而农民子弟被录取的寥寥无几。其他重点大学的情况基本类似。教育公平是一个社会阶层流通的基本通道，如此令人悲哀的大学招生的局面，使我们这些从农村走出来的人感到心痛。可以说，大学扩招后获得利益最多的绝对不是占人口多数的农村，因为从小孩子踏入校门的第一天起这种差距就拉开了。城市里的孩子比农村的享有更优质的教育资源。农村学校由于教育经费投入严重不足，甚至被挪用，只能在艰难中挺进，最终大家都在高考这个独木桥上相见，胜败几乎没有悬念。

今天教育现状中不争的现实是，学校教育偏重于知识的灌输、技能的训练，而不是把陶冶性情摆在教育的中心位置。柏拉图说过：教育非它，乃是心灵的转向。我们目前的教育完全不是心灵转向的艺术，更多侧重于人才的"加工厂"，教育远离儿童的生活。学生在沉重的负担中看不到生活的目标与意义，学习对于他们而言成了心灵相隔的苦役。我生于 20 世纪 70 年代，遥想童年，生活在农村，尽管处在资讯严重贫乏的时代，但是很开心。没有电视，没有电脑，读小人书同样能体验快乐。每天和一帮小伙伴疯来疯去，作业经常完不成，甚至挨老师批评，我们不是照样长大成材了？小学到初中根本就没有早晚自习的概念，比现在的孩子轻松多了。

关注当今基础教育，我对现在的学生"两眼一睁，直到熄灯"的苦读状态感到很同情，但也很无奈。有些孩子，什么知识都没有掌握住，还要老老实实待在学校忍受老师的批评、家长的指责，我感到他们真的太痛苦了，简直就像木偶一个。一个对于童年的回忆没有一点愉快痕迹的人，长大后怎么会对生活产生无限的热爱，怎么会对人性美好的一面产生深深的关怀？我在以前也反思过，因为应试教育产生的恶果早已披露报端，自杀、杀父弑母、冷漠……这些根源多少都和应试教育沾边。而现在的所谓的素质教育呢，搞得轰轰烈烈，真落到实处的有几个？新课程改革是很流行的讨论话题，但是有人说，什么是新课程改革，到底要达到什么目的？不得而知。可能新课程改革这首曲子太高雅了，离大多数人太远，因此得到的响应也不是太多。

读《盲点——中国教育危机报告》

黄白兰所著的《盲点——中国教育危机报告》是本通俗读物，我用不到一天时间就全部读完了。读过之后，掩卷反思，感受颇多也很复杂，个中滋味岂是"悲哀"两个字了得。

多年的教育实践，让我耳闻目睹了诸多存在于基础教育阶段的不合理现象，置身其中，量自己人微言轻，纵然几句牢骚，有何裨益。

如今的教育不知怎么了。明明是为了增进人的知识与技能，促进人的身心发展，可是现状却不得不让人感到有些地方不合理的做法是在违背教育的初衷。

《盲点——中国教育危机报告》成书于 20 世纪末，但书中论述的不正常现象，我感到并没有因为时间的推移而消失，甚至还顽强存在着——只要不对不合理的教育体制加以修整，那就很难使教育目标朝向提高人的素质方向发展。

颇令人感动的是：该书以翔实的记述，以纪实性的手法关注了那些挣扎在乡村基层的孩子及老师，描述了他们惨淡的生存状态，在一定程度上也引起了我的共鸣。

目前在农村基层教学一线坚守的教师是什么样的一种状态？别的地方我不敢妄加评论，至少我曾经工作过的单位在教学、管理等环节是相当陈旧甚至僵化的。教师是一种容易让心灵结茧蒙尘的职业。日复一日、年复一年的琐碎辛劳，很容易让心灵麻木。教师队伍中能真正忠诚教育事业，饱含对学生无私的爱并投入其中工作的少之又少，大多数教师不过是把教学作为谋生手段，他们完成本职工作之余还要忙于其他途径获得一定的利益。

有人称之为媚俗，口诛笔伐，称之为平庸，冠之以堕落。教师行业与其他行业相比较之后心理的确失衡，被称为"灵魂工程师"的人们怎么能坚守内心的安静？

教学者厌教、学习者厌学也就不足为怪了。口口声声构建和谐社会的今天不能不让人忧虑。"十年树木，百年树人"，被称为奠基工程的"基础教育"如果还存在太多的危机，且不能引起重视，那么我们国家在未来的发展、全球竞争中真的堪忧！

心向远方
—— 读《到城里去》

自从路遥离开这个世界之后，我就感到让我心生敬仰的当代作家不多了，尤其以写短篇小说而成名的作家更是寥若晨星。

还是从电影《盲井》开始关注刘庆邦的，我惊讶地发现他竟然差一点和我就成了同乡，都是中原这方黄土地养育成长的，顿生天然的亲近之情。我从阅读《盲井》的原作《神木》开始，拜读了他的小说集《无望岁月》。应该说，还是小说读得快，读得轻松，一天时间我就把全集的五篇小说全部阅读完毕。其中《到城里去》印象最深，契合了我心中的很多无法言传的东西，让我对刘庆邦敬佩不已。很多事，我能想到却做不到、写不出；他既能写出，而且还能写得那么传神，语言运用之娴熟，感到和路遥对乡土文化的表达不相上下。他的叙事方式夹杂着豫东大地特有的语言风格，如"肯吃嘴""胳肢""肉头"等，我一看就懂，估计其他地域的人还要有人解释之后才能明白。

我这里重点品读的是小说集的最后一篇，也就是《到城里去》。

这部小说讲述了一个不安于现状的女人宋家银的故事，她一直渴望成为工人家属。婚前因受骗失身而无奈嫁给了一个不上档次的老实男人杨成方，她感到格外委屈。不过有杨成方这个工人身份支撑着，在那个物质、精神双贫乏的年代，她感到挽回了一点面子——这个女人就是这么虚荣。嫁给杨成方图的不是男人的臂膀而是外在的荣耀，于是在杨成方下岗之后，她仿佛受辱一般拒绝让"工人"身份的男人一直候在家里，强硬地把男人撵出家门，对外宣称男人到大城市当工人去了。物质上的比较永远使这个女人心态失衡，她心中只有一个念头，就是男人挣来大钱让她体面，能够在乡亲们面前永远高昂着头。男人在外其实并不是当工人，而是受尽苦累收垃圾捡破烂，这些她不管不问，只要她这个"工人家属"的牌子不倒就行。因为偶然把居民正用着的扶梯当作垃圾，男人的行为被人诬陷为盗窃，要拘留半月才能放人。这下让她慌了神，她到城市见到自由之后的男人，把男人打扮一新，和她衣锦还乡，对乡亲们声称男人盗窃纯粹谣言。这么做目的是挽回面子，挽回小小的尊严。

读过这篇小说之后，我感到宋家银这个人物形象栩栩如生，描写很真实，就是农村寻常可见的女性。在农村备受压抑，她们一心向往城市，希望透过男人的视野来了解外部世界。结合自身，我何尝不是如此呢。本来作为一个乡村教师演绎自己的教育人生，有什么不妥帖呢？偏偏折腾不休，独自一人在这个陌生的城市行走。以前感到乡下远远不如城市，可是真正在城市行走，城市生活却又添加了许多无奈。有人说，熟悉的地方没有风景。也许这句话是有道理的，我们很多人都是心向往着远方，不愿让自己永远滞留在一个地方；即便身体走不出去，心灵也要不断飞翔。有时这是盲目的，可是执着的人还是称之为理想。

或许可以把理想一词改称为信念吧。信仰对于很多人是模糊不清的，可是信念有时候很具体，就像我们做人要本分，要做个好人一样。心向远方没有什么可以非议的，不过是为了获得更高的尊严，实现更大的人生价值。宋家银的小虚荣在我们每个人的内心深处时刻潜伏着，它是对俗世生活的超越——有了这种追求，人类才真正可以被称为宇宙精华，万物灵长。

读《喧嚣与愤怒》

　　读《喧嚣与愤怒》时，好像有人在耳边聒噪，仿佛是在说话，可一句话也没有听清。我断断续续才读完这本不算太厚的小说，仍然感到一知半解，理不清其中的头绪。不过作为刚读过的书，还是记下自己的感受，以备慢慢品味。

　　该书由四部分构成，除了叙事清晰的第四部分外，前三部分的叙述与常理相悖。这也难怪，因为故事的讲授者本人精神存在着很大的缺陷。

　　把前三部分依次介绍如下：

　　班吉生来就是白痴，他的智力水平一直处于童年，因此叙事前言不搭后语，傻话连篇。昆丁深感旧的社会秩序终将过去，他这个没落贵族的后裔也将随之而去，再加上乱伦使他精神近乎崩溃，因此从文中的叙述可以看出他患有严重的忧郁症。不要说昆丁说的话很难理解，即便阅读书中文字，也是让人感到压抑。整段整段的文字不见标点符号，他的意识完全失常，最后选择自杀，逃离了让他既爱又恨的世界。杰生与他的两个兄弟相比倒显得正常，但是这个人有反社会倾向，属于暴力人格。他独断专行，贪财好利，近于无情。

　　如果把康普生家族的共同特征概括出来，那就是没有一个正常人。就父辈而言，康普生先生徒有律师之名，其实是个不折不扣的酒鬼。每天把自己灌得酩酊大醉，神智一直不清，一生从没办过一个案子。他的夫人康普生太太身体孱弱，自私冷酷。他们育有三男一女，除了长子昆丁、次子杰生和三子班吉外，还有个女儿叫凯蒂。由于康普生太太出身名门，始终不忘自己大家闺秀的身份，在家中始终有一种优越感，常常无病呻吟，总感到自己受气吃亏，实际上她拖累和折磨了全家人。凯蒂是全书的中心，尽管没有以她的观点单独列出一章，但文中一切人物的所作所为都和她息息相关。物极必反，从高傲优越、家规甚严的旧贵族家庭走出的女孩子竟然浪荡起来。父母要求她成为淑女，而她却从淑女的规约下走向极端，成了水性杨花的女子，不仅和哥哥昆丁乱伦而且不断和男子幽会，有了身孕，不得不急忙和另一男子结婚。但是婚后人家发现被"顶包"，于是将她抛弃。她将私生女（也叫昆丁）寄养在娘家，自己游荡大城市而无颜见家人。小昆丁在成长过程中不断受到杰生的虐待，也成了不省油的灯，不仅继承了母亲的基因，而且成了神偷，将杰生的一笔巨款席卷而去，杰生还不敢声张，因为部分钱是他私下向姐姐勒索抚养外甥女的费用。他私下克扣，最后只好干吃哑巴亏，真是恶有恶报。小昆丁携款而逃，随杂耍艺人而去，从此杳无音讯。

这一家的故事无奈且无聊，正好印证了《麦克白》的一句话："人生犹如痴人说梦，充满喧嚣与愤怒，却没有任何意义。"

《喧嚣与愤怒》把神话融于故事之中，正如莫言的小说采用魔幻现实主义一样，福克纳创造文学作品有意识使故事、人物、结构大致与神话故事的情节平行。这部小说的标题全部采用日记体，第三、一、四章的标题分别为 1928 年 4 月 6 日、7 日、8 日三天，这恰好是圣经里面的基督受难日到复活节，而第二章的 1910 年 6 月 2 日这天恰好是基督圣体节的第八天。康普生家族历史中的这四天和基督受难的四个主要日子相关联，不由让我们产生联想。只不过，福克纳以基督的庄严与神圣嘲讽了康普生家族的子孙，照耀他们灵魂的猥琐和不堪。他们的自私、无爱、受挫、失败、仇杀等从侧面说明了现代人违背了基督死前对门徒所做的"彼此相爱"的教诲。通过一个故事探讨了人类的共同命运，使故事更像寓言，这就是作家的伟大之处。

读《靠自己去成功》

　　《靠自己去成功》是刘墉所著，属于家庭教育类的通俗读物。由于读后未能及时记录心得，时隔几天，精彩段落和感人语句已经近乎荡然。静心搜寻残存碎片，记下只语片言，方才不枉读过此书。

　　刘墉著作等身，他隽永的文字几乎成为哲理，感染了不少人。同时他还是一位卓有成就的画家和博爱的慈善家，从此书中我还能感受到他是一位循循善诱、言语谆谆的父亲。

　　父母爱孩子，天经地义，但是形成文字，把培养孩子的点点滴滴记录下来，要么形成札记，是独特的不可复制的育子心得。要么板着面孔说教，讲述"虎妈战歌"或"狼爸狂飙"，尽管编辑成书，也算成功案例，但却让不少为人父母者望而生畏，不敢苟同。如果通读这本带有励志书名的家教著作，会感到恰如一缕清风拂面，会让你手不释卷，从开头一直读到结尾。和《教育漫话》不同，这本书是做事严谨的父亲和女儿聊天，以自己或身边人的经历，提醒女儿在成长的过程中，不要毛毛糙糙，要从各方面加强修养。

　　但从书中30多篇文章的副标题就可以看出一个父亲的牵挂——谈睡眠、谈出头、谈镇定、谈自卫、谈应变、谈独立、谈谨慎、谈师生、谈死亡、谈失败、谈自由、谈缓急、谈恐惧、谈焦虑、谈时间、谈自尊、谈公德、谈自然、谈责任、谈偶像、谈穿着、谈中文、谈成长、谈天才、谈公平、谈慎行、谈公益、谈写作、谈精简、谈作弊、谈幽默、谈处世、谈比赛、谈考试。就"谈公平"这一篇文章而言，作家告诫女儿这个世界不可能样样公平，有的人漂亮，有的人丑；有的人高，有的人矮；有的人能一目十行，有的人十目不能看一行；有的人家财万贯，有的人寅吃卯粮；有的人生在贫穷战乱的地区，有的人则生活在富裕安定的幸福之乡。这个世界本来就不公平，这是不争的事实。既然改变不了，那么就要设法改变自身。"你越强大，就会越发现这世界有很多不公平，对那些不公平，你或是强力去抗争，如同美国黑人争民权一样，用上百年去争取；再不然你就要把那愤怒化成力量，以那成功作为实力的证明，也用那成功对你的敌人做出反击。"但是要记住："你可以化悲愤为力量，但你不能怨恨，因为怨恨只可能使你更偏激，更不理智，甚至造成更大的失败。"

书中精彩之处还有很多，不可能一一列举。读后，我感到这不仅仅是写给女儿的教育心得，而是另一版本的《爱的教育》。书中的教育感悟同样让人深受启发，受益匪浅，见贤思齐，自觉修正自身不足。

《西游记》是教育小说

　　《西游记》何以是教育小说？根据拜读过的《成功者》（柯云路著）以及刘良华博客内容，归纳如下：

　　1. 它是一部记录一个小男孩成长的故事，描述了一个男孩从小到大奋斗的过程。从小顽劣不驯，挨了一顿痛打，终于老实了。后来经过苦口婆心的规劝才慢慢走上了正路，获得"学位"，终于"成人且成才"。

　　2. 这个小男孩有父亲，也有母亲。父亲管大事，母亲专门负责处理儿子在外面惹的一些小麻烦。如来佛是典型的父亲的象征，观音菩萨是典型的母亲的象征。孙悟空与如来、观音的关系，不过表明了一个孩子如何在父母的管教、压迫、规劝和指导下，从无法无天的儿童时期、反秩序时期，最终走上了顺应，只需接受秩序，奋斗进取并终成正果的人生经历。

　　3. 这个小男孩有德、智、体、美、劳五个要素，也就是师徒五人：孙悟空、唐僧、沙和尚、猪八戒和白龙马五位一体的取经小集团。这其实是孙悟空人格的外化。一个男孩走上人生奋斗的道路时，唐僧代表着他道德的自我规范；孙悟空代表着他的主体意识、奋斗精神和创造性；猪八戒代表着他的食色贪欲；沙和尚代表着他的体力；白龙马代表着他人生的伴侣。这五个要素化为四个男人，还有一匹白马。四个男人的故事其实是一个人的"教育传记"，白龙马就有点像"妻子"。

　　4. 对《西游记》人物的受欢迎度的问卷调查结果往往是：小孩子喜欢孙悟空，孙悟空是小孩子的大师兄；中年妇女喜欢猪八戒，那是有情趣的人；校长喜欢沙和尚，一家人的担子压在一个人身上，从未从他那里听到怨言；领导喜欢唐僧和白龙马，唐僧是有信仰的人，唐僧那里不会发生叛乱，白龙马是有体力的人，追求"身体力行"。

被老外误读的《西游记》片段

电影《刮痧》反映了东西方文化的差异，致使一个名叫丹尼斯的华裔幼童被误认为遭受虐待而被迫与父母隔离。其父许大同此后无休止地出庭试图争取得到法律的支持，使儿子尽早回家。在法庭上，控方律师针对许大同从事的职业——动画设计大放厥词。许大同来美国主要从事艺术创作，他设计的形象和孙悟空有关。老外们只知道"Monkey King"，可是不知道这位美猴王其实是惩恶扬善的英雄。控方律师自以为读过《西游记》的英文版就领会了中国文化，其实他的论述极尽荒谬。此处摘录部分如下：

> 我恰巧也读过《西游记》的英文版，让我们来看看这只中国猴子都做了些什么？别人辛辛苦苦种了几千年才结一次果的桃子，终于成熟了。正当果园的主人要收获自己的心血的时候，这只中国猴子却把桃林据为己有，又吃又拿又糟蹋。当他的行径受到别人制止的时候，不仅恼羞成怒，大打出手，而且还毁坏了这片桃林……啊，这里还有一段。别人用血汗炼造了几千年才做出了长生不老丹丸，孙悟空看了眼红，偷偷闯进别人的家里大肆盗窃，先是用迷药迷倒了这家的仆人，后又用棍子把丹丸的主人打跑。他吃光了长生不老丹丸不算，还拿走了人家的法器，掀翻了人家的炼丹炉，把人家的制作车间夷为平地……
>
> 还有更精彩的在后面呢。一个可爱美丽的精灵爱上了孙悟空的师父，两人情意绵绵，共度爱河。而孙悟空妒意大发，不问青红皂白，一棒把这个惹人怜爱的姑娘打死。就是这么一个粗鲁、顽劣、没有教养的中国

猴子，却被许大同先生深深崇拜，说成是一个善良、富有同情心和正义感的英雄⋯⋯

读过这段精彩陈述，看看什么是无知者无畏。自以为是的家伙是多么让人感到可怕！

读《爱的教育》

读完亚美契斯的《爱的教育》后，我感到很舒畅。这本书弘扬了很多优秀品质，是具有普世价值的，如善良、平等、友爱、互助、爱国、勇敢、进取、献身等。书中以故事的形式向读者娓娓道来，因此读后会顿时感到灵魂受到一次爱的洗礼。

这是一本以日记作为叙事方式的书，以小学生恩利科的视角对身边事情进行观察，进而描述了意大利小学生的日常生活，并演绎了一个又一个感人至深的故事。故事跨度为一个学年的时间，先后描述了对孩子关爱备至的父母，善良可爱、见义勇为的学生。整本书汇集了爱国之情、师生之情、母子之情以及同窗之谊。读过本书，我感到这的确是一个情和爱的世界，也是一个真善美的世界。

尤其要强调的是本书倡导对老师要尊重，对周围的人要爱护，对穷苦人要同情等。孩子本身是可爱与善良并存，可是这种可贵的品质要及时去精心培植，这样他们长大之后才能成为国家的栋梁，能成为实现人类进步和社会前进的公氏。

结合自身实际，无论是执教三尺讲台，还是耐心抚育孩子成长，抑或更广泛的为人处世，我感到自己还有很大差距，如同丑女见到美人——自惭形秽。既然认识到有差距，那就见贤思齐，加油努力。

读《草根儿》

　　读完《草根儿》一书有两天了，本该写写感想，这几天忙着一些杂事，耽搁了。今天才有点时间梳理一下对该书的感受。

　　客观而言，这本书我很喜欢，不仅仅因为它描写了我们农村人在外的情感经历，我比较熟悉，更因为这个小说精巧的构思和深刻的内涵。是的，作家中真正和农民站在一起，诉说他们的疾苦的不是太多，而为农民工在异乡的凄惨处境给予关注的也不是太多，这本书能得到大家的首肯，我想定是这本书触动了人们对弱势群体的关照，动了人们的恻隐之心。

　　蚂蚱一家本来可以不脱离黄土地，在家乡月光的沐浴下平安生活，可是农民的日子很不景气，甚至凄凉，要生存，心中就必须向往城市里灿烂的阳光。随着民工潮的涌动，他们动摇了继续守住农村月光的传统做法，伙同他人在他乡寻觅心中的太阳。世事沧桑，社会的复杂与多变让他们在城市一方小小的天空下演绎着悲情故事。为了能在城市里栖身，他们痛苦挣扎，甚至断送生命。在城市人鄙夷的目光中，在有产阶层冷漠的对待下，蚂蚱的妈妈无奈告别了这个带给他们痛苦的世界。蚂蚱一家的遭遇让人动容，城乡二元制的社会格局让人感到几多无奈。他们的故事具有代表性，好在农民工这个群体得到了党和国家领导人的重视，他们的处境正往好的方向改变。故事结尾：菊儿的学校终于落成，在和城市孩子同等条件下的竞赛中，蚂蚱的作文获了奖，这多少给小说凝重的主题添了一丝温暖。当然，直到现在农民工的地位问题还没有得到真正解决，因此这本小说后记中的呼吁让我听到了一个有良知的作家的真情呐喊。是的，应该赶快行动，到时候了。农村养育城市多年，现在该到了反哺的时候了。

读《敬畏生命》

　　《敬畏生命》是法国作家施韦泽的作品。这位诺贝尔和平奖得主把一生献给了慈善事业，和妻子一道在非洲传教数十年。他的哲学思想横跨东西方，在书中能寻找到我国圣哲先贤的思想。

　　读这本书时恰逢日本发生 9.0 级特大地震，网络上对于日本遭受灾难或幸灾乐祸，或同情有加，在读过本书后我更有感触了。

　　施韦泽认为人应该怀有善心，摒弃恶念。因为"善的本质是保存生命、促进生命，使生命达到最高度的发展，而恶则是毁灭生命、损害生命，阻碍生命的发展"。尽管在历史上日本人对中国的伤害可谓刻骨铭心，可是那毕竟是军国主义者所为，而对于普通的日本人来说，他们也是受害者。我们不能够把一撮人的罪恶泛化，就像苏三那样高呼"洪洞县里无好人"。

　　看到强震之后海啸肆虐，那些平民百姓的财产变成废墟，生命飘零，不由让人产生怜悯之情。因为，我们都是人类，物伤其类，故惺惺相惜。

读《天边外》

《天边外》是尤金·奥尼尔的成名作，是一部戏剧。此前，在本科求学时代曾听英美文学课老师介绍过，但那些不过浮光掠影，没有深入阅读过。从该剧的名字可以推测，这是在描写处在压抑、封闭状态下的人向往外部自由的世界。

该剧主要人物有三个，分别是罗伯特、露丝和安朱。罗伯特和安朱为亲兄弟，他们和露丝比邻而居，兄弟俩同时爱上了可爱的姑娘，于是就形成了三角恋。作为兄长，安朱热爱农庄，乐于耕作，认同自己农民的身份。可是一母所生的弟弟罗伯特则不务正业，心猿意马，整天手不释卷，每天除了读书之外，操持农活的能力近乎白痴。

阴差阳错的是露丝爱上了罗伯特，感情升温，后来就到了谈婚论嫁的程度。本来罗伯特打算随舅舅迪克当一名海员，到浩瀚的大海上搏击人生，由于对爱情的迷醉，罗伯特放弃了闯荡外部世界的机会，和露丝组织了家庭。安朱不能横刀夺爱，内心格外痛苦、酸涩，他不愿看到爱情被无情剥夺，选择了随舅舅远航大海。

罗伯特不谙农事，家境越来越窘迫，婚前的浪漫经不起婚后现实生活的考验，于是夫妻间争吵不断，甚笃的感情开始出现裂痕。安朱漂泊江海之后，视野开阔，开始不安分起来，他尝试投机于粮食生意，事业也初见端倪。露丝面对阿斗一般的丈夫，看到风生水起的安朱，开始对当初草率的决定产生深深的悔意。

戏剧的第三幕是高潮部分，依照剧情发展，互相冲突的性格导致了家庭悲剧。一家人死了不少，连小女儿玛丽也过早夭折。罗伯特和露丝的日常生活几乎到了"无耻"的地步，不仅动辄就要举债，而且还不断变卖祖上遗产。更加不幸的是，罗伯特患上了严重的肺病，生命到了最后阶段。安朱从外面归来，带来的并非令人振奋的消息，而是投机做生意失败，面临破产。多年来的辛苦挣扎，一下子到了绝望的边缘。三个人，儿时的伙伴，生活在一个家庭的亲人，同时成了失败者，故事以凄凉的景象走向结局：罗伯特的尸体横陈在安朱和露丝中间，他们的眼神无比绝望……

读书最好

这世上最有趣的，第一是人，第二是书。因为，书能使人抓住这个世界秘密的核心。

你读什么样的书就是什么样的人。如果你什么也不读，那么头脑就会萎缩，理想将因失去活力而动摇。

书籍和阅读带给我们的不仅是对心中理想世界的坚持，更是对我们思想和心灵的升华与净化，进而改变我们的生活轨迹。

余秋雨先生曾经这样评论过书籍的功能，他说："只有书籍，能把辽阔的时间浇灌给你，能把一切高贵生命早已飘散的信号传递给你，能把无数的智慧和美好对比着愚昧和丑陋一起呈现给你。区区五尺之躯，短短几十年光阴，居然能驰骋古今，经天纬地，这种奇迹的产生，至少有一半要归功于阅读。"

读书使文字具有了永恒的价值，它比图像更空灵，比记忆更清晰，比冥想更深邃。它让你站在巨人的肩膀之上，让你凌驾于伟人的思考之上。读书是人社会化的重要途径，它把自然人转化为社会人。我们所认识的世界、人生、社会，很多都源于阅读。

读书虽不能改变人生的长度，但可以改变人生的宽度和厚度。通过读书你可以视通四海，思接千古，与智者交谈，与伟人对话。对于一个生命有限的人来说，这是一件多么幸福的事啊。

而读书的意义在于，它在超越世俗生活的层面上，建立起精神生活的世界。一个人的阅读史，即是他的心灵发育史。读书使人超越动物性，不致沦为活动木偶，行尸走肉。停止读书就意味着切断了与世界的沟通，与心灵的沟通，人生也就是进入了死循环，可以说，是读书拯救了我们。

我们无力改变人生的起点，但却可以通过读书改变人生的终点。

感谢路遥

　　路遥去世于 1992 年 11 月 17 日，不知不觉这位极具才华的现实主义作家离开这个"平凡的世界"已经 20 多个年头了。读过路遥生前诸多好友的回忆性文章，更为失去这么一位天才作家而惋惜。中国作家众多，可是触角伸向农村、关注底层人民命运的不是太多，至少目前超过路遥的描写高度的为数不多。

　　在我成长的过程中，路遥的作品对我影响不小。记得在中学时代，他的《人生》风靡全国，我和不少同龄人读过该书，也曾为高加林、刘巧珍、黄亚萍等人遭遇的挫折而潸然泪下。在紧张的高中学习生活之余，这本书几乎成了我读过的唯一一本"课外书"。告别紧张的高中生活，我进入大学，自己支配的时间相对宽裕。入学后我做出的一个决定就是遍读路遥作品——当时路遥已经辞世。我购买了一本字很小的书，页数很厚，囊括了《平凡的世界》三部书，无疑这是一本盗版书。当时毕竟处于"双手向上"的时代，既想要享受阅读，同时又让自己的生活也不至于窘迫，只好如此。手捧这本仰慕已久的书，我迫不及待地开始和书中人物一同在"平凡的世界"行走。第一遍，我好像不到三天就完成全部阅读，每天除了上课等正常的学校生活外，躲在宿舍读这本书就成了最大的事情，甚至还忘记了吃饭。读到动情之处，泪眼模糊，唯恐舍友嘲笑，干脆采取面壁而读的姿势，而右手一侧则备有一条毛巾。相似的出身使我和书中人物产生了强烈的共鸣。孙少平无疑成了我的"偶像"，随着他人生轨迹的延伸，我的思绪也随之延伸……以后就像着了魔一样反反复复读这本书，在书上故作姿态地"点评"，精心摘抄其中的句子，甚至背诵。受书中孙少平韧、忍等宝贵品质的影响，我感到自己在大学几近颓废的生活极为可耻，甚至决定在大一的暑假携带简单行李和这本书远行，为青春作注。尽管自己出身卑微，也希望通过自强不息的奋斗逐渐实现自己当时所谓的理想。我也的确实践了自己的唐突决定，在异乡远房亲戚那里停留几乎一个月，每天做一些极为单调的事情——不过这也是我首次真正意义上的独立。我也获得了一些报酬，第一次从别人那里获得了对自己劳动的认可，同时也领略到了人情的冷暖、世态的炎凉。最终理性战胜了感情用事，关心我的人否定了我的鲁莽。因为放弃求学的机会而去做一些没有任何技术含量的事情是幼稚而愚蠢的。孙少平高中毕业成为农民是时代所迫，而我获得进一步提升人生质量的机会却轻易放弃，绝对是个重大错误。我在酷热的暑假之后回到校园，再次拿起书本，心情也就没了原来的那份浮躁。这次行动，肯定是《平凡的世界》在我灵魂深处起到了极大的支撑作用，不然冒着高温，我不可能完成自己的这次"打工"尝试。

　　以后我的阅读当然不仅仅限于路遥的作品，但是《平凡的世界》仍然是枕边必备物品。当我有些懈怠或者迷茫时，重读那些催人奋进的句子，同时也映照自己丑陋的灵魂，于是自己又开始平复面前的一切。乃至我毕业之后，走上了工作岗位，因为对生活的不满而选择远离家乡，独自一人在他乡行走，还是书中那种不羁的灵魂影响了我。直到目前，我仍然感激路遥这位作家，尽管不可能和他谋面。在精神的某种层面，他就是我的向导，是他作品中勾画的人物不断警示着我，让我没有任何理由选择沉沦，而应该和孙少平同行，不断完成灵魂上的超越。

　　感谢路遥！

跟悟空学"悟空"

　　这个题目很绕，前者是《西游记》中那个家喻户晓的猴头，后者"悟"为动词，空为名词。任何事情如果能够悟到一定境界，就能达到四大皆空，故曰"悟空"。"悟空"，意味着放手，放下执着的心。作为有责任心的教师，看到学生故意旷课，一般是不能淡定的。可是仔细想想，本来人和人之间的相遇就很偶然，我和他们不过在特定时空相逢而已，没有建立什么深厚的联系。和他们的师生之情本来就是虚空的，甚至虚假的，我们不过是熟悉的陌生人而已。原本双方就陌生，偶然捏合在一起，让他们认同师生关系，还要达到融洽的地步，那就必然要经过时日，否则就显得荒诞和滑稽。

　　老师和学生之间，正如强磁铁一样，有一定范围的磁场。磁铁能够产生作用的物质不过是铁镍之类，而对于铜铝则无能为力，对于木头瓦片更不要报更大希望，不能产生吸引力。师生相遇，有缘能够心里契合，甘愿称我为师，那么我当尽心尽力，不误人子弟。耐心以古今精华浇灌渴望求知的心，使他们受到我的影响，使他们在学业或为人处世方面有所进步。倘若有的学生压根不属于可以吸引住的金属，而是木头瓦片，那么不妨该放手时且放手，对自己是解脱，对别人未尝不是好事。

　　世界本来就五光十色，人和人本来就存在诸多不同，何必强求，非要整齐划一呢？

　　我思虑再三，从《西游记》中获得启示。纠结的内心该放开时不妨放开，自己放下执着心，对别人也减轻了心理负担和痛苦。

　　悟空，悟空，内心少一些牵绊，才能让内心开始自在飞翔，无拘无束。

寒假读书散记

一、随感

对于自由读书的人来说，寒假数十天相对较为充裕，可以把寂寥换成享受的时光。光阴不能无端虚度，假期汲取知识应该自觉坚持。置身三尺讲台，如何使课堂焕发应有的生命力，责任意识和使命感也促使我不能懈怠。放假前，依照惯例，我前往图书馆借得人文社科类书籍，于是在忙完家务的余暇，我捧起书卷，沉浸其中，感受文字的魅力。假期时光不短，但落实在读书计划上则显得紧迫起来，每天与闪耀光辉的书籍相遇，有倦怠，但更多的感受是不断被牵引，一页接着一页翻看，欲罢不能。毕竟没有完全以读书为业的人那么有福气，我的计划再怎么周详，可是琐事袭来，还是不得不和正在阅读的书暂时作别。计划赶不上变化，就在寒假结束之际，有的书依然没有问津。静下心来，我对这些天读过的书加以梳理，认真总结，盘点收获，也算是一种鞭策。

作为教师，读书、教书也成了一种生活方式，钟情书籍合乎情理。寄情读书，仿佛有一种神奇的力量浸入血液，陶染灵魂，使生命渐渐成长。书卷在手，无烦无忧，甚至忘乎所以，故而早被冠以"书呆子"之雅号，与书结缘，情定今生。坦率地说，每日如果不翻上几页书，不感受淡淡的书香，心里就会空空荡荡，浑身颇感不自在。

如此直白，似乎有王婆卖瓜之嫌，其实就在数年前，我和书交情甚浅。一看密密麻麻的文字顿感头疼目眩，更不要说大部头的书籍了。20岁刚出头被分配到一个偏远小镇，风华正茂的师范学子被周遭环境同化成了一个憋屈青年。那时候天好像一直阴沉沉的，很少有风和日丽的时候，即便有，也不会在意。

好像被关进一个笼子里，看不到未来，也没有想过还有什么希望。整天无精打采，缺乏人生的目标，读书上进的年华反被蹉跎。窒息的环境停留不下去，于是选择了漂泊，身份还是那个身份，学校却在家乡千里之遥。高强度的工作环境，容不得有过剩精力去书中求索，于是或借或买的书因为倦怠而被搁置起来。偶尔捧起一本阅读，也不过随便翻翻，如同蜻蜓点水，根本没有深入进去，当然谈不上什么收获。尽管和书籍也在接触，但阅读的多是与授课有关的材料，这和促进生命成长无关。后来网络兴起，漫无目的的网上冲浪则成为常态化生存方式。读来读去纯粹是在排遣寂寞、消耗光阴，任由这些构筑生命的材料荒废。回首似水流年，读书之事潦草而过，收获甚微，几如尘埃，有时候不免懊恼。

雪莱曾说过：过去属于死神，未来属于自己。责怪往日的慵懒和随意无济于事，那时候人生没有得到审视，或者因为年少轻狂，或者缺少人生规划，荒废了光阴也失去了很多难得的机遇。目前的工作环境较以往强得太多，唾手可得的名著佳作与相对充裕的业余时间给我一次重塑自我的机会。尽管青春岁月悄悄远离，尽管开到荼蘼，生命之花还有可能绽放。

教书是一种生存方式，而笔耕也应成为一种辅助手段。想想这两年来，生命中自觉涌流的文字不算太多，而能够上得台面、得以发表的更是寥寥。自己曾经对那些变成铅字的作品颇为自得，借此炫耀，想想不过太肤浅、虚荣而已。写作是一种爱好，不应该把回报作为终极追求。如果自己真的具备学者或者作家的潜质，那就不该裹足不前，在无人陪伴和关注的路上默默独行。选择了读书，在缺少监督的时候要学会"慎独"。遍览闲书，徜徉网络，那些文字良莠不齐，肤浅低俗居多，因此不可以藜藿为主食，空耗时光而愚弄身心。读书是一种诗意的生存，要学会超脱自我，因此做事要善始善终。光阴易逝，年华似水，习闲成懒，习懒成惰，别人成功时徒有羡慕之情。也许作为穷忙一族，平日忙忙碌碌，但即便再忙也要记得自己的生命是否真正获得生长。

书籍是人类进步的阶梯，应笃信读书自然会有回报，但它不是立竿见影的，而要日久才见效。人栖息于世，博览群书的目的未必就是为了登堂入室、获得赞誉，而是要获得生命的厚度，温暖今后的人生之路。倘若轻易放弃，将来肯定还是会懊恼不已。自己不擅于赌博耍牌，对游戏类的娱乐犹如木头棒槌，唯有读起书来还能提起一点精神。每个人都有自己的明确定位，如果不清楚这点，那么自己更如断线的风筝，会随风飘走。作家阿乙在小说《先知》中写道：我读书就像你下棋、打牌一样，仅仅只是个爱好，这爱好是有点娇贵，但也不至于倾家荡产。是的，既然读书有瘾，而且从古至今都认为读书是件好事，那么何必辜负自己呢。因此读书的嗜好不能搁置，在日益浮躁的当下更应该坚定信念。于是我索性在放寒假之前，借书若干，装在背包之内，鼓鼓囊囊，让偷儿都不知道里面到底装了什么宝物。由于借书太多，自己卡上的八本全部借满，我还借用同事的卡借了四本，放于背包之内，一路走来沉甸甸的，暗暗叫苦。

二、随记

我借的书中，小说几乎占据半数。

截止到农历正月十四，再次将十二本书籍检阅，单是装帧完美的封面就让我感到快意。区区几十天，我纵有再大的神力也不可能将这些书看完。俞敏洪曾说过，读书不一定必须要求自己把所读的书全部都记住，估计谁也没有这个本领，关键在于读过这本书，自己心中有了底气，以后再次见到会有亲切感。这和谈恋爱一样，谈过即便分手，和压根就没有谈过不是一个概念。厚厚一摞犹如小山的书籍中，我完全读完，每页依次翻过的共有七本。它们分别是：周国平的《生命的守望》《教师人文知识读本》两本，莫言的小说两本，教育名著两本。后两本书语言晦涩难懂，不过读过之后还是有些收获。

就这七本书而言，分别为哲学、综合、文学和教育书籍。知识范围不至于过于单一，因此读的时候感受有所不同。

哲学家周国平著作等身，他的作品我尤其喜爱，如《妞妞——一个父亲的札记》和《人生哲思录》我以前或读或听过，其思想的深邃也颇有感触。这本《生命的守望》是他 20 世纪 80 或 90 年代的作品集，分若干专题论述人生的话题，其中的哲学思考对解答人生困惑有所启示。《教育人文知识读本》分上下两册，一版再版，很受欢迎。这套书包含八个单元，每单元的标题采用其中一篇文章的同一个标题，其中不乏美文，读后是一种贯穿整个身心的愉悦享受。我在读研期间曾借阅并浏览过，对其中闪耀着光辉思想的优美篇章记忆深刻，有的片段曾做过摘抄，至今仍在笔记本上保存着。寒假时间充裕，我再次阅读，较以前的感受大为不同，"书卷多情似故人，晨昏忧乐总相亲"，这本书就是故人，如今重逢，因此格外亲切。尽管所选文章不过是思想家、文学家作品选的其中一篇或两篇，但是窥一斑而知全豹，大家风范光芒万丈，不凡文字充盈字里行间。莫言的作品我以前很少涉猎，印象深刻的不过是改自他作品的电影

《红高粱》《阳光天井》以及他的一篇写狗的散文。自从莫言获得诺贝尔奖，我也几乎成了他的忠实粉丝，或从网上，或从图书馆，能够借到或者搜罗到的书籍我都找来。放假之前我曾读过的他的作品有《透明的胡萝卜》《牛》《师傅越来越幽默》《幽默与趣味》等，在他个性化的叙事感召下，我对他的景仰油然而生。他在诺贝尔奖的领奖台上，发表了《我是个讲故事的人》的演讲，我下载并反复观看了好多遍。带着对这个作家的敬意，我以最朴实和真诚的态度拜读他的作品。领奖前夕，莫言在瑞典大学文学院朗读了《生死疲劳》的开篇，这本充满魔幻色彩的书名就沉淀在我的脑海。尽管此前没有读过，但是我下意识感到这本书应该不错，于是到图书馆去寻找，看看能否借到。网络搜索之后，图书管理员递过此书，我毫不犹豫"据为己有"，唯恐被人抢去。这是一本卷帙浩繁的长篇小说，五百多页，数十万字，内容繁多，叙事结构芜杂，如果没有足够的闲暇或者耐心，肯定会浅尝辄止。寒假之前我只是草草翻看了前面两章，而后因学校事务而暂停下来，准备假期好好欣赏。我用了十天左右的时间通读此书，感到莫言叙事的宏大、气势磅礴，他的想象力极为丰富，语言俏皮幽默，当然构思也很精巧。书中讲述了西门闹老地主先后五次生死轮回，分别化身为驴、牛、狗、猴和大头婴儿。透过他的视角，揭示了时代的变迁和人心的变化。贯穿整个故事始终的另一个叙事主人公蓝解放，由出身卑微的农民成长为执掌一方大权的官员，他的生命过程有辉煌也有堕落。这条线索和另一条线索交织在一起，演绎了一个村庄的变迁和社会的发展历程。从这本宏大叙事的小说来看，莫言被誉为伟大的作家还是有一定道理的。有的作家离开了土地之后，变得肤浅，甚至庸俗；而莫言植根土地，对土地诉说，代表着我们这个民族根植于土地的伟大精神。另一本莫言的作品则是小说集，共有三篇，分别为《笼中叙事》《欢乐》以及《冰雪美人》，依次为长篇、中篇和短篇。莫言的小说穿插着魔幻主义，亦真亦幻，颇耐人寻味。最后说说教育名著。与夸美纽斯的《大教学论》和洛克的《教育漫话》这两本教育名著的相遇纯属偶然，我于放假前去图书馆借书，恰好在刚采购的新书中发现了它们。当时卡上借书已满，遇到"故人"，心旌荡漾起来。我在读研时和它们相遇过，跨专业读研的硬伤让我见到名著自卑感顿生，当时对于它们的了解不过一鳞片爪。如今旧友重逢，岂能错过相亲的机会，于是抱得它们归去的念头异常炽烈。尽管目前是以英语作为谋生手段，但是英语不过是登山的手杖而已，真正感兴趣的还是浩瀚的教育学之类的书籍。既然难舍旧情，那么不在充足余暇阅读教育名著，实在违心。再者，原来对名著的感情很淡薄，读研之前为了应考我仅仅知道书名而已，对书中内容的了解也是雪泥鸿爪。名著语言不及小说，阅读起来很费劲，要静静思考才行。一目十行的后果是和没有阅读差不多，我即便读完，可是自我感觉仍然一知半解而已。不过偶尔遇到的经典名句，我尽量选择摘抄，这也算不虚此读，纵然仅仅是一种纪念，也很有意义。

其余所借的书籍除了《喧哗与骚动》已经阅读过半，其他的都令我感到惭愧。自己辛辛苦苦把它们带回家，结果一页没有翻过，原封不动还给图书馆，这又何苦呢？犹如做生意的赔钱赚吆喝一样，实在太愚蠢了。看着厚厚的一摞书籍，以及假期剩余的短暂时光，我只能报以一声长叹了。贪心不足蛇吞象，即便废寝忘食我也不能通读这些优美的文字了。目前还没有问津的书有：米兰·昆德拉的《生活在别处》《不能承受的生命之轻》《小说的艺术》《相遇》和普鲁斯特的《追忆逝水年华》。仔细审视，遗留下来的均与小说有关。按理说小说的阅读很轻松，但是我一接触《追忆逝水年华》，顿感译文的语言生硬、拗口，直接胃口大减，其他几本也受了影响，不能勉强读下去了。

三、随缘

坦而言之，这段时间我由于专注于读书或写作，对家人的关心不够，使他们抱怨声声。应该说吸引我欲罢不能甚至废寝忘食的不是纸质书，而是下载的一些电子书。我曾经写过一篇叫作《书的高贵在于思想》的文章，在那里对纸质书和电子书的功能论述道："我面对两类不同意义上的书籍，还是没有明确区分伯仲，因为我认为书的高贵在于它所承载的思想，而不在于其他。只要能真正让读书的人乐在其中，足矣！"由于阅读电子书要借助电脑，每逢电脑开机时，我家夫人就会一直抱怨电费消耗过快，指责之声不绝于耳。纵然如此，我还是保持"大雪压青松，青松挺且直"的风度，纵然怨言不绝于耳，我自然还是坚持把电子书阅读完毕。

粗略统计，认真阅读、彻底读完的电子书有两本。一本是通俗读物《教师是怎样炼成的》（作者：孔春生、冯辉梅），分别从教育信仰、教育理念、课堂教学、教育科研和终身学习五方面论述。书中语言平实，事例选取大多和教师职业有关，因此亲和力很强，我读的时候颇感轻松。另一本是阿尔文·托夫勒的《第三次浪潮》，内容颇为丰富。我没有细读，只是晚饭之后匆匆浏览，但是感到趣味性很强。书中对时代的变迁，以及现在我们人类面对的困惑，作者均做了相应描述。我从这本书还想到当前我们国家正处于三个浪潮并存的阶段，农村在第二次浪潮的冲击下，自给自足的状态被渐渐打破，而工业化的规则不断深入人心，将来的发展趋势是在第三次浪潮冲刷之下，社会方方面面的变革是不可遏止的。往昔不可思议的事情目前随时代而进步，尤其在微博时代，有人想要隐瞒事情真相，的确不太现实。譬如刚过去的一年，网络反腐令人称快，"表哥""房叔""房妹"等相继曝光，如果不是处于第三次浪潮冲刷的时代，想让龌龊大白于天下，的确不太可能。针对我自身，我感到自己有点懒惰，跟不上时代节拍，对于出现的新事物一直表现为排斥或消极的态度，譬如到现在为止，我还不习惯网购，也没有自己的支付宝等电子支付手段。甚至网上开微博、写网络日志也是勉强为之，相比习惯于网络化生存的人们，我的确有点落伍了。更不可思议的是我的手机目前仍然没有上网，不懂得何为蓝牙和 Wi-Fi，对于电脑技术我也是一知半解，一旦电脑出了故障，自己束手无策，还是只能乖乖地去求助别人。这本书太有时代意义了，我有机会还要再通读几遍，再次从中领略未来学家的远见卓识。

此外浏览的电子书不过就像在超市购物一样，看到感兴趣的物品会拨弄一番，轻轻放下，而后继续前行，留在脑海中的印象一团模糊。这里就不赘述了。

寒假结束了，想想多年来我很少认真把读书当作很重要的事情去做，如今却行文提醒自己要把读书当作生存方式。这说明我已经深刻认识到，如果真正想把书教好，使课堂不枯燥乏味、充满诗意，那么还是要不断读书。除了认真读书之外，没有更好的办法把自己的思想大厦建立起来，这是成就自己最切合实际的方式。开学伊始，工作繁忙的同时，还是有不少空闲时光的，一定要好好规划，再也不能匆匆而过，在自己回首之时懊悔不迭。

在学期的开端还是希望能与更多的好书相遇，能真正长进更多的知识，使自己泛舟书海，远离庸人自扰的烦恼和忧愁！

读莫言的《蛙》

一口气把《蛙》读完，感到很畅快。这部近 30 万字的长篇小说，情节曲折、内容丰富、可读性甚强，很有内涵。

作品的目录部分没有标明具体的标题，只是以顺序划分出五个部分而已，最后附加了一个"代后记"。据该书封底文字交代，《蛙》是作者酝酿十余载，笔耕四个春秋，三易其稿，潜心打造的一部触及国人灵魂最痛处的长篇力作。该书初版于 2009 年，由化名为蝌蚪的剧作家写给日本作家杉谷义人的五封书信、四部长篇叙事和一部话剧组成，在艺术上极大地拓展了小说的表现空间。整部作品以从事妇产科工作五十多年的乡村医生姑姑的人生经历为线索，用生动感人的细节和自我反省，展现了新中国成立六十年来波澜起伏的"生育史"，揭露了当下中国生育问题上的混乱景象，同时也深刻剖析了以叙述人蝌蚪为代表的中国知识分子卑微、尴尬、纠结、矛盾的灵魂世界。

作品中刻画的姑姑很有争议，她的形象很饱满，让人久久不能忘记。她一开始济世救人，但是当她负责计划生育工作之后，由于对工作高度负责，于是就酿成了不少人间惨剧。也许正是时代的发展，才使这位朴实、善良的乡村医生由人而变成魔，岁月流转，她又从魔回归到了人。由于技术精湛，姑姑在家乡是久负盛名的，经过她的手迎接到人间的婴儿近乎万名，她被人尊为送子观音。就是这样一位活菩萨，在僵硬的计划生育制度统领下，机械照搬，坚决执行，甚至连亲友情面都不顾忌，酿成不少人间惨剧，也让不少人对她恨之入骨。人们咒骂她和她的助手"一生无夫""一生无子"等。姑姑的婚姻的确不顺，直到退休才和一个专门捏泥娃娃的艺人结婚，而她的助手也是年届五旬和蝌蚪结婚，近乎荒诞般找人代孕，然后冒充自己高龄怀孕，极为夸张。

中国计划生育工作开展了几十年，也构成了中国特有的生育文化。国外媒体攻击中国不讲人权，常常以此说事。倘若中国不采取近乎灭绝人道的计划生育政策，增加的人口如果不能转化为资源优势，那么形成的巨大负担，将来由谁来买单？

《蛙》这部作品正视了计划生育工作的严峻现实，而且看到了新形势下计划生育工作面临的新考验。独生子女政策执行了很多年，但是在贯彻的过程中，并没有真正落实到位。目前，对于计划生育工作的反思和研究已经成为一个备受关注的热点问题。随着改革开放的深入，随着集体经济向私有经济的转化，随着数亿农民获得流动和就业的自由，独生子女政策面临窘境，在很多地方很难落实，差不多成为空文。农民们可以流动着生、偷着生；而有钱和有权的人甘愿被罚款或者以"包二奶"的方式，公然而随意地"超计划"生育，满足他们传宗接代或继承亿万家产的愿望。近期暴露出来的"葫芦娃他爹"和鹿邑法院院长被杀案中，都存在超生这一问题。而不折不扣执行这一国策的人群，大部分是那些收入低微的群体，譬如吃公家饭的工薪阶层——公务员和教师等，他们一是不敢拿饭碗冒险，二是负担不起在攀比中日益高涨的教育费用，有的时候即便让他们去生第二胎，他们掂量掂量也犹豫着不敢生。

《蛙》通过描述姑姑的一生，一方面展示了几十年来的乡村生育史，另一方面毫不避讳地揭露了当下中国生育问题的乱象。计划生育工作是社会的敏感话题，因为在这个宏大的语境中，多少人有着辛酸的眼泪、痛苦的挣扎，多少人龌龊不堪、卑鄙无耻，多少人为此丧失了幸福的生活，又有多少人获得了加官晋爵的机会。文学说到底就是人学，《蛙》能直面现实，丰富立体地描写形形色色的人物，关注人的问题，关注人的痛苦、人的命运，并深刻挖掘背后潜藏的人性，不能不感佩莫言写作的匠心独运。

谈到创作《蛙》所秉持的创作原则，莫言坦率表示，他"在良心的指引下，选择能够激发创作灵感的素材；在小说美学的指导下，决定小说的形式；在一种强烈的自我剖析的意识指导下，在揭示人物内心的同时也将自己的内心坦露给读者"。这说明作家的真诚、负责和严谨。小说不仅仅是给人享受和娱乐，更重要的是给人启迪和思考，那种满足感官享受的文字注定要速朽，而穿透灵魂、给人震撼的文字才能长久存在下去。不要以为社会问题和自己没有关系，其实作为社会个体我们谁也脱不了干系，正如莫言最后的表白：他人有罪，我亦有罪。换言之，就是不要问丧钟为谁而鸣，它为你我而鸣。

国民素质如果能够不断得到提高，人们的物质文化和精神文化水平如果能够不断得到提升，计划生育工作不一定非要和野蛮同行，自然会有人主动放弃超生的念头。其实，在不少文明程度高的地方，生育问题并不那么极端，反而会出现零增长甚至负增长的情况，这与物质精神都落后的乡村形成巨大反差，真的难以理解。

莫言对青蛙心存恐惧，其实我对这个微凸眼睛、皮肤潮湿的物种同样没有好感，尤其蟾蜍（我们都称之为癞蛤蟆）更让我不寒而栗。不知为什么，反正联想到那种此起彼伏的蛙声，我从没有感到那是优美的音乐。记得在家乡夜间行走乡间小路，不断有蛙类挡道，我不由自主会加快速度，一不留神就会踹到一对软绵绵的东西，而后会哇的一声大叫——至今想起，那是多么痛苦的回忆！

细腻的父爱

一般说来，父爱如山，母爱如海。

读过《小艾，爸爸特别特别想你》之后，我对父爱的理解更深了一层。有的时候，父爱不代表粗犷，也许反而和细腻相关。

这是一本可遇不可求的书，一本独一无二的书，一本感人至深的书，一本记载历史的书。作家丁午先生，是著名的"漫画大王"。在 1969 年"文化大革命"期间，他被下放到河南信阳某干校。在干校劳动期间，他想念留在北京的 8 岁女儿，只能用写信来寄托感情。由于女儿太小认不了几个字，碰巧他是个漫画家，所以他的信主要是画出来的，其内容主要是表达父女之情和干校劳动生活，真挚、生动，无意中记载了特殊年代一段难忘的感情和一段难忘的历史。

与这本书第一次相遇是通过作家曹保印的自媒体节目，其中有一期《保印说书》介绍的就是此书。作为一个小女儿的父亲，保印饱含深情地推介这本书，从字里行间分析，未读此书就能感到浓浓父爱。再次与此书相遇是在前不久的央视读书节晚会，一共评出来 20 本年度好书，《小艾，爸爸特别特别想你》位列之中。主持人李潘大加推崇，而且通过郎永淳和一个女孩的演绎，催人泪下。

一本书能产生如此大的感染力，让人潸然，的确不易。它以质朴的语言、无华的文字直抵人的心灵，让人在阅读的同时产生共鸣。严格而言，这是类似连环画的书，浅易的文字以及生化的漫画，仿佛看到作者即便身处苦难依然乐观向上。

书中反映的内容也谈不上宏大，都是平淡生活的真实记录，譬如吃饭、穿衣、劳动、娱乐、休闲等。物资匮乏的年代里，如今属于国家保护的物种也是寻常可见的美味佳肴。书中多次写到抓到蛇、青蛙、野兔和麻雀后进行简单加工，使之成为果腹之物。他不仅在信中给远方的小艾写出来，而且还把加工食物的过程或情景画了出来，图文并茂，别具一格。书中用了很大篇幅描述了作者参与劳动的场面。作为知识分子，本来以笔墨为业，在特殊的年代却要从事肉体饱受折磨的农业生产活动，委实有点吃不消。书中不止一次写到生病、受伤的事情，以及受伤之后无法劳动，手上缠着绷带，连基本生活都无法自理。在干校劳动，他从事的工种多变，有的时候是做木匠活，有的时候是磨刀霍霍向猪牛，还有的时候是砌砖脱坯等，尽管他给女儿说的时候一再强调很好玩。但是读者能感到那是苦中作乐，哪有那么好玩的体力劳动？在繁重的体力劳动之余，他多次提到游泳，这在水乡也许是最便捷的休闲方式。在水中游泳的画面风趣幽默，令人忍俊不禁。写到游泳是为了唤回孩子的记忆，譬如有一段文字讲到，小艾小的时候看到爸爸跳到水中不见踪影，吓得哭了起来。用共同的回忆拉近父女之情，即便千里万里也会心有灵犀。生活尽管苦涩，但也有文艺节目作为调味品，就不会觉得贫乏。书中写到作者多次登台表演节目，同时鼓励女儿也要勇敢一些，也敢于在台上演出一些样板戏，这些演出也以漫画的形式体现出来，品读此书很开心，也感到很有趣。

在生活的逆境之中，丁午将思念女儿化为一封封承载父爱的信，当时是私密的，如今我能够悉心阅读，也感到心中传达的力量。书信中，字里行间不抱怨也不逆来顺受，而是真正拥抱生活，发现乏味的生活中潜在的美好。这不由让我想起曾经看过的著名导演罗伯托·贝尼尼自编自演的意大利电影《美丽人生》，讲述了意大利一对犹太父子被送进纳粹集中营，父亲不忍心让年仅五岁的儿子受到惊吓，就利用自己丰富的想象力编制了一个美丽的"童话"，让孩子即便身处残酷的生存环境之中，仍然觉得一切那么美好。他们似乎每天生活在有趣的游戏中，按照集中营设定的种种规则换得分数，最后赢得大奖。为了保护儿子的童心，父亲甘愿笑着离开这个世界，也不愿儿子认识到周遭环境的可怕和危险。这部电影我看过之后也是笑中带泪，一出悲喜剧演绎了人性的崇高。也许某个时候生活是以狰狞的姿态面对我们，我们应该以乐观的心态面对险恶，以微笑回应种种不堪。

孔子曾说过，"贤者回也，一箪食，一瓢饮，在陋巷，人不堪其忧，回不改其乐"。说到底这是面对生活的态度，如果心中拥有阳光，有深沉的爱，那么生活环境的不足之处，将会成为锻炼人不断成长的外部条件。丁午当时面对无奈的选择，以绵绵父爱不断向远方的小艾传递，以致多年以后，我们通过这本书，感受到生活之中存在的美好，更加期待灿烂的明天。

读《青春》

　　情绪低落的时候，每个人的排遣方式不尽相同。对我来说，茫然无措时，一般会选择阅读一些青春励志的故事。从别人与困难抗争的历程中，感喟人生长河的波澜壮阔、人生画卷的丰富多彩。这些青春励志的小短文，犹如嘹亮的声声号角，不断奏响，催人奋进。

　　励志的故事不计其数，其中镶嵌着强者姓名的青春励志的故事感人至深。他们命运多舛，身处逆境，但不向命运低头，最终战胜苦难，成就自我。青春励志的小短文，也不乏美文名篇。我最为钟爱的塞缪尔·厄尔曼的《青春》，它早已成为不少各界精英的座右铭。这篇青春励志小短文字数不多，但是那些关于青春励志的句子掷地有声，每次诵读，我都会获得无穷的力量。

　　是的，青春不是年华，而是一种心境。年岁虽然有加，但是并非意味着垂垂老矣，但是理想丢弃，方坠暮年。心中永远要树立捕捉乐观向上的信号，去接受希望、快乐、勇气，这样即便年过九旬、告别尘寰时，也会觉得青春永驻。

　　这篇青春励志的小短文，一度改变着我的人生轨迹，让我从偏僻的乡村置身繁华的都市。过去，我的内心也有挣扎，但是这些关于青春励志的文字不断提醒着我，不能在麻木中沉沦下去。人生旅途，长路漫漫，难免会有坎坷，但要铭记"自助者天助"。多去聆听青春励志的故事，多去阅读青春励志的小短文，多去思索关于青春励志的人生哲理，布满阴霾的内心就会拨云见日，定会风和日丽。这样，我们又会向着璀璨的阳光不断追求，奋发向上！

观影偶得

青春终将逝去

　　《致我们终将逝去的青春》这部电影把我感动得稀里哗啦，连看两遍，仍未尽兴。后来下载原著的电子版，细细浏览，再次品味文字中的真情故事。

　　片名全称是《致我们终将逝去的青春》，英文片名则为 *So Young*，也就是"我们如此年轻"。人到中年，青春早已和我渐行渐远，留下的只是诸多回忆。每当看到学生，他们正值青春，散发出特有的生命和活力，很是羡慕他们，也许这部影片更能引起他们的共鸣。不过，赵薇首次执导的这部电影很有思想深度，叙述的故事场景并不陌生。作为经历过那个时代的人，打动和吸引我的不仅仅是故事情节，还有对往事的追忆。

　　迎接新生的殷勤场面，男生宿舍的邋遢内景，打扑克消磨时光，上课迟到穿帮的借口，男女生之间或明或暗的恋情……似曾相识，仿佛现在也没有走远。是啊，我们那时如此年轻，如此纯真，也有苦恼和无奈，但是和目前的生活完全不同。物是人非，恍若隔世，通过电影似乎要穿越到那个年代。曾记得，我们那个时候没有便捷的网络，没有手机电话，没有微博快递，也没有过于丰富的校园文化。曾记得，我们那个时候很"二"很傻，爱听的歌是《小芳》，似乎好看、善良、一双美丽的大眼睛、辫子粗又长是梦中追求的对象；爱读的书是《汪国真诗集》，追求的永远是理想，"选择了远方就只顾风雨兼程，钟情于玫瑰就大胆吐露真诚，既然目标是地平线留给世界的永远是背影"；我们周末最爱在宿舍打扑克玩"双升"，激情澎湃把牌甩出去，一叠纸牌迅速成为一堆碎纸；我们开始爱情启蒙，特务接头似的"月上柳梢头，人约黄昏后"，恋爱和失恋相伴而生，有人快乐有人受伤，同一个宿舍，不同的心情也很正常。

　　青春是美丽的，也是和魅力并存的，影片以主人公郑微为主线，以她的感情经历叙事，给我们展现了青春男女的感情纠葛和其他细节。

郑微从刁蛮任性，从活泼叛逆到冷酷沮丧，理性做作还是让我有点不能接受。不过这就是生活，时间能改变一切，包括一个人的性格。陈孝正为了校正他偏差的一厘米，在与爱人厮守和出国求学中选了后者，也让灵魂从此打折。他后来的人生道路充满了讽刺，一个清高、阳光、积极、向上的青春男孩成了唯利是图、丧失原则的世俗男人。一个人即便有了事业，如果代价是失去了爱情，那也是得不偿失的。黎伟娟则是现实主义者，她有明确的婚姻观。影片中她就坦言，自己来自小县城，待价而沽，即便当起后妈也乐不思蜀，不断憧憬唾手可得的美好生活。婚姻对不少女孩来说是改变命运的绝佳机会，嫁得好就省去了多年的奋斗过程。她们认为，这是多元化的社会，能够坐在宝马车里面哭，总比坐在自行车后面笑要强吧。和郑微共处一室的另外两位女孩的命运让人唏嘘不已。阮莞的淑女形象引来不少男生深情的目光，这个很有教养的女孩恬淡隐忍，结果为了一个猥琐的小男人而断送了幸福和生命，的确不值得。但是谁又能说一个人重情重义有过错呢？而"男人婆"朱小北的自尊让我心生敬意，她家境贫寒，但外表阳光，一边打工一边完成学业，在遭人诬陷的时候，她怒不可遏地将商店砸得稀巴烂，为此付出沉重的代价——开除学籍。青春时期的冲动不可遏制，校园的激情犯罪多属于这一情况，有的学生酗酒之后闹事，后来虽然醒悟了，可是悔之已晚。

由于目睹长辈间的感情纠葛，青梅竹马的男友林静羞于与郑微相见。一晃多年过去，久别重逢的情侣相顾无言，因为误会让他们错过了彼此也造成了无可弥补的伤害，生活的不经意会改变人生的路径。富家子弟许开阳追求郑微屡遭拒绝，终于从有良好教养的贵族子弟变成一个流氓恶少，在"大哥"的名号下着实狠狠修理了情敌一通。未曾料到的是，多年后他和陈孝正的初恋女友成为伉俪——阴差阳错的事情才使得故事更具有观赏价值。而那个叫作老张的男孩是最为纯情的，多年来他默默恋着心仪的女孩，"不敢高声语，恐惊天上人"。默默送花，送上那些平平淡淡的满天星，怀揣着对阮莞的爱，"就像怀揣着赃物的窃贼一样，从来不敢把自己暴露在光天化日之下"。这一种爱的表达，尽管很懦弱，也许畸形，因为他掂量自己未必能被所爱的女孩接受，就默默送上自己的祝福，这种纯美的爱情很令人感动。

看过这部影片，不由想起前年张艺谋执导的《山楂树之恋》。尽管都是青春戏，都和爱情有关，但是赵薇的演绎要比老谋子略胜一筹。赵薇和故事中的人物年龄相差不是太大，演绎起来更能把握人物的性格、迎合观众的需求。而对于张艺谋来说，现在的青年一代心中所想，他未必把握得那么准确。从艺术手法上我对前者更为推崇，因为这是一个时代的记忆、一个时代的回响，从别人的故事中获得教诲，能让我们不辜负良辰美景，更加珍惜拥有的一切，更加热爱当下美好的生活。

从种子到大树的梦想

—— 《中国合伙人》观后

　　尽管影片中培训学校的名称置换成了"新梦想"，我还是清楚地看到那就是"新东方"的马甲。同时，俞敏洪、王强和徐小平也被分别置换成了成东青、王阳和孟晓骏，我同样可以感受到这个黄金三人组创业路上的艰辛、分歧和苦涩的过往。

　　刚刚看过此片，我的第一感受就是：对比《致我们终将逝去的青春》浓重的怀旧情结，这部电影则显得更加励志、感人。单纯称之为"男版"《致我们终将逝去的青春》肯定不妥，因为就给人心灵震撼的效果来说，《致我们终将逝去的青春》显得层次太低。没有褒一贬一的意图，只是随感而发。最近上映的电影我都踊跃观赏，从《一九四二》到《泰囧》，从《致我们终将逝去的青春》到《中国合伙人》，上座率让我们默默关注，电影传递的精神力量则让观众重振对国产片的信心。

　　说到"新东方创始人""留学教父"俞敏洪，他既是有影响力的企业家，更是一位儒雅商人和思想精英。他的名字闻名遐迩，他的励志故事借助网络传递着积极的正能量，他鼓励不少人学习英语的方式远远胜过丑角化的李阳。本人对俞敏洪也是敬佩有加，拜读他的著作不止一本，或远或近聆听他的演讲也不止一次。应该说，俞敏洪是不少平民阶层心目中的英雄，一个穷人家的孩子凭着个人奋斗一步一步走向成功，在社会阶层固化、社会矛盾期待化解的当下，无须多言，俞敏洪本身就是励志的素材。其实无须借助电影、电视等媒体手段，仅仅凭借他书中文字就能感动不止一个人。有的书名很长，譬如有一本叫作《挺立在孤独、失败与屈辱的废墟上》，记得当时我一口气读完后感到畅快淋漓。

　　《中国合伙人》这个片名一开始并没有引起我的兴趣，因为冠以"中国"二字往往和政治说教、商业博弈有关。若不是同事推荐，我不会关注，也不会料到这是一部励志青春剧。目前，这方面的题材成了主旋律，传递正能量的电影正在悄然兴起。这类电影的不断出现，应该说是应运而生，迎合了时下倡导的"中国梦"，这对扫除当代青年的暮气应该是有一定作用的。

电影没有宏大叙事，只是以三个青年的故事作为贯穿始终的主线。他们的梦想、挫折、成功成为励志的元素，加以细节化，使得故事生动起来。坦率而言，我被这部电影感动了不止一次，甚至在某些情节，泪水禁不住夺眶而出。真的，与这类电影久违了！我承认故事有煽情的成分，这是出于商业需要增加卖点。看到这部影片不过在真人真事的基础上合理虚构，我依然偏执地认为故事是真实合理的，直抵心灵的感受并非矫揉造作所致。

自称"土鳖"的成东青是个典型的被生活之苦所逼迫的青年，一路走来，跌跌撞撞，失败与他如影随形。由于出身寒微，因此性格中的懦弱和自卑强化了他的失败。他渴望卓绝，但每一次都是以失败告终，高考三次，最后一次几乎在全村的鄙夷之下才顺利成行。爱情和他擦肩而过，正如影片中的意象，相向乘坐电梯，不可能走在一起，只能默默看着对方远去。作为大学教师，他所从事的教学工作也是惨不忍睹。默默与他相比，我的课堂尽管不如人意，但教师权威也没有丧失到不堪的地步。由于校外办学被校方发现，尽管做了深刻检讨仍被开除教职。这样的"loser"在完全失去体制的庇佑之后，生存意识萌醒。他开始超越自我，并以失败的经历作为自嘲，如"我没有装孙子，我真的是孙子"！这正是俞敏洪的风格。当冰雹一般的挫折疯狂袭来的时候，也许人就开始麻木。为了生存，他在墙上刷招生广告，在肯德基和破旧厂房办班，在对人点头哈腰——这就是他艰苦创业的开始。生活的打击几乎成了寻常之事，因此在功成名就之后，他变得格外谨慎，担心一着不慎、满盘皆输。因此，他固执地否决孟晓骏的上市计划。孟晓骏这个表面上风光无限的"海归"，其实有难以诉说的苦衷。在美国那个处处充满竞争意识的社会中，他在国内的优势不复存在。黄色的面孔很难融入美国主流社会，工作机会随时被人抢走，生活时时惶恐不安，内心极为缺乏归属感。他感觉到没有尊严，没有安全保障，甚至凄惨到连年迈的老外都动了恻隐之心，同情他可怜的生活处境。浪迹他乡多年，学业没有过人成就，女友也因为生活困顿而和他分手，最后他两手空空，无奈返回故土。后来加盟新梦想，事业稍有起色，他就极力主张在纽约证券交易所上市，不为了别的，就是为了赢得失去的尊严。王阳这个人物很是复杂，作为一个叛逆的"愤青"，在大学年代他肆意挥霍青春，喝酒跳舞成功泡上火辣洋妞，做了在当时被认为是违法的事，被哥们戏称为"为国争光"。喝酒泡妞、写情诗、打群架、去录像厅……一个个青春戏码组成了王阳的"愤青"人生，献声演唱《海阔天空》《潇洒走一回》《光阴的故事》等怀旧老歌，更是勾起我的青春记忆。他是最早看清生活真谛的人。在每个阶段都活得很精彩，成功得算是一帆风顺。他是很多人都想成为的那个人。到了很多人开始想玩的时候，他俨然成为千帆过尽的"玩过"。在这三兄弟中，王阳是最让人钦羡的一个，他梦想着改变世界，懂得讨女人欢心，不羁得让人羡慕，但这个人物让人爱恨交加，他集中了不少低劣的素质，但是这个"军师"却弥补了"新梦想"的分歧，"土鳖"和"海龟"能够同舟共济缺少不了他的协调。

从这部电影中，我除了看到"新梦想"创业的艰难，还看到了友情的珍贵、信仰的力量。俞敏洪不止一次在不同场合演讲，以自身经历激发人们相信梦想的力量。一粒种子埋进泥土，经历了岁月的考验，积累力量，就会生根发芽，慢慢成长。一个人心中一旦埋下梦想的种子，用耐心和爱心呵护，梦想有一天也会发芽，也可能会长成参天大树，就会梦想成真。要成就一番事业，单枪匹马是不行的，需要朋友的帮助，要精诚团结，才能把事业做大做强。

民族文化的艰难处境

电影《全城高考》观后，印象最为深刻的有一句话，据说是来自美国前总统尼克松的言论。他说："当中国的下一代忘记自己民族文化的时候，我们就可以去攻打它了。"且不去考究这位开始破冰之旅的总统曾释放的善意，也不必评说他因为水门事件下台的窘状，就这句影片中的台词，足以让我们震惊。

震惊之后，不免反思，看看当下社会现状，是否不幸被尼克松言中呢？我们对于传统文化的继承还有多少？看到的局面很不乐观，我们的衣食住行等生活方式差不多都被西化，传统文化中美好的东西日渐式微。

作为华夏民族后裔，血脉中应该澎湃着黄河、长江的声音，从远古至今，生生不息。

唐诗宋词的美好意境只是停留在文字之中，对于现在的青年一代，不要说让他们吟诗填词，就是让他们接触这些精美的篇章都显得不合时宜。中国的古典名著更不要再说，四大名著真正能看进去，谈谈独特见解的也不会成为主流人群。传统的礼节更是不为人所知，我们立身之本的孝道也因为所谓的文化运动而变得软弱无力。中国传统医学明显不如西医广泛，甚至有人提出取消中医的建议。宫商角徵羽的民族音乐也是渐行渐远，成为稀缺之物。水墨山水更是少数人的专利，而专门从事绘画的人们融入了西方艺术元素，使得国画不伦不类。

前不久，我观看了我院毕业生最后一次晚会，主题是《梦想，即刻起航》。两个多小时的节目，我很遗憾地看到，纯粹的传统文化艺术节目几乎没有。劲歌劲舞占据大部分表演内容，尤其街舞更是引起观众的欢呼。也许时代不同了，吸引青年一代的艺术与以前肯定不同，但是完全抛弃传统文化艺术，我认为很不合适。何况这些本身就是修炼艺术为专业的青年，中西文化都要兼顾，厚此薄彼未必合适。曾经传唱范围广泛的《我的中国心》唱道：洋装虽然穿在身，我心依然是中国心。但是，我担忧的是有的人表里如一，洋装在身，内心早就也向往西洋景，彻头彻尾被同化为洋人。

民族的艺术当然也是属于全世界的，但是我们民族自己的特色还是应该坚守，否则不远万里来中国旅游的游客，举目望去都是西洋景的拷贝，那么失望之情不是我们能够理解的。我们听京剧不爽，甚至感到刺耳，而老外却学得像模像样，乐不可支。我们对少林、武当的兴趣只在于湖光山色之时，老外却默默学习拳脚的一招一式，那才是真正和博大精深的文化亲密接触。

不由哀叹：我们的文化真的如同秋风中的黄叶吗？在全球化的背景下，中国文化精华经不起冲击，慢慢退却，渐渐远离我们的视野……而经过数十年的光景，西方文化侵入民族的血液中，除了积极的文化外，还有那些颓废文化、色情文化、死亡文化以及伪娘文化，这些不能不引起我们警惕。尼克松的话也许并不是危言耸听，真的有一天我们的文化的精华部分全部消失，当外敌入侵时，黄色的脸、黑色的眼浑然麻木不仁，那么我们这个民族真的就处于危险之中了。

不同的父爱

《爸爸去哪儿》中五对明星父子，来自不同地域，从事的行业不尽相同，家庭背景也存在很大差异。郭涛是影视圈的著名导演和演员，王岳伦是电视台导演，林志颖为影星兼歌星，田亮是体坛明星，而首席男模张亮更是光彩照人。他们阳光帅气、真诚善良、一身正气、勇于担当，良好形象深入广大粉丝心中。有了各自的孩子之后，因为工作繁忙，感到父爱缺位，于是有了这一档节目，他们欣然加盟，娱乐他人的同时也快乐了自己，也使父子双方获得共同成长。从节目过程中，我看到父爱的指向尽管相同，都是为了孩子更好地成长，但是各有千秋。孩子是家长的影子，就人类学研究的意义而言，这一档真人秀节目的价值非同寻常。纵然是归属娱乐范畴，目前已经引起多方追捧，甚至成为街谈巷议的话题。反观别人，映照自己，自然仁者见仁智者见智。不敢唐突发表个人意见，仅仅就观看节目过程中的感受列举如下。

1. 林志颖对 Kimi 的教育很明显是溺爱有加，但是他对小孩子独立性的培养明显欠缺，不过 Kimi 后来在和小伙伴们的相处过程中改变了很多。男孩的教育方式不应该选择"圈养"，否则做事畏首畏尾，不敢经历风雨，长大之后会带来一些麻烦。

2. 郭涛对石头过于严厉，这是传统的父爱教育，但是对于男孩子的成长来说，却是能够培养支撑成长的内在风骨。不过，过于粗糙，孩子性格会滑向"暴力"，不懂体谅，当然也是不正确的。因此父爱教育中，严慈相济，孩子既勇敢又仁义，无疑是可取的。

3. 张亮对天天的培养追求平等、自然，寓深沉父爱于无形之中。多年修得父子成兄弟，委实不易，因此这种"哥们"关系无疑是令人神往的。但是，这种家教模式也存在很大风险，一旦把握不好"度"则容易使孩子失控，如同脱缰野马，一发不可收拾。

4. 田亮对 Cindy 的教育真是不容易，三个小时不停号啕大哭，几乎让他崩溃。有人总结说，他对女儿犹如恋人一般，无疑是令人赞叹的。女儿过于黏人，她缺少的是那份安全感，真正离开父亲的视线，其实也是很坚强的。风一样的奔跑，让人想象不出她是"哭功"极强的孩子。

5. 王岳伦对 Angela 的教育是一头雾水，不过女儿乖巧、懂事、有礼貌、易怒也易哄，单纯稚气的喃喃细语让人感到小姑娘的可爱。尽管有不少小脾气，我想大家还是挺喜欢这个小天使的。

《归来》观后

电影《归来》改编自严歌苓的小说《陆犯焉识》，目前仍在全国各大影院上映。该片经张艺谋导演并改编之后，以新的方式演绎，突出了主题也深化了内涵，当然赢得观众的不少好评。

20 世纪 70 年代初，与家人音讯隔绝多年的陆焉识（陈道明饰）因思家心切，在一次农场转迁途中逃跑。然而，简单的团聚愿望实现起来却并不容易，陆焉识的行为，给已经长大成人的女儿带来压力。在舞校跳芭蕾舞的女儿陆丹珏害怕担纲的舞台剧主角让给别人，为此，她想方设法阻止母亲冯婉瑜（巩俐饰）与陆焉识相见。结果，夫妻俩尽管近在咫尺，却相隔天涯，在全家人的心里都留下了或深或浅的阴影。

几年后，陆焉识落实政策，平反回家，在漫长的分离中，他靠思念度日，内心深处最重要的支撑与坚持，乃是对妻子冯婉瑜的深爱和对家庭团聚的憧憬。

然而，世事无常，造化弄人。当陆焉识风尘仆仆、满怀希望地归来，却发现一切已经物是人非，摆在他面前的并非预想中的生活现实：女儿陆丹珏，为自己的青春期成长付出了代价，无法面对自己，更无法轻易原谅自己；而更让陆焉识深受打击的是，亲人相见难相识，患病的冯婉瑜已经不认识他了。多少年，他的衷肠无人倾诉，生活的希望轰然坍塌，他一时不知如何应对。当然，冯婉瑜是深爱陆焉识的，这种爱即使在艰难的岁月也没有被丝毫磨损，而是沉积在心底，转化成多少个春秋默默无言的等待，甚至是沉痛的付出，她笃信自己的丈夫陆焉识有一天终会回来的。虽然夫妻重逢，冯婉瑜并没有认出丈夫，但这并不等于她忘记了陆焉识，只不过，她记忆中陆焉识的模样停留在了过去，停留在分离之前，停留在往昔的美好岁月里。从这个角度说，与其说她失忆，不如说是记忆偏执，她依然在执守中，风雨无阻、心怀渴望地等候着亲人的归来。

意外的变故，使陆焉识尴尬地变成了家庭中的局外人。于是，陆焉识想出种种办法，试图唤醒妻子的记忆。但是，无论陆焉识怎么努力，都难以找到自己存在的位置，现实中的他再也不能使自己跟妻子记忆中的陆焉识相重合。如何重新走进自己的家门？如何陪伴着生病的妻子？怎样实现对一对正常夫妻来说最简单不过的厮守？一切本不该成为障碍，却成了陆焉识必须直面和解决的难题，现实和内心的深情，迫使他做出最荒诞却又最合理的人生选择。

　　爱与被爱有无数种变奏，动人的故事从这里展开……屡屡碰壁的陆焉识最终意识到，对他跟冯婉瑜这对历尽沧桑的老夫妻来说，生活中最强烈、最执着、最现实的情爱，就是在永远的等待中一起慢慢变老。这是一个情节饱满的故事，伤感而深厚，琐碎而隽永，苍凉而幸福。

　　这部电影让我忽然想到前人诗词中传达的遗憾之情。泰戈尔曾说过："世界上最遥远的距离 /不是生与死的距离 /不是天各一方 /而是，我就站在你面前 /你却不知道我爱你。"不过有人爱也是幸福的，尽管这种幸福饱含着苦涩。而宋代词人晏殊的一句"无可奈何花落去，似曾相识燕归来"。道出相爱容易相见难的痛苦，因此要像马伊琍那样深有感触，且行且珍惜。

　　人作为万物之灵长，能够栖息于世是靠爱和希望活着的。在劳教期间，条件再怎么艰苦，环境再怎么恶劣，陆焉识没有放弃生的希望，他不断给爱人写信，坚信最终能够相见。荒诞的年代扭曲了女儿的心灵，让她为了跳芭蕾而出卖亲人。多年之后，女儿对父亲忏悔，父亲很快就原谅了她，因为那是时代的悲剧，由不得个人选择。

　　这部电影不仅讲述了陆焉识平反之后归来和家人团聚，还表达了亲情的回归、人性的回归。

《铁梨花》疏忽了的细节

近期播放的电视剧《铁梨花》，剧情感人、气势恢宏，以弘扬爱国主义主旋律征服了很多观众。但是散布在该剧中的谬误还是不少的，这里总结了如下疏忽。

一是，历史知识的疏忽。

梁飞虎的老虎山部属被改编为国民革命军，他们的帽徽是"五色徽"，这与历史不符。民国时期，信奉孙中山先生三民主义的南方政府和北洋主持下的北京政府的根本区别是：南方政府的旗帜是"青天白日满地红"国旗，所属部队称国民革命军，帽徽是"青天白日徽"；北京政府的旗帜是代表五族共和的五色国旗，所属部队的帽徽是"五色徽"。梁飞虎率众接受冯大帅改编称国民革命军，帽徽就应该是"青天白日徽"，怎么能是"五色徽"呢？该剧组的负责同志一定是疏忽了。故事情节可以演义，但是历史事实一定要尊重，否则误导观众。

二是，生活知识的疏忽。

第 40 集有处细节：日本鬼子井三把大奶奶李淡云捅死之后，战刀拔出来，血迹仅仅染红胸前一点白衣服，而不是鲜血喷溅，这不符合常理。鬼子的刀可是贯穿前胸后背的，其惨烈绝不可能就染红胸前。这是细节，估计剧组当时没有仔细刻画，有点太假。

三是，字幕方面的疏忽。

错别字太多，这是我在观看此剧最大的感受，也不能一一举出。第一集刚开篇，猴娘批评大儿媳说她"来了 25 年了就没接过果"，估计小学生也知道此处用的是开花结果那个"结"，而不是"接"。还有最后一集"登鼻子上脸"的"登"应该是"蹬"，绝对不能少了足字旁。梁牛旦对着一群日本浪人高呼"你们都别渗着了"，这里的"渗"肯定也不正确，应该是"瘆"吧。

当"幸福"在银屏上泛滥

这两年，以"幸福"这个关键词嵌入主题的影视剧一部紧接一部，看得人眼花缭乱，在经受"幸福"冲击的同时，不由令人反思。

且不说石钟山创作的"幸福"系列影视剧，如《幸福就像花儿一样》《幸福到底还有多远》等，2011年刚刚开始，两部幸福大剧扑面而来——先是范伟主演的《老大的幸福》，再就是蒋雯丽、孙淳主演的《幸福来敲门》。这些大牌明星晃动荧屏，也提高了电视台的收视率，也使他们诠释的幸福一再被人们津津乐道。

范伟傻乎乎的幸福感觉，只让观众为他干着急，那么好的一段姻缘摆在面前，硬是装作"弱智"，实在不合常理。蒋雯丽、孙淳演绎的幸福，眼看即将达到理想境界，可是最终落个曲终人散，让人为之遗憾不已。

总结这些"幸福"影视作品，我感受到它们大体拥有以下特征：

第一，都和爱情有关，而且都是和花一样的唯美爱情，生活中可能找寻不到。

第二，都发生在过去的某个年代。从演员衣着打扮、言谈举止，我们可以看出故事发生的背景应该属于20世纪，和物质匮乏有关，和缺粮食不缺真情有关。

第三，都在演绎一种理想化的幸福。至少这种幸福不是大众化的，是很不合实际的那种。

幸福在荧屏不断泛滥，让我感到视觉疲劳。这也恰恰反映出我们这个时代缺少"幸福"，真实生活中幸福成了稀缺品，只好在别人的故事中寻找，借别人的幸福来麻醉自己。

其实，幸福必须要这么大张旗鼓去寻找吗？我认为，幸福是一种感觉，是实实在在的。它不在遥远的地方，就在当下，就在身边。适宜即为幸福，不必与别人比较，每天心安理得而过，幸福就在自己手中把握。

有多少"快乐的猪"在走

　　徐铮执导的《泰囧》火了，火成啥样，我们早已知晓。小成本制作的电影能赚得盆满钵溢，这在商业浮躁的当下，让不少人"羡慕嫉妒恨"。针对该片，有学者评论徐铮的成功得益于国民整体文化素质的低下。这一说法引起质疑，但也有不少人赞同。

　　当社会上大腹便便的人多了，感官刺激适逢其时，于是迎合低级趣味的精神服务便开始大行其道，目前行走都市映入眼帘的"足浴""按摩"字样的广告已经寻常可见了。朋友相聚，仅仅满足于酒足饭饱，那可真是太"OUT"（落伍）了，如果没有更进一步的服务，那这朋友真不够意思。互联网时代带来的"好处"之一是色情触手可及，不仅满足视觉，甚至还能满足感觉方面的需求。这真的如同赫胥黎描写的《美丽新世界》，让人们在享乐中麻醉。当下，文化产品中的浅薄小品、庸俗二人转，以及粗制滥造的影视作品横空出世，就没有什么可以大惊小怪了。

　　东北某大叔一连多年都是娱乐界的常青树，这和《泰囧》横扫票房有异曲同工之妙。高雅艺术让人望而生畏，敬而远之，那么不如在这搔痒痒。

　　可是笑过之后呢？其实何必深究呢。人生就是这么一出滑稽戏，与其深究，不如和他人一样麻醉。人生充满了喧嚣，那么也就不必愤怒了。

狼其实并不可怕

——《狼图腾》观后

多年之前我曾读过《狼图腾》，深为作者姜戎的叙事方式折服，尤其对书中关于狼性文化和羊性文化的论述印象深刻。前不久听说根据原著改编的同名电影已经上映，心中很是期待。不能前往影院观看，昨晚借助网络，我得以完整欣赏此片。通过影视作品的方式，再次感受大草原上人与苍狼的故事。

这部中法合拍的电影画面大气、唯美，绿草、蓝天、白云遥遥相接，羊群、马匹、牧民喧嚣不断，置身其中，如同桃源盛景。令人感到不可思议的是，导演让·雅克·阿诺拍摄的场景看不出任何矫揉造作。群狼生猛、凶恶、贪婪、勇敢、善战，不知这些兽类是如何听从导演的指挥配合表演的，呈现在电影画面中，直接带来强烈的震撼。

尽管狼依然凶残和贪婪，但是影片中的狼多了几分智慧和温暖。围猎军马的凄惨场景，足以看出狼群的分工明确、善待时机。在进攻过程中，群狼采取包抄、合围的作战方式，逼迫军马和牧马人无处可走，只能退到冰冷的湖水中。冬天零下数十度的气温，在得不到及时救援的情况下，人和马全部被冻成了一尊尊雕塑。场面悲壮，令人痛心不已，究其原因，不能完全降罪于草原苍狼，因为天地之间，存在即合理。狼群千百年来猎杀其他动物为生，而人类的介入却把它们好不容易猎取的黄羊强行攫取。狼的胜利果实被夺走，它们想到的自然是报复，我们不能不讲道理，以为人类是万物灵长就为所欲为。

丑化和扭曲狼的形象是人类特有的方式，为此已经使用了不少手段。通过书籍和口头讲述，就有《狼来了》《狼和小羊》《东郭先生和狼》《小红帽》等故事，这些狼要么狡猾，要么凶残，要么背信弃义，反正没有任何好的品质。近几年，通过动漫形式传播的《喜羊羊和灰太狼》，让我们看到的狼不仅贪婪而且愚蠢，成为荒诞的笑柄。这些都不是狼的真实形象，很容易对人产生误导。在

《狼图腾》中，陈阵偷养小狼的经历感人至深，人和狼并不是水火不容，而是可以和谐相处的。不由想起一部名为《与狼共舞》的纪录片，英国动物学家肖恩·艾利斯花了18年时间深入狼群中，披上狼皮，与狼同吃同住，一起嬉戏，还学会了狼的语言，试图以这种方式让人们认识到人和狼可以和谐相处，从而颠覆我们对狼的固有偏见。

草原广袤，到底谁是真正的主人？我想绝不会仅仅是我们人类，还应该是其他动物和生灵。黄羊、鼠类尽管没有狼凶恶，可是它们在狼的数量急剧减少之后，繁殖极为猖獗，对大草原的破坏更大。有了草原苍狼，生态平衡得以维持，这是大自然的法则。人的逆天之举，必然会遭到惩罚。当然，看到狼群突袭羊圈疯狂撕咬羊的场景，我们看到狼的残忍，也恨不得立时诛之。不过，想想这些是符合自然规律的，自古如此，刻意改变动物的行为方式，我们只能看到动物园里那渐行渐远的野性猛兽。老虎仿佛就是大型的猫，狼不过是关在笼子里的狗而已。人们强行介入，改变狼的习性，切断狼的食物来源，招来它们的报复只能是咎由自取。

人类丑化了狼，其实真正凶残的并不只是狼。在影片走向尾声的时候，我们看到包主任一伙人驱车歼灭狼的场景，觉得人类比狼显得更加残忍。车在草原上横冲直撞，一匹匹苍狼中弹身亡。为了获得一张完整的狼皮，车与狼赛跑，最后狼累得实在跑不动，躲在乱石堆中，体力耗尽，猝然而亡。更为感人的一幕就是，几匹老狼被追得无处可逃，便站在山崖之上，纵身跃下，宁死不屈的场面让我颇为感动。

另外，草原牧民去世之后实行的"天葬"也颇为感人。毕利格阿爸说，人活着的时候以其他活物作为食物，那么死后也要成为其他活物的食物。这句话包含着生死轮回、与自然和谐相处的思想。

与原著的厚重、深刻相比，电影的叙事方式还是很有限的，对于民族性的诠释影片中鲜有提及。《狼图腾》这部电影带给我不同的视觉，让我对这个发生在草原的事情有了更进一步的感知，对草原苍狼心存敬畏，也对众生平等有了深深的思考。不过，结合电影再品读原著，或许会更有感触。

当《平凡的世界》少了金波

电视剧《平凡的世界》播出之前，就风闻该剧删减了一些角色，昨天看过前两集，传闻得到证实，的确如此。

金波就是被删角色其中之一，使我内心颇有点惆怅——编剧自有编剧的道理，估计出于剧情需要，或者商业运作的考虑，或者纯粹是为了媚俗，提高收视率。具体缘由，不得而知。

按道理说，金波不过是配角，算不了"擎天巨柱"，少了他影响不了该剧的风姿，可是将此角色的性格特征嫁接到润生身上，真感到如同洗脚水冲咖啡——真不是滋味。

金波是少平青少年时代一路成长、形影不离的伙伴，几乎成为少平另一个化身。他的家境好过少平，可是事事处处不忘给少平提供帮助。这在原著中有详细叙述，上学时结伴而行，回家时共用一辆自行车，由于少平家无处栖身，因此每次回家也是在金波家借住。可以说，困顿的少平如果缺少金波的帮衬，生活会更加窘迫。

我对金波这个角色情有独钟，不仅仅在于他的义气，也欣赏他的才气。他在高中毕业参军之后，到了一个遥远的地方，遇到一个迷人的牧羊姑娘，产生恋情，违反军纪，提前结束军旅生涯。每当想起《平凡的世界》，想起金波，耳畔就会萦绕那首《遥远的地方》。

缺少了金波这个角色，估计也不会出现金波的妹妹金秀了，那么原著中少平在大牙湾煤矿出了事故之后，金秀主动照顾少平的情节也将删减

也许是我想得太多了，任何对原著的改编，不过是换一种方式加以解读，也自有道理。

后　记

　　整理书稿的过程中，我一直忐忑不安。因为，我觉得自己就像一个业余歌手，台下歌声嘹亮，真正到了台上却紧张得浑身发颤，几乎没有勇气把歌曲演唱下去。坦而言之，我所写文字多为自娱自乐，平时所感所悟也是对过往的总结，也是为了提醒自己。最初的文学梦想萌发于少年时代。那时每当所写作文被老师当作范文赞赏有加，心中就有莫名的喜悦，从那时起就对文学有了兴趣。后来求学、教学，工作繁忙，渐渐疏远了文学梦想，但是稍有空闲仍不忘写上一两篇拙文。

　　有了网络之后，尤其诸多文学网站门槛很低，更加激发了我的文学创作热情。我在闲暇时，习惯于端坐电脑前，敲打文字，娱乐身心。渐渐在网上也结交了不少文友，彼此交流写作心得，也增加了写作的兴趣和动力。

　　这个文集也是得益于一位文友的鼓励，他热心帮我推荐，让我克服自卑心理，于是我把这些年所写文章整理完备之后，也就开始跃跃欲试了。不管文集得到什么样的命运，我都要感谢这位朋友的相助。

　　有位作家曾说过：残破和遗憾是一种悲壮之美，因为它能激发人们神往璀璨和瑰丽。借助这句话，我希望读者能原谅文集中的不足之处，我当加倍努力，争取写出更加成熟和动人的文章来。

　　最后，感谢每个和我结下善缘的人！